KB253759

숙제 그리고 축제

숙제 그리고 축제

한동희 신작수필집

선우미디어 sunwoomedia

축제의 마당에서 숙제를

제4수필집 ≪숙제 그리고 축제≫를 발간한다. ≪소금꽃≫ 발간 이후 7년만이다. 세 권의 수필집을 낼 때까지는 부끄럽지만 철없이 즐겁고 행복했다. 해가 거듭될수록 수필 쓰기가 더욱 어려워 두렵고 망설임이 깊어 간다. 그러나 달리기 선수가 달릴 수밖에 없어 아픔과 고통을 견디어내듯, 사진작가가 사진을 찍기 위해 떨리는 손으로 카메라의 셔터를 누르듯, 나는 삶의 활력을 찾기 위해 다시 컴퓨터 앞에 앉는다.

우리는 많은 숙제(근심·걱정)를 안고 살아간다. 때로는 문제가 쉽게 풀리기도 하지만, 아무리 고심하며 해법을 찾으려 해도 미궁에 빠져 헤맬 때가 있다. 나는 이 글을 읽는 사람들과 함께 축제(꿈·희망)의 마당으로 나아가 풀리지 않는 숙제의 해답을 얻고 싶다. 나에게 있어 수필은 숙제를 안고 축제의 마당으로 나갈 수 있었던 동력이었기에 수필에게 감사한다.

　책의 내용은 일반 수필과 자연을 주제로 한 수필, 1960~70년대 서독으로 파견된 간호사들의 수필 강의를 위해 다녀 온 독일기행 등으로 엮었다. 소재가 중복된 경우도 있어 독자 여러분의 이해를 구한다.

　내 마음앓이를 지켜보며 오랜 시간 기다려주고 예쁘게 책을 만들어 준 선우미디어 이선우 사장이 고맙다. 제3수필집 ≪소금꽃≫의 서평을 해주신 정목일, 엄현옥 선생님, 또한 제4수필집 ≪숙제 그리고 축제≫의 단평을 해주신 오창익 선생님과 보이지 않는 곳에서 응원을 보내 주신 모든 분들께 감사한 마음을 전한다.

2012년 10월

해원(海原)　한동희

| 차례 |

작가의 말
축제의 마당에서 숙제를______ 4

Chapter 1
숙제 그리고 축제

질투______ 12
물가의 이끼가 되어 ______ 16
북소리 ______ 18
11월 ______ 20
숙제 그리고 축제 ______ 23
그늘 ______ 26
천둥소리 ______ 29
꽃을 바라보며 ______ 32
지금 이 순간 ______ 36
스물다섯 평의 행복 ______ 40
새우젓 ______ 44

Chapter 2
자랑할 게 없어서

봄날은 온다 ______ 50
여름과 가을 사이 ______ 54
겨울의 빛깔 ______ 56
마음에 심는 나무 ______ 60

자랑할 게 없어서 —— 63

자연 한 줌, 생명 한 아름 —— 67

다시 석양을 보다 —— 69

어여 와, 어여! —— 73

부부지정 —— 75

내 안의 블루 —— 78

팔찌 —— 82

나는 노래 잘 부르는 남자가 좋다 —— 86

섬 속의 여름 풍경

그리움 —— 92

섬 속의 여름 풍경 —— 94

어머니의 방황 —— 99

부조 —— 104

누군가를 위하여 —— 108

오늘은 나도 매화 —— 112

오늘은 나도 진달래 —— 115

눈오는 날의 초상 —— 118

부치지 못한 편지(1) —— 123

부치지 못한 편지(2) —— 126

추억의 사진첩 —— 130

얼굴 —— 135

Chapter 4
나는 누구인가

나는 누구인가 ———— 138
쓴 약 두 봉 ———— 141
운명처럼 다가온 수필과의 만남 ———— 146
7월 ———— 148
담론(談論) ———— 151
토정비결의 의미 ———— 155
구름을 뚫는 암봉 ———— 158
서정범 선생님을 그리며 ———— 161
수필가 박근혜 님을 찾아서 ———— 165
뿌리를 내리는 사람들 ———— 173
오르고 내림의 미학 ———— 179

Chapter 5
신들의 전쟁

문 밖에서 ———— 184
피지에서 맞는 9月의 빛 ———— 189
신들의 전쟁 ———— 198
아람브라궁전의 종소리 ———— 203

Chapter 6
독일 기행

미지를 향하여 · 208
로렐라이 언덕 · 210
칼스루에(Karlsruhe)의 추억 · 214
뷔르츠부르크 · 220
노이무스타 성당 · 222
마리엔 페스퉁 성당(마리엔 베르크 요새) · 223
뢴트겐 거리 · 225
뉘른베르크(Nurnberg) · 236
뒤러의 집 · 228
마음으로 느낀 맛의 진미 · 229
작별을 아쉬워하며 · 230
아우구스부르크(Augsburg) · 231
뮌헨을 향해서 · 233
님펜부르크 성 · 235
알테 피나코테크 미술관(Alte Pinacothek) · 239
노이슈반슈타인 성(백조의 성) · 241
란스베르크(Landsberg) · 246
훗가 마을 · 249

Chapter 7
한동희, 작품 속으로

정목일 여성으로 살기와 깨달음의 꽃 ______ 254
엄현옥 삶의 소금밭에서 피워낸 조화로운 꽃 ______ 263

숙제 그리고 축제

질투

어느 초여름날 밤, 세 사람-여자 둘과 남자 한 명-은 분위기 좋은 레스토랑에서 식사를 마치고 조용한 찻집으로 자리를 옮기기 위해 밖으로 나왔다. 밖에는 보슬비가 내리고 있다. 남자는 가방에서 작은 우산을 꺼내 펴 들었다. 사람은 셋인데, 준비된 우산은 하나였다. 빗발이 가늘기는 했지만 나는 새로 장만한 옷에 신경이 쓰여 남자의 우산 속으로 들어섰다. 나머지 한 여자는 우리를 한 걸음 앞질러 비를 맞고 걸어간다. 남자는 우산 든 손을 얼른 앞으로 내밀어 앞서가는 여자의 머리에 씌워 주었다. 순간, 나는 민망함과 함께 질투심이 불꽃을 일으키는 것을 느꼈다. 그리고 그러한 내 마음에 흠칫 놀랐다. 언제부터인가 나는 질투에서 자유로워졌다고 생각했는데 이 돌연한 사태에 아연해졌다. 질투는 남녀 관계에서만 생기는 감정은 아니지만 지금 이 순간의 느낌은 좀 특별하다.

세 사람의 관계는 오랫동안 신뢰와 존중을 바탕으로 공통의 화제를 나누며 막역하게 지낸 사이지만, 우산을 든 남자의 손이 앞에 있는 여자에게로 옮겨져 갈 때의 질투심은 소유 욕구의 발현인지, 자신감이 결여된 자의 비애인지 모르겠다. 앞에 가는 여자는 나보다 젊고 가냘픈 체구로, 남자는 나보다 그 여자에게 더 측은지심을 느낄 수도 있겠다는 생각에 얼른 감정을 수습했다. 그러나 화로 속 잿더미에 묻어둔 불씨처럼, 삭막한 내 가슴에도 질투의 감정이 남아있다는 것에 한 가닥 기쁨을 느꼈던 것도 사실이었다.

질투는 절대로 혼자서 이루어질 수 없다. 서로에게 관심을 갖다가 소유욕이 생기고, 그 소유욕은 하나의 개체를 '우리'로 묶어준다. 그리고 '우리'에서 분리될 때 질투는 시작된다.

구중궁궐에서 벌어지는 암투와 계략도 질투에서 빚어지고, 서민들의 안방에서 벌어지는 고부간의 갈등과 시누이와 올케지간의 다툼도 시기심에서 비롯된다. 열렬히 사랑하는 남녀 간에, 존경과 신뢰로 다져진 스승과 제자 간에, 빛과 그림자처럼 붙어 다니던 사람들 사이에 질투의 화신이 비집고 들어가 불을 뿜으면 사회적인 질서와 윤리도 무너지고 만다. 이렇듯 질투는 인간의 특성 중에서 가장 슬프고도 불행한 감정이다. 그러면서도 질투가 삶의 원동력이 되는 것은 그 밑바탕에 사랑이 받혀주는 힘이 있기 때문이다. 장미에 가시가 있듯이, 사랑 없는 질투는 존재하지 않는다.

질투는 자연적인 본능이다. 갓난아기가 물체를 느끼면서 시작된 질투는 어른이 되면서 점점 발달하여 생명이 다할 때까지 따라붙는다. 그것은 동물도 마찬가지이다. 우리 집에는 두 마리의 강아지가 있는데 서로 주인의 사랑을 독차지하려고 사투를 벌일 때마다 야성이 드러난다. 싸울 때는 떼어놓지 말아야 서로 사이가 좋아진다고,

동물도 질투를 해봤자 남는 건 상처뿐이라는 것을 아는지 죽을힘을 다해 싸우다가도 슬머시 떨어져 나간다.

질투에는 남녀가 없고 서열이 없다. 영웅도 없고 바보도 없다. 철학자 쇼펜하우어는 극히 민감한 사람으로서, 애정면에서는 결코 성자(聖子)가 아니었다. 그는 의심이 많았으며 질투심이 강한 편이었다. 베니스에서 때마침 그곳에 머무르고 있던 바이런을 방문하려고 괴테에게 추천장까지 받았으나 그는 끝내 바이런을 찾지 않았다. 그가 애인 돌치네아와 리도오로 산책을 갔는데, 그때 마침 말을 타고 쏜살같이 그곳을 지나가는 바이런 경을 보고 그녀가 "저기 영국 시인이 지나간다!"고 소리쳤다. 쇼펜하우어가 바이런을 방문할 것을 단념한 것은 바이런의 멋진 인상을 잊지 못하는 애인을 그에게 빼앗길까 두려웠기 때문이라는 일화가 있다.

질투는 정상적인 감정으로, 질투를 전혀 느끼지 않는다고 하는 것은 자기 자신을 기만하고 있거나 감정을 억제하는 것이다. 그러나 억압된 감정이 통제 밖으로 튀어나올 때 더 위험하다고 한다. 우리 모두가 어느 정도 질투를 하고 있지만 이성적으로 극복하지 못할 때에 병이 된다는 것을 정신분석 학자들은 지적하고 있다.

나는 질투심이 많은 편이지만 질투를 경계한다. 질투는 생활의 동력이 될 수 있지만 자신을 괴롭히고 파괴시키기 때문이다. 질투는 자신의 부족함에서 발생되는 것이기에, 남에게 시기심을 갖는 것보다 자신의 여건에 만족하며 사는 것이 행복이라고 생각한다. 질투에서 자유로워졌을 때는 서글펐지만, 다른 사람의 성공이나 영광에 너그러이 찬사를 보내면 마음이 편안해진다. 순한 감정 속에 묻혀 있다가 불현듯 휘돌아 솟아오르는 미친바람, 질투.

　"여자의 질투는 불꽃같은 아름다움, 그리움 같은 흔들림, 그런 것이어야 한다."는 누군가의 말이 떠오른다. (2006.)

물가의 이끼가 되어

서울에서 그리 멀지 않은 곳에 있는 '운악산 휴양림'에서 자연사랑 문학제가 열렸습니다. 주제는 '오늘 우리 나무가 되자'입니다. 막상 나무가 되어보라 하니 내가 어떤 나무가 될 수 있을까 망설여집니다. 소나무나 잣나무가 되어 하늘 높이 치솟고 싶은 욕망이 꿈틀대기도 하지만, 나는 소나무나 잣나무처럼 서로 맞닿은 가지를 우산처럼 넓게 벌려 산자락을 품어 안을 도량은 없는 듯합니다.

나는 그늘진 계곡 물가 바위에 앉은 이끼가 되려 합니다. 혼자서 뿌리를 내리는 나무보다는 서로 엉켜 군생하는 이끼는 외로움도 덜 할 테니까요.

내 이름은 '이끼'입니다. 이끼는 그늘지고 습한 곳을 좋아하지만 바위가 드러난 벼랑이나 자갈이 많은 강가, 벌판과 화산지대에서도 메마름에 강한 서리이끼가 자란답니다. 지금 운악산 계곡은 가뭄으로 물이 말랐습니다. 나는 헛뿌리 식물로서 뿌리 형태는 부착의 역할만 할 뿐, 뿌리가 아닌 잎이나 줄기로 빗방울과 공중의 수분을 흡수하여 건조한 환경을 견디고 있습니다. 이끼는 이처럼 생육 환경에 따라 생존 가능한 식물이지요.

나는 계곡의 바위에 붙어살고 있지만 몸이 작아 물의 저항을 적게 받기 때문에 씻겨내려 가지는 않습니다. 우리들이 머금은 습기 덕분에 미생물이나 벌레들이 살아간다는 건 알고 계시겠지요?

풍부한 산소를 함유한 이끼는 공기청정기 역할도 한답니다. 그래서 우리는 공기가 오염된 곳에서는 잘 살지를 못합니다. 우리는 이렇듯 자연의 생태계를 보존하면서 신비스러운 이끼 계곡의 힘차게 흐르는 물줄기를 따라 이어지고 있습니다.

어떤가요, 당신의 번거로운 마음도 이끼가 되어보니 한결 정화되지 않으셨나요? 당신과 밤새워 이야기를 나누고 싶지만 한국에 서식하고 있는 이끼의 종류만도 7백여 종이 있어 그 생육상태를 일일이 열거할 수는 없습니다.

나도 지리산 뱀사골의 이끼계곡에 앉아 위에서 쏟아져 내려오는 폭포수에 몸을 적시며 시원하고 장쾌한 삶을 맛보고 싶지만, 여기까지 날아와 자리를 잡은 것도 운명이라 생각하며 운악산 계곡을 타고 내리는 세찬 물소리를 기다립니다. 지금은 건조한 기후 탓에 계곡을 찾는 생물들의 발길이 뜸하지만, 물소리가 장단 치면 이곳은 뭇 생물들의 쉼터가 될 것입니다.

나는 이따금 물가에 내려와 목을 축이는 산짐승과 새들의 친구가 되어, 자연에 귀 기울이는 사람만이 들을 수 있는 우리만의 언어로 날마다 '사랑한다'고 말하며 살고 싶습니다.

(2008.)

17

북소리

늦은 밤, 텔레비전에서 방영하는 외국영화를 보는데 사정없이 잠이 쏟아진다. 영화의 제목은 확실히 모르겠으나, 아무튼 '북을 친다'는 뜻으로 짐작된다.

영화를 보고 싶은 생각에 잠을 쫓으려 애써보지만 눈꺼풀은 무겁게 내려앉기만 한다. 그렇게 영화와 선잠 사이를 오락가락 하는데, 주인공의 아버지가 운명하면서 젊은 아들에게 남긴 마지막 말이 귀에 꽂혀 눈이 번쩍 뜨였다.

"성공한 인생은 적을 만들지 않는 것이다."

신의(信義)보다 부귀영화를 우선으로 하는 인간의 우매함을 이처럼 정곡으로 찌르는 언구(言句)가 또 어디 있겠는가. 잠결에 배운 인생 잠언으로 정신은 맑아지고, 가슴엔 깊은 감동의 물결이 파장을 일으켰다. 주인공의 아버지는 조직 폭력배의 두목으로 각종 비리를 저지르며 살다가 마침내 부하의 칼에 찔려 죽으면서, 험악한 인생살이에서 얻은 깨달음을 아들에게 값진 유산으로 남겨준 것이다.

어쩌면 산다는 것은 '인간 경영'의 도정이 아닌가 싶다. 얄팍한 이해타산에 눈이 어두워 배신을 두려워하지 않는 이들에게 '사람이 자산'이라는 것을 일깨워주는 대목이라 하겠다.

영화 속의 주인공인 아들은 아버지의 삶에 저항하며, 깊은 산속에 들어가 무술로 육체를 단련하고 북을 치며 정신 수양을 쌓는 단체의 일원으로 살아가고 있었다.

젊은이 십여 명이, 북면을 아래위로 향하게 하여 네 기둥에 걸쇠를 박아 만든 대형 북틀 앞에 서서 혼신을 다해 북을 두드린다. 북소리에 따른 신명나는 춤사위가 있는 것도 아니고, 추임새가 있는 것도 아니다. 동작과 박자를 절도 있게 반복하며 진지하고 엄숙한 표정으로 힘차게 북을 두드릴 뿐이었다. 북아메리카의 독수리나 암매가 강력한 힘으로 날아올라 아름다운 날개를 펼쳐 보이듯, 하늘을 향해 웅장한 북소리를 날려 보낸다.

그들은 왜 북을 치는 것일까? 그들이 북을 치는 것은 통신수단이나 음악 표현을 위한 리듬의 장단은 아닐 터이다. 그렇다면 동물이나 적을 위협하여 격퇴시키기 위함일까. 그도 아니라면 북소리를 천지간에 가득 채워 중생의 어리석음을 깨우치고 일심(一心)의 원천으로 되돌아갈 것을 소망하는 주술일 것도 같다.

북소리는 어머니 뱃속에서 처음 들은 심장 뛰는 소리처럼 내 눈과 귀와 가슴을 동시에 뻥 뚫리게 한다.

멀리서 북소리가 들려온다. 사람으로 인해 마음에 상처받고 신산해지는 날, '성공한 인생은 적을 만들지 않는 것'이라는 말이 북소리에 실려 오는 듯하여 미움과 분노를 잠재우곤 한다.

(2008.)

11월

　11월의 하늘은 유난히 높고 청명하다. 유리알같이 맑고 투명한 하늘은 구름 한 점 없는 텅 빈 공간이다. 이기와 집착이 없는 무욕의 하늘. 그 정결한 하늘 아래 들판도 비어 있고, 붉은 기운을 토해내던 단풍나무도 앙상한 가지에 마른 낙엽을 달고 그 소임을 다해간다. 길가의 코스모스도 초췌한 모습으로 스러져가고, 풀벌레 소리도 멀어진 지 오래 되었다.

　바다는 격랑을 잠재우고 계곡의 물소리도 거센 숨결을 가다듬고 잔잔히 흐름을 유지한다. 11월엔 만물이 몸을 낮추고 경건히 한 해의 마무리 작업에 들어간다. 11월은 격정과 환희, 좌절과 혼란 속에 분주했던 마음을 차분히 가라앉히고 자신을 돌아보게 하는 성찰의 달이다.

　11월은 여백의 계절, 적요의 계절이다. 찬란한 색채의 향연으로 가을을 찬양했던 산과 들이 황갈색의 적요에 젖어 여백의 미를 느끼게 한다. 여백에는 현란함에 가려진 순수와 진실이 있고 겸손과 절제의

미덕이 있다. 고연한 광채로 다가오는 약속의 말씀이 있고, 한없이 고요로운 미소가 담겨 있다. 11월은 봄의 시샘도 여름의 격랑도 가을의 현란함도 모두 품어 안고 잠재우는 자비의 달이지만, 모든 것 다 내어주고 빈 몸으로 지는 노을을 바라보는 허무의 달이기도 하다.

11월엔 내 안의 뜰에서 자라고 있는 체면과 꾸밈을 걷어내고 싶다. 격식과 형식에서 벗어나 텅 빈 하늘처럼 허허벌판처럼 자신의 모습을 그대로 드러내고 싶다. 불꽃같던 열망, 권태와 나태, 비애와 상처로 얼룩진 마음을 내려놓고 한없이 빈 들판을 걷고 싶다. 쏴~아 하고 볼을 스치는 찬바람과 조우하며 자유와 평안을 만끽하고 싶다.

황량한 들판을 지나 어느 마을 어귀에 들어서면, 마을을 지키는 수호신처럼 장엄하게 서 있는 해묵은 한 그루 나무 앞에 서서 묵상하리라. 수백 년 내려오는 뿌리의 전설에 귀 기울이며 영원히 시들지 않는 생명의 빛깔에서 마음의 울림 하나 얻고 싶다. 오랜 세월 한 자리를 지키고 있는 인내와 불굴의 의지를 보며, 서성이고 주춤거리던 방황의 늪을 벗어나 안정과 침묵 속에 내가 설 자리를 가늠해야겠다.

나목(裸木) 아래 쌓인 낙엽을 보료 삼아 편안히 눕고 싶다. 해마다 무성한 잎을 피워내 낙엽이 되고, 썩고 썩어 거름이 되어주는 그 희생과 사랑을 보며 낙엽은 죽음이 아니라 새 생명을 준비하는 모태임을 느낀다.

11월은 비움의 달이지만 내실을 다지는 달, 내 인생의 절기와 맞물리는 11월에 허무가 아닌 또 다른 시작을 꿈꿔본다.

11월엔 무언가에 도취되고 싶다. 가장 깊고, 오래 가고, 영원한 안정을 얻을 수 있는 도취는 무엇일까. 나와 어떤 대상이 하나가 되어

나를 몰입하고, 나를 잃고 싶다. 음악, 글, 그림, 자연, 종교 등 그 어느 것이든….

11월엔 사랑의 동경, 사랑의 고뇌를 가슴에 그려 넣고 싶다. 가을 날, 속절없이 깊어 갈 조락(凋落)의 창가에서 브람스의 현악 6중주의 가늘게 떨리는 선율을 따라 현실이 아닌 꿈속의 환상에 젖어보면 어떨까.

브람스의 음악정신은 고전주의 시대로 뻗어있지만, 북부 독일 함부르크에서 태어난 낭만주의 시대의 작곡가로 언제나 그에게서는 멜랑콜리가 묻어난다. 브람스는 25세에 약혼녀 '아가테'와 파혼했는데, 그것은 예술의 자유를 얻기 위해 사랑의 속박을 끊기로 작정한 때문이다. 브람스는 그로부터 6년 후 아가테가 살고 있는 괴팅겐으로 달려가 그녀의 집 앞을 거닐다 돌아와 마음속에 품었던 아가테의 영상들을 오선지에 풀어놓은 것이 그 유명한 '현악 6중주' 제2번 G장조다. 브람스는 아가테를 사랑했고, 다시 그 사랑으로부터 멀어진 회한과 탄식의 고백과도 같은 실내악곡을 들으며 늦가을의 정취에 젖어보는 것도 좋겠다. 일명 '아가테 6중주곡'이라고도 불리는 이 곡에는 브람스 특유의 체취와 우수(憂愁)가 담겨 있어 11월에 어울리는 사랑의 스잔함을 느낄 수 있다.

세상일로 좁아진 옹달 가슴에 11월이 들어선다. 자연의 묵시록(默示錄)에 마음의 여백이 생기고, 브람스의 예술혼이 명상의 샘을 파놓는다. 11월엔 우리 모두 자연의 묵시록에 귀 기울이고 심오한 예술혼에 도취되어 불후의 명작 한 편씩 남기기를 소망해 본다.

(2009.)

숙제 그리고 축제

동료 문인들이 모인 자리에서 C선생이 두통을 호소했다. 머릿속을 굵은 바늘로 '쿡쿡' 찌르는 듯한 심한 통증으로 밤잠을 설치고, 그로 인해 직장생활도 원만치 않은 모양이다. 종합검진을 받아도 아무런 이상이 없다니 미칠 지경이란다.

그는 꼼꼼하고 성실하다. 여러 가지 일에 관여해 시간의 틈새가 없는 것으로 보인다. 그러기에 그간 쌓인 스트레스로 머릿속 회로가 엉킨 것 같다는 결론이 내려졌다. 누적된 피로를 풀기 위해 휴식을 취해도 몸은 바쁘게 움직이던 때와 같은 주파수로 돌아간다니, 인체의 구조가 두렵고 신비롭기만 하다. C선생의 병명은 '현대 문명병'이라 해야 할 것 같다.

현대 의학으로도 해결할 수 없는 병을 무엇으로 풀어야 할까. "연애를 하는 수밖에 없다."고 한마디 던지니, 동료 하나가 맞는 말이라며 훈수를 둔다. 가정이 있는 사람에게 연애를 종용하다니 어떻게 해석해야 할까. 그도 환갑을 넘겼으니 내 말뜻을 이해할 것이다. '나이 이순이 넘으면 어떤 행동을 한다 해도 도리에 어긋남이 없다'는 옛 선인의 말에 기대어 던진 농담 속의 진담. 사랑이라는 말을 넓은 의미로 받아들였을 것이다.

나도 생각이 바뀌고 있다. 젊었을 때는 열정이 동반된 사랑을 꿈꾸었지만, 느낌과 교감만으로도 아름다운 인간관계를 유지할 수 있다는 것을 차츰 알겠다. 이제부터라도 좋은 감정을 마음에 담아두지 말고 표현하는 즐거움을 맛보고 싶다. 체면과 자존심 때문에, 겸연쩍어서 하지 못했던 말들을 꺼내며 살아야겠다. '좋아한다. 보고 싶다. 기다렸다. 사랑한다.'는 말을 인연 있는 사람들에게 전해야겠다. 이성에게도 이런 말을 편하게 할 수 있는 연륜에 이르렀다는 신호가 나의 뇌를 자극한다. 사랑하는 사람에게 '사랑한다.'는 말을 못하고 정신을 놔버린다면 그보다 더 안타까운 일도 없을 것이다.

인생은 자신과의 싸움에서 이겨야 하는 고독한 레이스다. 한평생 평탄한 길만 걸어온 사람이 몇이나 될까. 나름의 고통과 슬픔, 외로움을 안고 험한 길을 걸어오느라 얼마나 지치고 힘들었을까. 나도 그중의 한 사람이다. 지친 심신을 달래기 위해 몇 해 전 여행길에 올랐다. 호주 여행을 마치고 뉴질랜드로 향하는 비행기 좌석에 앉아 잠을 청했는데, 그 길로 깊은 수면에서 깨어나지 못했다. 뉴질랜드 병원의 응급실로 이송돼서도 무의식 상태에 빠진 채로 동행한 사람들의 애간장을 태우다가 10시간 만에 깨어났다. 각종 검사를 했지만 아무런 이상이 없다는 판정을 받았다. 당시 심한 스트레스에 시달린 나의 두뇌 회로가 가동을 멈추고 수면상태로 들어갔던 게 아니었나 싶다. 전기 콘센트에 여러 개의 플러그를 꽂으면 과부하가 일어나듯

C선생의 머릿속 회로도 이런 상태가 아닌지 염려스럽다.

이 후, 나는 해결 못한 인생의 숙제로 더욱 초조하고 불안해졌다. 인생의 해답을 얻지 못해 가슴 아파하는 내게 가까운 분이 또 하나의 문제를 던져 주었다. 인생을 숙제(걱정·근심)로 살 것인가, 축제(꿈·희망)로 살 것인가?

그렇다. 인생을 숙제로만 살 게 아니라 축제로 살아야 한다. 숙제가 없는 인생은 무의미하지만, 풀리지 않는 걱정거리를 끌어안고 애태우며 귀한 날들을 소진할 수만은 없지 않은가. 삶이 그다지 설레거나 기쁘지 않아도 인생을 풍요롭게 하기 위해 스스로를 축제의 마당으로 밀어 넣어 새로운 추억을 만들어야 한다. 그렇게 축제 속에 살다 보면 자연히 숙제도 풀릴 것만 같다.

(2012.)

25

그늘

오랜만에 친구와 케이블카를 타고 남산에 오른다. 벚꽃은 제 빛을 잃어가고, 하얀 이팝나무 꽃이 눈부시게 만개한 봄날이다.

남산타워에 올라가 그림을 보듯 도시 안을 찬찬히 내려다본다. 하늘로 치솟은 사각의 빌딩에 작은 창문으로 숨구멍을 뚫어놓은 답답형이 대부분이지만, 드문드문 건물의 전면을 통유리로 장식하여 안에서 밖을 조망할 수 있는 개방형도 있다. 사각 빌딩의 지붕 위에 둥근 원형의 하얀 모자를 씌워 놓은 듯한 애교형이 있는가 하면, 원통형으로 부드러움을 살린 건물도 있다. 크고 작은 건물들이 시간과 빛의 굴절에 따라 각기 다른 그림자를 만들고 있어 마치 건물이 살아 움직이는 것만 같다. 그 그늘에 앉아 쉬어가는 사람도 있고, 일조권과 조망권을 침해받아 건물주에게 비난의 화살을 퍼붓는 사람도 있을 것이다.

먼 곳을 향하던 눈길을 발 아래로 돌려보면 넓은 광야에 가득 들어찬 나뭇잎의 푸른 물결로 남산의 좌우 둘레를 짐작하기 어렵다. 그

넓은 연초록의 벌판 위에 마치 빛의 은사인 양 남산타워의 그림자가
아라비안나이트의 요술 등처럼 신비하게, 선명히 내려앉아 있다.

　전망대를 좌편으로 돌아 한강 쪽을 관망하고 다시 발 아래를 굽어
본다. 푸른 숲 사이로 드문드문 하얀 은사시나무가 하늘을 향해 솟아
있고, 물오른 이팝나무는 하얀 꽃잎을 터뜨려 한껏 부푼 몸을 풀어내
고 있다. 벚꽃이 제 빛을 잃어가고 있다지만, 위에서 내려다 본 U자
형의 벚꽃 길은 사람들의 시선을 끌기에 손색이 없다. '흩어지면 죽고
모이면 산다.' 는 말처럼, 시들어가는 벚꽃도 군단을 이루니 힘있게
보인다. 벚꽃은 남아있는 붉은 기운을 온 힘을 다해 토해 내고 있는
것이다. 아마 높은 곳에서 내려다보지 않았다면 이처럼 처연한 벚꽃
의 마지막 신열을 체감하지 못했을 것이다. 그 벚꽃 터널 그늘 아래
에서 이 계절처럼 싱그러운 젊은이들이 떼지어 터뜨리는 웃음소리가
꽃잎 사이를 비집고 올라온다.

　꽃들이 제철을 만나 아우성이지만, 그래도 남산은 화려한 꽃보다
는 울창한 숲이다. 대부분 편리한 케이블카를 이용하지만 아직도 남
산 숲길은 젊은 연인들의 데이트 코스로 환영 받고 있다. 손잡고 걷
고, 당겨 주고, 밀어 주며 숲 그늘에 앉아 잠시 쉬면서 간다. 곁에
있는 사람이 서로의 시원한 그늘이 되어 줄 것이라는 믿음으로….

　나도 꽃같이 곱던 시절에는 남산에 즐겨 올랐다. 그와 숲속 그늘에
단 둘이 앉아 있는 것만으로도 행복해 하루 종일 굶어도 배가 고프지
않던 추억이 봄날의 몽환처럼 피어오른다.

　산다는 것은 그늘을 만들어 가고 그늘을 걷어내는 일이 아닐까?
언제부터인가 나도 그늘져 가고 있었다. 세월의 더께와 함께 마음의

그늘은 짙어만 가고, 내게 드리워진 그늘을 걷어내느라 그늘진 이들을 돌아볼 겨를이 없었다.

오늘, 30년 지기 벗과 마주앉아 서로의 가슴에 드리워진 그늘을 바라본다. '큰 사람의 아픔은 그만큼 크고, 그늘도 그만큼 넓다'는데, 신은 우리에게 넓은 그늘이 되라고 큰 아픔을 주시는 걸까. 어쩌면 내게 드리워진 그늘은 그늘진 사람을 사랑하라는 연단(鍊鍛)인 것도 같아, 그늘을 피해 빛으로 다가가려고만 했던 이기심이 부끄러워진다.

우리는 지금 몇 자 깊이의 아픔으로, 몇 폭 넓이의 그늘을 만들며 살고 있는 걸까?

(2009.)

천둥소리

새벽 운동을 나가려고 일어나보니 비가 내리고 있다.

내일이 추석 명절이라 보름 전에 결혼한 딸은 충청도 청양의 시집으로 내려가야 한다. 이른 시간이지만 고속도로는 본격적인 정체현상이 일어나고 있다는 보도가 들려온다. 한복을 곱게 차려 입은 신랑 신부의 첫나들이 길이 빗길이라니 걱정스럽다.

나는 운동하러 나가려다 그만 두고 창가에 서서 밖을 내다본다. 추적추적 내리던 비가 제법 굵은 빗발로 변하더니 천둥 번개를 동반하고 있다. 우르르~ 쾅! 한 차례 심한 굉음이 울리고, 이어서 먼 곳으로 옮겨간 천둥이 두어 차례 위력을 과시한다.

오랜만에 듣는 천둥소리다. 천둥소리에 이어 하늘을 가르고 순간의 빛을 발하며 사라지는 번개. 천둥과 번개는 야합하여 한바탕 공중전을 치르듯 천지를 뒤흔들어 놓는다. 천둥소리의 위력은 그 무엇도 따라 잡을 수 없을 것 같다. 번개는 짧은 생명이지만 불꽃처럼 살다 간 사람들의 영혼처럼 공중에 한 획을 긋고 사라진다.

또 다시 천둥소리가 잠든 영혼을 깨우듯 머리 위에서 호령을 한다. 명상하는 나무와 고요한 바다와 쉬어가는 바람을 깨우고, 죄 많은 사람에게 으름장을 놓는다.

천둥은 마치 하늘의 특권인 양 천하를 뒤흔들며 자기의 존재를 알리고 있다. 천지간에 나보다 강한 자가 누구이고 나보다 빠른 것이 무엇이냐며 사방을 넘나들지만, 나는 겁도 없이 천둥소리를 반긴다. 그렇다고 내가 천둥벌거숭이는 아니다. 위험한 천둥 번개지만 집안에서 들으니 천둥소리는 개선장군의 승전고 소리와도 같고, 베토벤의 운명교향곡처럼 가슴에 큰 울림으로 다가온다.

계절이 바뀔 때면 영락없이 비가 내린다. 그리고 계절의 한가운데 들어서도 비는 여러 차례 오지만 좀처럼 천둥 번개를 동반한 비는 만나기 어렵다. 천둥은 공중의 전기와 땅 위의 전기 사이의 방전(放電)으로 인하여 일어나는 소리라는데, 그 자연현상이 오묘하다. 하늘과 땅 사이의 음극과 양극이 만나 전압을 높이고, 그 전류로 강한 스파크를 일으켜 천지간의 합의 소리가 하늘을 울리고 땅을 가르는 것이다. 태초에 음과 양의 합은 천둥에서 시작된 것이 아닐까. 흐르는 전류에 감전되어 목숨을 잃는 사람은 그날의 운수와 부주의 탓일 테지만, '죄 많은 사람은 벼락 치는 날 밖에 나가지 말라' 함은 하늘을 무서워할 줄 알라는 경고일 것이다. 죄를 짓고도 무신경하게 살아가는 사람들이 순간이나마 천둥 번개를 두려워하게 되니 천둥소리는 하늘의 뜻을 전달해주는 메신저라 하겠다. 이처럼 천둥 번개는 두려움과 공포의 대상이지만, 이 세상이 아름다운 것은 음과 양의 스파크 때문이 아닐까.

이 세상의 원리는 음과 양으로 나뉘어져 있지만, 음과 양의 합으로 이루어진다. 여성과 남성, 자음과 모음, 열쇠와 자물쇠, 볼트와 너트, 톱니바퀴, 똑딱단추, 나사못 등등…. 이 세상의 모든 것들에 암수가 있어 서로 제 짝을 만나 조화를 이룰 때 아름다운 울림과 모양이 되고 제 기능을 발휘하게 된다. 한 번의 눈 맞춤으로 세상을 열어가는 우주만물의 생성과정이 경이롭다. 나무에도 암수가 있어 꽃이 피고 열매를 맺고, 나비는 꽃을 찾아 공중을 선회하고…. 아, 천둥처럼 한 순간의 스파크로 온 몸을 태울 수 있는 불꽃같은 사랑을 할 수만 있다면, 그 기막힌 교감은 생명의 환희이기도 하다.

우르르~ 꽝! 꽝!

천둥은 또 한 차례 내 머리 위에서 요동을 치더니 어느 사이 저 멀리 가서 두 방을 더 터뜨린다. 마치 이스라엘 가자 지구에 떨어지는 폭탄소리와도 같고, 이라크 어느 마을에 떨어지는 포탄소리처럼 아득히 울려 퍼져간다. 그 하늘 아래 아비규환을 이루는 사람들의 모습이 떠오른다. 나라와 나라 간의 대립, 민족과 민족 간의 갈등은 우리의 현실이기도 해서 안타까울 뿐이다. 언제까지 서로 다른 이념의 충돌로 피를 흘릴 것인지…. 서로 다른 음과 양의 부딪침으로 세상은 소란하고, 서로 다른 암수의 눈맞춤으로 아름다워지는 세상. 이 세상은 부조리 속에 있지만 불행 속에서 행복을 추구하듯, 부조리를 통해 적극적인 삶의 욕구를 느끼게도 된다.

오늘 신랑 신부가 천둥 번개 치는 빗속을 여행하며, 세상 만물의 원리와 조화의 상관(相關)관계를 생각하는 시간이 되었으면 좋겠다.

(2005.)

31

꽃을 바라보며

올해도 베란다의 군자란은 붉은 봉오리를 열고 있다. 꽃도 제철을 따져가며 피는 세상이 아니건만, 우리 집 베란다의 군자란은 십여 년이 넘도록 늘 이맘 때에 봉오리를 열어 봄을 알리고 있다. 그 모습이 변덕스럽지 않고 까탈스럽지 않아 더욱 고맙고 정이 간다. 마치 오래도록 다정한 미소를 건네주는 사람의 수수한 마음 같아, 요란한 양란이나 품격 있는 동양란이 부럽지 않다. 몇 년에 한 번 화분갈이를 해 주거나 부엽토로 영양보충만 해 주면 뿌리의 번식도 왕성하여 그간 여러 사람에게 분양해 주었다.

꽃을 찾아 나설 기회가 많지 않아 베란다에 여러 가지 꽃나무를 들여놓고 완상하는 편인데, 나는 은연중 꽃에서 사람을 느끼곤 한다. 만개한 군자란은 그 됨됨이로 보아 감정의 일렁임을 거침없이 드러내거나 너무 참고만 있지도 않아, 감성과 이성의 균형을 이룬 사람을 보는 것 같다.

호접란 카틀레야는 그 모양과 색상이 화려하고 오묘하여 천하일색

양귀비 같고, 선인장과의 크라술라는 그 꽃이 마치 밥풀처럼 작고 연약해 방금 탯줄 자른 아기를 연상하게 된다.

꽃은 모양보다는 향기에 생명이 있다. 꽃이 진 후에 남는 건 향기다. 그 향내가 남아 아련한 그리움에 젖게 하니, 꽃은 지는 것이 아니라 마음 안에 피어 있다. 마치 입안에 오래도록 향이 남아 그 여운을 즐길 수 있는 와인처럼, 사람과의 사귐에도 생김보다 인품의 향내에 끌리게 된다. 사람은 떠났어도 그 존재감은 오래도록 지속성을 유지하게 되는 것도 이러한 이치에서다. 나도 필시 닮은꼴의 꽃이 있겠지만, 내가 과연 꽃의 향기까지 닮을 수 있을까 생각하니 스스로 꽃에 비유하는 마음이 부끄럽기만 하다.

봄맞이로 농협공판장의 꽃시장에 나가 일년초 십여 분을 들여왔다. 그런데 관리 소홀 탓인지 한 달이 채 못 되어 시들어버렸다. 아무래도 다년생 꽃나무가 자생력이 강해 기르기에도 편하고 해마다 꽃을 피워주니 기다림도 생긴다. 우리의 인생도 흔적 없이 사라지는 풀꽃 같은 존재지만, 아름다움을 맘껏 뽐내지도 못하고 흔적 없이 사라지는 일년초보다 기왕이면 뿌리가 남아 다음해를 기약하는 다년생 꽃나무가 되고 싶다. 그것은 긴 겨울동안 아픔을 견뎌낸 뿌리와 가지들이 봄이 되어 이 세상을 향해 꽃망울을 터뜨리는 함성에 삶의 희열을 느끼기 때문이다.

지난해에 피었던 꽃을 기다리듯 누군가를 그리워하고, 무언가를 꿈꾸는 삶은 그런대로 세월의 무상함을 달래준다. 또한 꽃이 필 때마다 닮은꼴의 사람이 떠오르니 삶의 원동력이 될 수도 있겠다. 군자란이 봉오리를 열면 수십 년간 나를 염려해 주는 무던한 친구가 찾아올 것 같고, 봄볕 아래 카틀레아가 화려하고 매혹적인 꽃잎을 드러내면 한 마리 나비가 되어 그리움의 날개를 달아본다. 그렇게 그리움의 울타리를 벗어나 보고 싶은 사람을 찾아나서는 것도 꽃필 무렵이다.

얼마 전 가까운 분에게서 풍란 한 분을 선물 받았다. '금루각'이라 이름 붙여진 자그만 풍란은 기온에 매우 민감한가보다. 금루각이라 부르는 것은 난초 잎의 노릇노릇한 빛이 금을 칠한 대궐의 단청 같다 하여 그리 이름 붙여진 것이라 한다. 이 풍란을 이사 온 기념으로 받은 것인데, 가온(加溫)이 필요한 겨울 동안을 그 댁의 온실에서 보내고, 이사 온 지 수개월이 지나서야 넘겨받게 되었다. 그분은 많은 종류의 풍란에 빠져 자식 거느리듯 품고 사는데, 내가 꽃 욕심으로 그 중 하나를 청해 받은 것이다. 그분은 흔쾌히 내 청을 받아들였지만, 내 집에서 겨울을 나게 되면 동사할까 염려되어 해를 넘겨 봄이 올 즈음에야 건네준 것이다.

그동안 말을 꺼내 놓고도 애지중지하는 것을 달라고 했나 후회했다. 그러나 오월쯤이면 꽃이 필 것이라 하니 어떤 모양과 색상으로 나를 즐겁게 해 줄는지 기대가 된다. 이것을 햇볕과 바람이 잘 드나드는 창가에 놓고 3, 4일에 한 번씩 샤워를 시키라는 말대로 그리하고 있지만 그것에 묶여 있는 마음이 편치 않다. 나이가 들면서 사람이건 식물이건 까다로운 건 질색이어서 걱정거리 한 가지를 더 만든 건 아닌지 지레 겁이 나기도 했다.

법정 스님이 무소유로 떠돌다가 친구로부터 선물받은 화분으로 소유에 대한 개념에 묶여 불편했다던 심정에 견줄 바는 못 되지만, 꽃 피기를 기다리면서 꽃에 묶여 있는 마음이 편치 않은 것은 무슨 심사

일까. 잠시 풍란을 바라보는 마음이 혼란스럽다.

　그렇게 꽃 피기를 기다리던 풍란이 가느다란 꽃대를 밀어올리고 머리를 풀어헤치듯 하얀 꽃잎을 늘어뜨리고 있다. 그 모습이 단청에 금칠한 대궐집의 마님을 닮지 아니하고, 마치 달빛 아래 누각에 앉아 가야금을 뜯는 청초한 여인의 섬섬옥수(纖纖玉手)와도 같다. 꽃을 보고 있으면, 가슴에 품은 정한(情恨)을 가야금 줄에 얹어 보내는 여인의 애소(哀訴) 같은 가야금 소리가 들리는 듯하다. 풍란을 건네준 이의 마음이 가야금 줄을 타고 와 내 가슴을 울려 주니, 이 꽃으로 인하여 나는 얼마간 입가에 미소를 띠고 지낼 수 있을 것 같다.

(2006.)

지금 이 순간

5월의 첫 토요일, 작은 음악회가 열리는 하우스 콘서트홀에 가는 날이다. 시내로 나가는 버스에 앉아 느긋이 창밖을 내다본다. 세상은 온통 연초록의 물결로, 맑은 산소를 마시는 것만 같다. 연초록에서 새로운 시작을 느낀다.

이른 저녁, 푸른 숲에 둘러싸여 있는 콘서트홀에 도착했다. 콘서트홀을 운영하는 부부는 오보에와 플루트를 연주하는 음악가다. 오늘같이 화창한 날에는 빨래를 하고 싶다는 주인장의 인사말이 신선하게 느껴진다. 그래서 어제는 드레스셔츠를 빨아 빨랫줄에 널었다고 한다.

남성 음악가에게는 하얀 드레스셔츠가 필수적이다. 그에게도 하얀 셔츠가 대략 오십 장이 있는데, 연주하며 흘린 땀으로 찌들어 성한 것이 없다고 한다. 특히 목 부분의 변색이 심해 깃만 갈아단다고 한다. 빨랫줄에 널려있는 하얀 셔츠가 바람에 펄럭이는 정경은 상상만으로도 평화롭고 한가한 그림이다.

60여 개의 좌석이 마련된 콘서트홀에는 이미 음악 애호가들로 만원이다. 오늘은 베토벤 첼로 소나타 1번에서 5번까지의 전곡을 차례대로 듣고 있다. 베토벤의 첼로 소나타는 3번을 통해 음악사에 두드러지게 솟아올랐다. 첼로 소나타 3번에 이르자 베토벤의 굳게 다문 입술과 강렬한 눈빛이 떠오르고, 독특한 인간 의지가 느껴진다. 바하의 무반주 첼로 전 6곡이 구약성서라면 베토벤의 첼로 소나타 전 5곡은 신약성서라고 하는데, 그 깊고 높은 경지의 음악성을 이해하려면 많은 시간과 노력이 필요할 것 같다.

여성 첼리스트는 짙은 붉은색 스커트에 검은 블라우스를 입고, 열정적이면서도 심오한 표정으로 연주를 한다. 내면의 뜨거운 감성과 풍부한 음악성으로 폭발적인 에너지를 발산하며 연주하는 모습은 화면 전면에 뜬 붉은 장미 한 송이와 흡사하다.

연주하는 동안의 숨 막히는 고요와 긴장된 순간이 지나고, 앙코르를 청하는 관객들의 열띤 환호가 교차되며 시간은 흐른다. 독일인처럼 이상을 추구하고 영국인처럼 교양을 내세우기보다는 프랑스인처럼 재미난 이야기로 웃고 떠드는 것을 좋아하는 내가 견디기에는 좀 긴 시간이다. 오른쪽 뇌는 베토벤 첼로 소나타에 끌려가면서도 왼쪽 뇌는 여러 가지 잡다한 일로 뒤엉켜 머릿속이 복잡하다. 음악 감상에 집중하지 못하는 것은 베토벤에 대한 예의가 아닌 것 같아 자세를 바로하고 앞을 바라보는데, 화면 속의 붉은 장미가 나의 부질없는 생각들을 떨쳐내 준다.

장미의 계절 5월, 작은 축제 마당에 앉아 내가 지금 무슨 생각을 하고 있는가. 베토벤의 음악적 기법에 접근하며, 그의 뜨겁고도 냉철한 내면적 감성과 공감할 수 있는 자리에 앉아 있다는 것이 얼마나 감사한 일인가. 내가 살아있으므로 느낄 수 있는 지금 이 순간을 즐기지 못하고 두뇌를 혹사시키고 있다니….

짧은 삶의 여정 속에서 반딧불처럼 '반짝' 하고 지나가는 아름답고 소중한 '지금 이 순간을 또 놓치고 있지 않는가! 우리는 얼마나 많은 순간의 행복을 놓치며 살고 있는가.

이 순간 내가
별들을 쳐다본다는 것은
그 얼마나 화려한 사실인가
오래지 않아
내 귀가 흙이 된다 하더라도

이 순간 내가
제9교향곡을 듣는다는 것은
그 얼마나 찬란한 사실인가
그들이 나를 잊고
내 기억 속에서 그들이 없어진다 하더라도

이 순간 내가
친구들과 웃고 이야기한다는 것은
그 얼마나 즐거운 사실인가
두뇌 기능은 멈추고
내 손이 썩어가는 때가 오더라도

이 순간 내가

마음 내키는 대로 글을 쓰고 있다는 것은

허무도 어찌하지 못할 사실이다

  - 피천득의 〈이 순간〉

(2008.)

스물다섯 평의 행복

경기도 화성시 우정읍 운평리 산 193번지, 그곳엔 선친께서 장만해 놓은 천여 평의 야산이 있다. 여러 형제의 지분 중 내 몫으로 정해진 것은 25평. 서해 바닷가 외진 곳이어서 재산 가치가 낮아 형제 중 누군가에게 얹어주어 선심이나 쓰기에 좋을 평수다. 그럼에도 그것을 그대로 붙잡고 있는 것은 가까이에 아버지의 고향마을 '평전리(평밭)'가 있는 까닭이다.

평전리에는 내 유년기에서 청년기에 이르는 추억이 서려 있다. 그래서 언제고 불현듯 내려가 바다에 몸을 담그는 석양을 바라보며 옛일을 추억할 수 있다. 내게 주어진 손바닥만한 자리이지만, 그것이 고향과 인연 지어진 까닭에 그 줄을 놓지 못하고 있는 것이다.

화가 이중섭은 말년에 제주도 바닷가의 세 평짜리 방에서 네 식구와 지내며 그림을 그렸고, <몽실언니>와 <강아지 똥> 같은 훌륭한 작품을 쓴 아동문학가 권정생 선생은 안동 조탑리에 있는 작고 초라한 다섯 평짜리 흙집에서 살다가 돌아가셨다. 이에 비하면 내 이름이 붙여진 스물다섯 평은 과하다 할 수 있겠다. 나도 이곳에서 그들처럼 작고 낮은 삶을 살면서 좋은 수필 한 편 남기고 싶다는 생각에 젖어 들곤 한다.

나는 요즈음, 이러지도 저러지도 못하고 그대로 붙잡고 있었던 스물다섯 평의 행복을 톡톡히 누리고 있다. 남동생이 불모지처럼 내버려 두었던 산의 일부를 개간하여 터를 잡은 지 두어 달. 스물다섯 평을 의지 삼아 이따금 이곳에 내려와 향수에 젖을 수 있겠기에 말이다. 두 주일 전에는 석양의 아름다움에 매료되어 수필 한 편을 건졌고, 오늘 두 번째 방문은 추석 명절이어서 '한가윗날 휘영청 밝은 달'을 바라보며 조상님께 감사하며 소원을 빌었다.

그 옛날, 옹색한 살림에도 불구하고 이곳에 작은 야산을 장만하신 선친께 감사하며, 내 아들의 안위를 위한 어미의 간절하고 애타는 심정을 달님께 전했다. 달님도 이 땅 위에서 올려지는 수많은 기원 중에 자식 사랑을 으뜸으로 알고 그 기원을 들어줄 것이다.

이번 추석명절은 여느 때와는 다르게 의미가 깊다. 지난봄에는 외가 근처에 모셨던 조부모님과 부모님, 일찍 세상을 뜬 남동생의 묘를 이장하여 이곳 선산에 납골당을 만들어 안치했다. 그 후 처음 맞는 추석명절이다. 조상들은 태어난 곳으로 돌아와 누우셨으니 한결 편안할 것이다. 그리고 남동생이 고향마을 이웃에 먼저 들어와 안주하여서, 형제들도 자연히 이곳으로 몰려와 추석명절을 맞게 된 것이다. 오랜만에 형제들과 사촌들이 한데 모여 조상님께 제(祭)를 올리고, 밤늦도록 정담을 나누며 우애를 다지는 모습들이 정겨웠다. 남동생이 집에 돌아가는 형제들에게 명절 음식을 싸서 들려 보내는 모습은,

살아계실 때의 어머니를 생각하게 한다.

도시에서도 지는 해와 달을 볼 수 있지만, 고향의 청정한 공기 속에서 바라보는 석양과 달은 그 빛깔 자체가 다르다. 휘영청 밝은 달을 바라보니, 달 밝은 밤에 바닷가의 원둑을 따라 이웃마을에 가서 참외서리를 하던 유년시절의 추억이 떠오른다. 평전리는 청주 한씨들의 집성촌이어서, 친구들은 모두 친척지간이다. 오늘이 추석 명절이니 내 또래의 친구들이 친정 나들이 길에 오를 만도 하여 마음은 자꾸 평전리로 향한다.

오후에는 성묘 다녀오는 길에 들렀다며, 평전리에 사는 친척 한 분이 자손들과 함께 동생의 집으로 들어선다. "조카님, 계시유우~" 하고 부르는 소리가 고향에 왔다는 것을 실감나게 한다. 반가움에 뛰어나가 보니, 그 옛날 젊고 튼실했던 '흥천댁' 큰며느리(내게는 할머니뻘 되는 촌수의 어른이지만 그때는 철이 없어서 그냥 아줌니라고 불렀다)가 파파노인이 되어, 육십을 바라보는 세 아들과 그 자손들을 데리고 왔다.

얼마만의 상봉인가. 내 어릴 적 그 댁 대부님께 귀여움 받던 생각과 어머니와 각별한 정을 나누었던 아줌니의 시어머니(노 할머니)가 생각난다. 방학 때 내가 내려오면 '서울 손님'이라 해서 이 댁 저 댁에 불려 다니며 맛있는 음식을 대접받았던 풋풋한 인정이 그립다. 그 시절의 정 많던 할머니와 아줌니들은 먼 세상으로 떠났고, 지금은 고추 내놓고 다니던 아랫대 사람들이 동네의 주인이 되어 마을을 이끌어 간다. 그래도 고향은 정다운 곳. "조카님, 계시유우~" 하는 한마디로 타관살이의 고달픔이 씻기는 듯하다.

하늘나라에 계신 어머니도 이곳을 못 잊는가 보다. 한가윗날 휘영

청 밝은 달 속에 어머니가 먼저 와 계신 듯, 달빛이 나의 몸을 부드럽
게 감싸준다. 언젠가 나도 이곳에 작은 오두막을 짓고 달님과 벗님과
밤새워 두런두런 옛이야기 나눌 날을 꿈꿔본다.

(2007.)

새우젓

요즈음 가까운 사람으로 인해 마음이 불편했는데 그래서일까. 음식을 먹으면 그대로 속사포처럼 배설되기를 이십여 일, 거기에 감기 몸살까지 겹쳐서 힘겨운 날을 보내고 있다. 그런 중에 참석한 음악모임에서 P씨가 산지에서 올라왔다며 작은 플라스틱 통에 담긴 새우젓을 하나씩 나눠 줬다. 살이 통통 오른 새우젓의 짭짤한 것에 입맛이 당겨 참기름과 깨소금을 섞어 오랜만에 물 말은 밥 한 그릇을 비웠다.

새우젓을 대할 때면 으레 외할머니가 생각난다. 내게 인각된 외할머니의 모습은 '꼬부랑 할머니'이다. 젊었을 적 모습은 기억에 없고 지팡이에 의지해 사셨던 모습만이 떠오른다. 새우등처럼 굽은 허리에 지팡이를 짚고 동네를 한 바퀴 돌던 외할머니의 가쁜 숨소리가 지금도 귓가에 바람소리처럼 들려온다. 외할머니의 일생은 기다림과 그리움, 통한의 세월이었다. 동구 밖에 나가 집 떠난 자식들을 기다리고, 대문 앞에 앉아 외손들을 기다리셨다.

나의 외가는 서울 근교 고양시 삼송리에서 서삼릉 쪽으로 십 리쯤

더 들어가는 곳에 있었다. 내가 초등학교에 다닐 때만 해도 밤에는 승냥이 울음소리가 들리는 산골마을이었다. 마을에는 외지 사람들이 드물게 출입을 했는데, 한 달에 한두 번 찾아오는 새우젓 장수는 외지 소식을 들을 수 있는 유일한 통로였다. 외할머니는 새우젓 장수에게 고기 근을 부탁하거나 새우젓 장수가 가지고 오는 간고등어에 입맛을 붙이시곤 했다.

외할아버지는 슬하에 3남 1녀를 두고 일찍 돌아가셨다. 외가는 인근에 있는 전답을 거의 소유한 부농으로, 세 아들은 한국전쟁 때 북으로 끌려갔고, 딸 하나가 나의 친정어머니이다. 외할머니는 94세에 돌아가셨는데, 돌아가실 즈음에 집안의 손자뻘 되는 사람을 양자로 들이셨다. 외할머니는 끝내 돌아오지 않는 자식들을 가슴에 묻고, 하는 수 없이 양자를 들이신 것이다. 대를 이을 손을 본 것은, 죽은 후에라도 딸에게는 제삿밥을 얻어먹지 않겠다는 관습 때문이었다. 자연히 많은 전답은 양자에게로 돌아갔다.

외할머니가 노환으로 자리 보존하고 계실 때 친정에 다니러 간 어머니에게 "새우젓이 먹고 싶다."고 하셨다던 말씀이 떠올라 마음이 아프다. 많은 재산을 양자에게 주고도 간고등어는커녕 새우젓마저도 제대로 못 받아 드신 신세가 딱하다며, 외할머니를 어리석다고 원망한 적도 있다.

외할머니를 생각하면 떠오르는 것은, 대청마루 한 켠에 모셔두었던 신주(神主)단지와 햇빛이 한지 창문을 뚫고 들어오는 머리맡에 놓여 있던 소설집 ≪옥루몽≫이나 ≪숙영낭자전≫과 같은 고전, 그 옆에 나란히 자리한 놋쇠 재떨이와 장죽(長竹)이다. 외할머니는 집안의 윗분이기도 하지만, 동네에서도 가장 연세가 높아 모두들 어려워했다. 거기에 매무새가 깔끔하고 별반 말씀이 없는 분으로, 잎담배를 피우는 장죽(長竹)으로 놋쇠 재떨이를 한 번 탁 치시거나 헛기침 한 번으로 당신의 의중을 내비치시곤 하였다.

외할머니가 인고의 세월을 버틸 수 있었던 것은 신주단지와 소설집, 담배였던 것 같다. 신주단지에 기원을 담고, 책 속에서 살아갈 길을 찾고, 가슴에 쌓인 통한을 담배 연기에 얹어 내뿜으셨던 것은 아니었을까. 살아생전에 자식을 만나야 한다는 일념으로 자신을 연단하며 강하고 준엄하게 살아오셨기에 흐트러진 모습을 볼 수 없었다. 그렇기에 할머니는 더욱 외로우셨을 것이다.

외할머니는 지팡이에 의지하였지만 총기(聰氣)가 있어, 양자를 들이기 전까지 안팎 일을 주관하셨다. 전답을 관리하는 일에서부터 해마다 겨울방학에 외손들이 가면 지척간의 일손들을 불러들여 조청과 엿을 고아 간식거리를 마련하는 일을 거르지 않으셨다. 절간처럼 적막했던 외가가 잔칫집처럼 북새통을 이룰 때는 엿 고는 날이었다. 가래떡을 구워 조청에 찍어 먹는 맛도 좋았지만, 새우젓 장수에게 특별히 주문한 조기와 간고등어를 밥 위에 얹어 쪄 주었던 맛은 지금도 혀끝에 감긴다. 살림살이의 규모로 보아 할머니의 밥상에는 늘 간간한 생선토막이 오를 것이라 여겼는데, 돌이켜 짐작해보면 홀로 받는 밥상이 뭐 그리 푸짐했으랴 싶다. 땅 한 뙈기라도 손실 없이 보존했다가 자식들이 돌아오면 주려 했던 할머니의 마음을 헤아려보니, 할머니의 입맛을 돋워주던 유일한 건건이는 새우젓이었을 거라는 생각이 든다.

외할머니는 나보다 언니를 더 귀애하셨다. 언니는 학교에서 돌아오면 걸레부터 들고 마루를 닦았지만, 나는 책가방을 팽개치고 친구들을 만나러 나가는 게 우선이었다. 언니는 외가에 와서도 조신하게 집안일을 찾아 했지만, 나는 마실 나가기에 바빴으니 외할머니 눈에 들 리가 없었을 것이다. 나는 언니만 챙겨주는 외할머니에게 서운한 맘이 들어 방학이 끝나기도 전에 집에 가겠다고 서울 갈 차비를 내놓으라고 여러 번 떼를 썼다. 그러면 할머니는 "가지 마라, 가지 마라." 하며 낮은 소리로 나를 달래셨다. 어린 마음에도 나를 붙잡는 할머니의 낮은 목소리에 사랑이 담겨 있다는 것을 느낄 수 있었다. 나는 할머니의 은근한 사랑에 녹아 못 이기는 척 주저앉곤 했는데, 한 번은 끝까지 고집을 부려 할머니에게 차비를 타내었다.

그런데 할머니가 내 손에 쥐어준 돈은 단돈 18원이었다. 그 돈은 외가에서 십 리를 걸어 나와 버스를 타고 서울에 있는 우리 집에 오는 차 삯에서 한 푼도 안 남는 것이었다. 나는 전에 없이 버스비만 달랑 손에 쥐어준 할머니에게 "새우젓처럼 짜다."고 소리치며 그 돈을 방바닥에 팽개쳐 버렸다. 할머니는 주전부리 값은 잘라내고 달랑 차비만 쥐어주며 '갈 테면 가보라'고 내게 소리 없는 으름장을 놓았던 것이었다. 나는 다시 눌러앉아 할머니의 눈치는 아랑곳없이 밖으로 싸돌아 다녔지만, 개학이 가까워 집으로 돌아올 때면 "어여 가라."며 손을 내젓는 외할머니의 작아지는 모습에 나도 모르게 코끝이 찡해졌다.

외할머니 댁에 양자가 들어오면서부터 우리 형제들의 겨울방학 외갓집 나들이는 끝이 났다. 어릴 적 추억이 서려 있던 고택은 사라졌고, 그 자리에는 신식 슬라브 집이 들어섰다. 그대로 남아있는 것은 외갓집 울대에서 나이테를 더해가는 감나무뿐이었다. 외삼촌들과 우리 형제들이 오르내리며 흔들어 대던 감나무 가지에는 해마다 붉은 감이 매달려 누군가를 기다리고 있을 것만 같다.

외할머니가 자리보존하고 계실 때부터 양자가 농지를 떼어 팔았다는 소식이 들려왔다. 그러다가 외할머니가 돌아가시자 아예 전답을 모두 팔아 서울로 이사를 했다. 남북통일이 되면 외삼촌들이 돌아와 토지를 되찾아갈 것을 염려하여 줄행랑을 쳤다는 것이다. 외할머니는 내 결혼식을 일주일 앞두고 돌아가셨으니 벌써 40년 전의 일이다.

물 말은 밥에 새우젓을 얹어 조근조근 씹으니 짭짤하고 달착지근한 뒷맛이 개운하다. 외할머니의 성격 같은 이 맛이 마치 할머니의 사랑을 먹는 것과도 같아 또 코끝이 찡하다.

(2008.)

Chapter 2

자랑할 게 없어서

봄날은 온다

우수가 지난 어느 날 서오릉 분재원에 갔다. 그곳에는 K선생이 수십 년간 자식처럼 키워온 분재 수십 그루가 있다. 마당 넓은 집에서 취미로 기르던 분재를 아파트로 이사하면서 그곳에 맡겨 관리를 하고 있다고 한다. 분재에 대해선 문외한이지만, 그동안 사진으로만 보아온 K선생의 작품들을 대면하고 싶어 발길을 재촉했다.

분재원에 들어서니, 따듯한 실내 온도에 흙냄새와 나무 냄새가 섞여 코끝을 자극한다. 모과·진백·주목·향나무 등등…. 갖가지 이름을 달고 서 있는 나무들을 살펴보며 작은 동산을 연상하기도 하고, 주목(朱木)은 어느 산중에 수백 년 의연히 서 있는 거목을 떠올리게도 한다. 자유롭지 못하게 분재원에 갇혀 있는 나무들이 안 됐다는 생각도 들지만, 철사 줄에 묶여 있는 모과나무에서도 봄을 알리는 푸른 싹이 돋아나고 있다. 봄은 생명 있는 모든 것에 찾아와 그 숨결을 불어넣어 준다.

어릴 때부터 나무를 좋아해 마음속에 푸른 정원을 꿈꿔왔다는 K선생. 그런 간절한 소망으로 푸른 나무가 있는 분재원에서 마음의 안식을 얻는다고 한다. 그는 사회생활에서 오는 스트레스를 분재 가꾸는 것으로 풀어왔다. 절제와 인내와 땀과 열정이 고스란히 묻어나는 분재의 완성목에서 그의 고뇌어린 삶과 성취가 스쳐 지나기도 하고, 좀더 깊은 의미와 품격을 살려내려는 노력의 손길에서 그의 예술적 감각이 엿보이기도 한다. 보잘 것 없는 분재목을 철사로 감아 보기 좋은 모양새로 만들어 가는 것은, 욕망을 다스리고 아픔을 견뎌내기 위한 자기 자신에 대한 채찍이었을 것이다. 주인의 의도대로 형상화되는 분재의 운명에서 가꾸는 이의 숨결이 느껴지는 것도 그런 연유에서다.

분재란 화초 따위를 화분에 심어 가꿈, 또는 그 일이라고 사전에 나와 있다. 그런데 나는 분재라 하면 철사 줄에 묶여 성장을 저지당하는 나무만을 연상했었다. 초원이나 사막에서 자라는 나무에서 볼 수 있듯이, 식물에는 살아가는 대(줄기)에 식물의 기(氣)가 있어서 꽃이 필 수 있는 날씨가 3일만 지속되면 어느 곳에서건 살아갈 수 있다. 그런데 구태여 나무를 좁은 화분에 심어 철사 감기로 자유를 구속하는 것이 마음에 들지 않았다. 그래서 나무를 학대한다는 편견을 갖고 있었는데, 이번 기회에 분재에 대해 좀더 이해하게 되어 다행이었다.

분재목은 비교적 성장이 늦은 나무류와 나무의 생김새, 잎의 형태, 꽃, 열매 등의 관상 가치가 있는 나무라면 침엽수든 활엽수든 모두 분재목으로 가능하다. 어린 나무도 분재를 할 수 있지만, 관상 가치를 생각하여 여러 해 동안 모양도 뒤틀리고 성장 지연으로 강인해진 환경에서 자란 나무를 분재목으로 많이 이용한다. 초기 성장할 때에 철사 등으로 모양을 잡아가며 억제하는 것과 억제가 불필요한가를

정리한다. 분목으로서 적당한 크기로 전체 조형을 교정하여 자연 상
피의 모양 좋은 모습을 축소하여 만들어가는 과정을 보고 나무를 학
대한다고 하는데, 정원수 가꾸는 행위와 거의 흡사하다. 분재의 완성
목이 되면 그때는 철사 감기를 하지 않고 잎 뽑기 정도만 한다고 한다.

K선생의 분재에 대한 설명을 듣고, 완성목으로 서 있는 주목을 바
라보니 분재도 우리네 삶의 과정과 같다는 생각이 든다. 직간(直幹)으
로 뻗어나간 수형(樹形)은 순탄하게 살아온 사람의 인생길 같지만,
직선에선 앞만 보고 달려 온 사람의 가쁜 숨소리가 들리는 것도 같다.
식물이건 사람이건 어려운 환경에서 강인해질 수 있고, 강인한 의지
가 성공의 밑바탕이 되기도 한다. 어쩌면 뒤틀린 환경에서 마구잡이
로 날뛰는 것을 교화하여 인성을 바로잡아 주는 행위가 바로 분재의
철사 감기가 아닐까 싶다. 그냥 버려두면 고사하거나 볼품없게 될
뒤틀린 나무의 모양새를 역으로 되살려 아름다움을 창조하는 손길이
예사롭지 않다.

긴 세월 동안 정성껏 가꿔 잎이 푸른 완성목이 되었을 때의 기쁨을
생각해 본다. 불과 1m도 안 되는 작은 키의 분재이지만, 그 나무의
줄기 속에는 수십 년 인고의 세월이 흐르고 있다는 것을 느끼게 된다.
나무도 그렇게 주인과 함께 생사고락의 동반자로 성장해온 것이리
라. 나무가 긴 시간 열악한 환경에서 강인해졌다는 아픈 사연은 생각
도 않고, 분재목의 몸통이 S자로 휘여 구불구불 올라간 곡선만을 보
고 멋있다고 감탄했었다. K선생은 S자로 휘어진 분재목을 보면서
바둑판 같은 도시의 획일적인 도로를 벗어나 흙먼지가 풀풀 날리는
구불구불한 고향 길을 연상하며 작품을 다듬어나간 것은 아니었을

까. 또한 S자로 에돌아 온 길에는 나무를 피해 길을 만든 동양의 자연 숭배 사상이 배어있는 것도 같다. 곡선에서는 굴곡이 심한 인생길을 떠올리게도 하고, 한 걸음 쉬어가는 여유로움과 푼푼함을 느끼게도 한다. 그저 무심히 보아 넘긴 아름다움의 이면에 많은 사연이 숨어 있다는 것을 분재를 통해 짐작하게 된다.

그 휘어진 나무 끝을 한 마리 학(鶴)의 모양으로 마무리한 솜씨에 그만 입이 다물어지지 않는다. 소나무 그늘 아래 유유자적하는 학의 자태에서 음풍농월(吟風弄月)하는 선비의 모습이 떠오르기도 하고, 어느 도인의 평안한 삶이 연상되기도 한다. K선생은 마치 자신의 노 년을 설계하듯 이 작품을 다듬어 온 것은 아니었을까.

한때 K선생 앞에 교만했던 나의 치기가 부끄럽다. 절제된 이성으 로 나의 감성을 제압하던 그의 사려 깊은 마음이 이제사 이해될 것 같다. 다만 완성목으로 우뚝 선 그 앞에, 내 인생을 좀더 적절히 가꾸 지 못했다는 자책과 허탈감으로 쓸쓸해진다. 분재의 생성과정을 조 금은 알 듯 하지만, 아직도 철사에 묶여 있는 분재를 바라보는 마음 이 편치 않다. 그것은 처해 있는 환경에서 벗어나지 못하는 내 몸과 마음이 아픈 까닭이다.

나는 언제쯤 잎 뽑기만으로도 보는 이의 마음을 즐겁게 해주는 완 성목(完成木)이 될 수 있을까. 그러나 철사에 감겨 있는 초기 성장의 분재에도 푸른 싹이 돋아나듯이, 나목(裸木)으로 서있는 나에게도 봄 날은 올 것이다.

(2006.)

53

여름과 가을 사이

나는 사계절 중 여름을 가장 좋아한다. 여름이 무르익어 제 빛깔을 낼 때, 살아 생동한다. 그리고 편안하다. 여름을 좋아하는 건 유년 시절의 성장과정에서 체질화된 듯하다.

'여름' 하면 산과 바다를 떠올리게 된다. 나는 산보다는 바다가 좋다. 바다에서 탄생부터 죽음까지의 적나라한 삶의 궤도를 보며, 온갖 일은 극에 다다르면 다시 원점으로 회귀한다는 원리를 깨닫게 된다.

나는 유년기에서 청년기에 이르도록 바닷가에서 보냈다. 서울에서 공부를 하면서 서해 바닷가에서 염전을 하는 부모님을 찾아가는 것은 일 년 중 큰 행사였다. 그것은 여름방학 기간뿐이었지만 그간에 경험한 숱한 추억들은 내 삶의 원천이 되어 샘물처럼 솟아나고 있다.

지금도 귓바퀴에 맴돌고 있는 송아지의 어미 부르는 소리와 농부의 소 어르는 소리, 한낮의 뜨거운 햇볕에 졸아든 바닷물이 소금꽃이 되어 순백의 보석으로 피어오르는 모습, 각종 해초류와 어패류를 머리에 얹고 등뒤에서 따라붙는 밀물에 잡힐세라 뭍을 향해 나오는 아낙네들의 숨가쁜 행렬이 그림처럼 떠오른다.

 그런 바닷가의 여름 소리와 풍경들에 한없는 평화로움을 느꼈고, 석양이 물드는 바닷가를 배경으로 바삐 움직이는 염부들의 모습에서는 거룩하고 엄숙한 밀레의 '만종'을 연상했다. 그리고 아낙네들이 온종일 땀 흘리며 거둔 해초류와 어패류에서 풍성한 수확을 보았다.

 작열하는 태양과 바다, 염전이라는 삼각의 축이 균형을 이뤄 만들어내는 아름다운 정경 속에서 여름을 보내고, 삽삽한 바람이 살갗을 스치는 9월로 접어들면 속절없는 쓸쓸함에 가슴 에이곤 했다. 그것은 여름과 가을 사이에서 느끼는 특이한 감정으로 한 해를 미리 돌아보는 사유의 계절이 되었다.

 여름은 격정의 계절, 여름은 깨어 있다. 여름의 소리와 빛깔은 원색으로 살아나 천지간에 용트림한다. 더러는 숨김없이 드러내는 격렬한 기질이 유치하지만, 그것은 오만이 아니라 단단한 열매를 맺기 위한 몸부림이며 자신감인 것이다.

 헌데, 나이가 이슥해진 이즈음 여름 앞에 서기가 두렵고 부끄럽다. 여름을 좋아한다 하면서도 여름을 닮지 못하고 부실하게 살아온 나를 느끼기 때문이다. 단단한 열매를 맺기 위해 여름의 중심에 서 있어야 했건만, 여름을 예찬하며 주변을 서성거리기만 했다는 자괴심으로 조바심이 인다. 여름 끝물 즈음, 삽삽한 바람에도 가슴이 에이는 것은 이 때문이었나 보다.

 바람이 있다면, 아무 것도 거둬들일 것 없는 내 안의 텅 빈 공간에 '은혜'의 씨앗 하나 사뿐히 내려와 꽂히기를….

(2009.)

겨울의 빛깔

연말이 되면 새해 달력과 배달되어 오는 각종 카드가 기다려진다. 달력과 카드에는 우리의 민속풍경이 그려져 있어서 설날의 정취에 젖어들 수 있기 때문이다. 12월이 즐거운 것은 그런 기다림이 있고 새해에 거는 희망이 있어서다.

그러나 경제가 어려워지니 기업들의 달력 부수와 종류는 줄어들고, 전자매체가 발달되어 연말·연시 인사도 이메일로 대신한다. 전자통신에서는 아름다운 그림과 함께 멜로디가 흘러나와 시대의 빠른 변화와 신속성이 느껴지지만 그보다는 달력과 카드에 그려진 설경(雪景)의 눈부심에서 더욱 강렬한 겨울의 빛깔을 느낄 수 있다.

달력이나 카드 속의 겨울풍경이 먼 그리움의 추억 속으로 아련히 젖어들게 한다. 눈 덮인 초가집의 한가로운 풍경, 꽁꽁 언 얼음판에서 썰매를 타고 신나게 팽이를 돌리는 개구쟁이들, 손을 호호 불어가며 연줄을 잡아당기는 아이들의 천진한 모습, 눈 쌓인 길 위를 꼬리치며 달리는 바둑이, 널뛰는 아낙네들의 활기찬 웃음소리, 동네 청년들의 윷놀이에 온 동네가 떠들썩했던 설날을 연상하게 된다. 마을 사람들은 하나의 공동체로 살아가지만 설날에는 이웃 간의 정이 더욱 돈독해진다. 세월과 함께 시대의 뒷편으로 사라져가는 어린 시절의 설날 풍경을 점점 멀어져 가는 연줄을 잡아당기듯 당겨보지만 아쉬움만 남는다.

설날이 되면 무엇보다 즐거운 것은 새옷 한 벌이 생기는 일이었다. 어머니가 만들어 주시는 때때옷을 빨리 입어보고 싶어서 어머니 곁에서 밤을 지새웠다. 어머니는 아버지의 옷을 먼저 지으신 다음에 우리 옷을 바느질하셨는데, 내 옷부터 해달라고 떼를 쓰기도 했다. 새해 아침에는 색동저고리에 다홍치마를 입고 아버지께 세배 드린후, 하루 종일 친척집에 세배를 다녔다. 어른들께 덕담을 듣는 것도 흐뭇했지만 세뱃돈 받는 것이 더욱 좋았다.

설(歲時)의 어원은 새해의 첫날이라 낯설다에서 파생되었다. 신라시대에는 왕이 신하에게 새해를 축하하며 잔치를 베풀고, 해와 달신에게 제사를 지냈다는 유래가 있다. 한때는 태양력을 채택하여 양력설과 음력설이 논쟁이 되기도 했지만, 다시 음력설을 민속의 날로 정하게 되었다. 세뱃돈은 한국과 중국, 일본에서 주는 풍습이 있다. 중국에서는 붉은 봉투에 넣어주고 한국에서는 돈보다 먹을거리를 주었는데, 돈을 주는 풍습은 그리 오래 되지 않았다. 설날에 흰 가래떡을 먹는 것은 새로운 탄생을 의미하며, 가래떡을 타원형으로 썰어서 먹는 것은 돈 모양과 비슷하여 돈이 많이 붙으라는 뜻이라고 한다.

설을 쇠고 나면 늘 외가에 갔었다. 겨울방학을 외가에서 보내는 것은 연례 행사였다. 홀로 사시는 외할머니는 외손들을 기다리시는 것을 낙으로 삼으셨다. 외가에는 나를 즐겁게 해줄 일들이 많았다. 외할머니는 간식으로 엿을 고아 구운 가래떡을 조청에 찍어먹게 했고, 쌀강정을 만들어 주셨다. 차가운 동치미 국물에 국수를 말아 먹던 그 맛이라니, 간식거리가 귀하던 시절에 이보다 더한 야찬(夜餐)이 없었다.

그런가 하면 밤 마실 다니는 것도 빼놓을 수 없는 즐거움이었다. 군불을 땐 따끈한 방에 둘러앉아 이불 속에 발을 묻고 옛날이야기로 밤을 지새기도 했지만, 특히 '대내림' 놀이는 인상적이었다. 한 사람이 눈을 감고 대나무를 잡으면, 그 중 나이든 사람이 점술가인 양 주술(呪術)을 외운다. 한동안 주술을 외우면 대나무를 잡은 사람의 손에 대가 내려 마구 떨리게 된다. 대내림 받은 사람은 일어나서 무당 굿하듯 춤을 추고 둘러앉은 나머지 사람들은 소원을 비는 놀이이다.

무당 굿하는 것을 보고 아이들이 대내림 받은 것처럼 흉내를 내는 것이지만 십여 분 그런 상태가 지속되면 자기 최면에 빠져 몽롱해지기도 한다. 그 대내림 받는 사람으로 내가 자주 지목을 받았다. 그것은 내가 서울에서 온 손님이었기에 대우를 해준 까닭도 있었지만, 시치미를 떼고 눈을 감은 채 덩실덩실 춤을 추며 진짜 대내린 것처럼 비틀비틀 쓰러질 듯하다가 다시 일어나는 모습에 방안이 떠나갈 듯 웃음바다가 되었기 때문이다. 이렇게 산골 마을의 겨울밤은 옛이야기와 웃음소리로 깊어만 갔다

외가는 지금의 고양시 원당의 보이스카웃 근처에 있었는데, 인근의 산에서는 자주 승냥이 울음소리가 들려와 온몸이 오싹해지곤 했

다. 그러던 것이 지금은 사방팔방 길이 뚫려 산짐승은 오간 데 없이 사라졌고, 사람들은 길을 따라 어디론가 떠나 버렸다. 쥐불놀이 대신 폭죽이 밤하늘을 수놓는 문명된 세상에 살고 있지만, 호롱불로 밤길을 밝히던 어린 날의 추억은 곤곤한 삶의 안식처가 되어 주기도 한다. 밖의 기온은 차갑지만, 이러한 추억들이 있어서 훈훈했던 겨울. 겨울의 빛깔은 차가움 뒤에 가려진 찬란한 눈부심이다.

(2005.)

마음에 심는 나무

새해 아침, 친구는 좋은 글 한 편을 메일로 보내왔다. 지은이가 누구인지 모르겠으나 한 해를 시작하는 마음가짐에 많은 것을 생각하게 해준다.

바구니를 건네며/ 어머니는 말씀하셨다/ 매끈하고 단단한 씨앗을 골라라/ 이왕이면/ 열매가 열리는 것이 좋겠구나/ 어떤 걸 골라야 할지 모르겠더라도/ 너무 많은 생각을 하지 말아라/ 고르는 것보다/ 키우는 것을 잊지 말아라
-마음에 심는 나무

봄이 되면 꽃 시장에 나가 화초를 사들인다. 겨우내 움츠렸던 마음에 활기를 불어넣어 주기 위해 화려한 일년초를 사들이지만, 한 달도 채 못 되어 시들어버리기 일쑤다. 그렇게 쓸쓸히 사위어가는 풀꽃을 보며 이번에는 해마다 꽃을 피워주고, 자생력이 강해 키우기에도 편한 꽃나무로 옮겨가는 요변스런 마음을 본다. 그러나 자생력이 강한 다년생 꽃나무라 해서 그냥 자라는 것은 아니다. 자기에게 맞는 환경

을 조성해주면 말없이 고마움을 열매로 보답하는 것이 나무이건만, 꽃나무의 생리에 맞춰 꽃을 키우는 것이 아니라 내 마음대로 꽃을 다루니 짓무르거나 말라 죽기 십상이었다.

우리는 살아가며 많은 사람을 마음에 심는다. 준공검사를 받기 위해 건물 주변에 몇 그루의 나무를 심어야 하듯 세상을 살아가기 위한 방편으로 사람을 고르기도 하지만, 정원 한 모퉁이에서 무심히 자란 나무에 단단한 열매가 매달리기도 하듯, 그렇게 은연중 마음에 심겨진 사람들도 있다.

새해가 되면 수첩을 정리한다. 수첩에 적혀 있던 많은 사람들의 이름이 차츰 지워지고 있다. 그것은 활동 범위가 줄어든 까닭도 있지만 새로운 놀이터를 찾아 떠나는 사람도 있어서다. 헛뿌리 식물도 뿌리가 아닌 잎이나 줄기로 공중의 수분을 흡수하여 건조한 환경을 견디어 내는데, 인간은 누군가의 마음 밭에 들어가 헛뿌리만 부착하고 있다가 생육환경에 맞지 않으면 슬며시 떠나버리는 습성이 있다. 이것이 인간과 식물의 다른 점이라고 타박을 하다가도 이내 생각을 고쳐먹는다. '덤블링트리'라는 식물은 죽은 건초가 뭉쳐있는 공 모양을 하고 있는데, 물이 부족하면 뿌리를 자르고 바람이 부는 방향으로 이리 저리 굴러다니다가 물이 있는 곳에 도착하면 다시 뿌리를 내리고 살아간다고 한다. 몹시 추운 곳, 무척 더운 곳, 공기가 희박한 곳에서조차 생명을 유지하려는 지혜를 가지고 있다. 인간이 만물의 영장이라지만 이렇듯 식물에서 삶의 방법을 배우기도 한다.

인간관계를 오래 유지하려면 상대편의 성품이나 처한 입장을 이해하고 그 사람의 세상 살아가는 방법에 맞춰 처세를 해야 되는데, 사람의 마음을 읽을 줄 아는 능력이 부족하여 꽃 기르기에서와 같은 실수를 반복하는 것이다.

젊었을 때는 경쟁도 활력이라 생각되어 이것저것 많은 일에 관심을 두었지만 차츰 경쟁보다는 함께 가는 것이 좋아졌고, 여러 사람들과 만나는 것보다 마음에 맞는 몇몇 사람들과 만나는 것이 편해졌다. 그러다가 비위 상하는 일이 있으면 나 홀로의 길로 들어서리라. 나는 이것저것 다 떨쳐낸 나머지의 '매끈하고 단단한 씨앗' 만을 손에 쥐고 오지의 섬으로 들어갈 채비를 하고 있는 것이다.

헌데, 지금 내 손안에 든 그 매끈하고 단단한 씨앗은 무엇일까? 궁금증에 가만히 주먹을 펴보니 거기에는 세상에 대한 원망과 분노, 나 자신의 무력함과 후회, 미래에 대한 불안이 한데 뭉쳐 단단한 씨앗이 되어 있었다. 내 안에 있는 또 다른 내가 슬픔에 젖어 스스로를 괴롭히고 있었던 것이다. 이제 나를 옭아매고 있는 올무에서 자유로워지고 싶다.

인간관계에도 변화가 필요하다. 사회적인 감각에 따라 수많은 개체와 조직이 생겨나고, 그에 적응해 나가려면 인간관계에도 적절한 변화가 필요한 것이다. 매끈하고 단단한 씨앗이 될 만한 사람을 골라야 하고, 그 사람이 얼마만큼의 열매를 맺어줄지를 저울질하는 현대인의 틈새 없는 모습이 그려진다. 그러나 아무리 튼실한 씨앗이라도 어떻게 키우느냐에 따라 선악과(善惡果)로 바뀌고, 그런가 하면 조금 부실하다 해도 마음에 심어놓고 변함없는 손길로 잘 가꾸면 쉬어갈 그늘이 생긴다는 것을, 친구는 널리 전하고 싶었던가 보다.

(2012.)

자랑할 게 없어서

　로또 복권 1등 당첨 두 번, 그 외 3등에 다섯 번이나 당첨된 적이 있는 사람이 텔레비전에 나왔다. 사회자가 그 비법을 궁금해 하며 복권에 당첨되면 대개 종적을 감추는데 무엇 때문에 공개 석상에 나왔느냐고 물으니, 그는 입가에 웃음을 띠며 "자랑하고 싶어서"라고 한다. 당첨금이 세금을 제하고 8억 원 정도였다니 1등 당첨금으로 많은 금액은 아니지만, 그 돈으로 고향에 집 두 채를 사고 한 채는 집 없는 누님에게 빌려줬다고 한다. 도타운 형제간의 정이 느껴져 흐뭇했다. 로또 당첨자들은 대부분 당첨금을 탕진하거나 가정 파탄으로 이어지는데, 이분은 하위급 공무원으로 착실히 살아가고 있다.

　몇 해 전, 남편이 구입한 로또 복권이 3등에 당첨되어 세금을 제하고 난 나머지 수십 만 원이 내 손에 쥐어졌다. 친지들에게 전화를 걸어 크게 횡재를 한 듯 자랑을 하고, 그 돈으로 맛있는 음식을 대접한 적이 있다. 공돈은 이렇게 자랑 값으로 나갔지만 기분은 좋았다. 그때 나는 엉겁결에 공돈이 생겼지만, 1등에 두 번 당첨된 사람의 이야기를 들어보니 행운을 잡자면 그날의 운수뿐만이 아니라 심도 깊은 연구와 꿈의 예시가 있어야 할 것 같다. 자기에게 온 행운은 거듭된 실패와 그에 따른 연구결과라고 한다. 오랫동안 사 모은 복권에서 당첨되었던 행운의 숫자만으로 대칭법을 연구하고 수없는 실전을 거듭한 끝에 얻어낸 결과라는 것을 자랑하고 싶었던 모양이다. 자랑도 자랑 나름이라고, 은근한 미소와 말투로 이어가는 그의 로또 복권 연구논문(?) 발표는 전문적인 학술논문 발표보다 재미있었다.

며칠 후, 나는 흐느끼며 새벽잠에서 깨어났다. 꿈을 깨고 나니 가슴이 뻐근하게 아파왔다. 나의 친구들이라는 십오 세 가량의 여학생 세 명이 찾아와 친정아버지가 돌아가셨다는 소식을 전해 주었고, 방 안에는 어느 여인이 앉아 있었다. 아버지가 돌아가셨다는 말에 나는 통곡하듯 흐느끼다 꿈에서 깨어난 것이다. 마음은 개운치 않았지만, 꿈에 죽은 조상이 찾아오면 좋다는 1등 당첨자의 말이 생각나 스스로를 위로해 본다. 그런데 이건 돌아가신 조상이 찾아오신 것이 아니라 돌아가셨다는 통보를 받은 것이 아닌가. 내 집을 찾아오신 것과 내 집에서 나가셨다는 차이가 있지만, 아버지는 돌아가신 분이니 그게 그것 아닐까 억지를 부려본다. 그리고 이것도 예사로운 꿈은 아닌 듯 하여 슬며시 로또 복권을 사야겠다는 생각을 해본다.

복권이라면 재미로 몇 번 사 본 적은 있지만 어느 사이 꿈을 빌미 삼아 요행수를 바라고 있는 것이다. 마치 쓰레기통을 뒤지던 노숙자가 우연히 산 복권이 당첨되어 벼락부자가 되었다는 외국 어느 나라의 행운아처럼, 아침에 눈을 떠보니 스타가 되어 있더라는 허황된 잠재의식이 나에게도 있다는 말이 되겠다.

　복권은 사람들의 왕래가 많은 곳에서 사야 당첨될 확률이 높다는 데 시내에 나갈 일은 없고, 그렇다고 모처럼 조상님 꿈을 꾸었는데 그 기회를 놓치기도 아쉬웠다. 1등 당첨자가 복권을 샀다는 오후 서너 시쯤 마을버스를 타고 집에서 가까운 백화점 건너편에 있는 복권 판매점으로 갔다. 그래도 이곳은 제법 사람들이 붐비는 곳이니 그런대로 확률은 있을 것 같았다.

　노점상 앞에 손님이 없는 틈을 타 얼른 점포 안으로 머리를 디밀고 주인 여자에게 로또 복권 숫자 찍는 법을 물었다. 여자는 귀찮다는 듯, 그것도 모르면 복권은 다 산 것이라며 퉁박을 주는 것으로 보아 로또 복권은 이미 사회 전반에 퍼진 바이러스와 같다는 느낌이 들었다. 잠시 뜸하다 싶더니 또 다시 여러 명이 내 등을 떠밀며 비집고 들어와 복권을 사 가는데, 그들이 거의 2,30대의 젊은이들인 것으로 보아 행운을 잡으려는 사행심이라기보다는 실업에서 오는 경제적인 고통을 덜어보려는 사회현상을 말해주는 것 같아 마음이 짠했다.

　나는 한 쪽으로 물러서서 복잡한 대칭법은 염두에 두지 않고, 그날의 날짜와 꿈에 나타난 사람들의 숫자와 나이를 찍어나갔다. 여주인은 좁은 진열대 옆에서 숫자 배분을 하느라 쩔쩔매는 나에게 자동선택을 하면 당첨될 확률이 더 높을 것이라며, 못마땅한 눈초리를 보내온다.

　"복권용지에 숫자 찍는 것은 집에 가서 해와도 돼요!"

　"언제까지 해오면 되나요?"

　"내일 가져와도 돼요."

　마치 숙제는 집에 가서 해오라는 담임선생의 꾸중을 듣는 초등학생 꼴이다. 나의 답답한 모습을 보다 못한 여주인의 남편인 듯한 사람도 한마디 거든다.

"복권 당첨되면 뭣에 쓰려고 그러슈?"

"글쎄요?!"

"당첨되면 좋은 옷도 사 입고, 맛있는 것도 사 먹고, 해외여행도 가시유! 당첨되길 바랍니다!"

"나도 집 한 채 사서 동생에게 빌려주고 싶은데….."

목까지 차오르는 말을 삼키며 얼른 횡단보도를 건너왔다.

연구는커녕, 그럴만한 실전도 없이 로또 복권 1등 당첨자가 되어보려는 이 허황된 꿈. 당장 거처해야 할 집을 구하는 동생에게 좀 더 너른 집으로 갈 수 있도록 보탬을 주지도 못하면서, 동생에게 집 한 채를 빌려주었다고 자랑하고 싶은 이 염치없는 발상. 자랑할 게 없으니 별난 꿈을 다 꾸어본다.

지나친 자기 자랑도 꼴불견이지만, 자랑할 게 없는 무덤덤한 세상도 앙꼬 없는 찐빵 같다. 어쨌거나 개인적으로나 국가적으로 자랑할 게 풍성한 나날이었으면 좋겠다.

(2009.)

자연 한 줌, 생명 한 아름

6월 초순, 숲을 찾아 떠났습니다. 충북과 경북에 걸쳐 있는 대야산 문경 자연휴양림입니다. 우리나라의 산림면적은 국토의 63%로, 어디를 가나 숲을 볼 수 있습니다. 대야산의 꽃들은 이미 빛을 잃어가고 있지만 나뭇잎들은 푸른색에서 검푸른색으로 변해가는 성숙기에 들어섰습니다. 나무는 천지의 기운을 한데 모아 햇빛을 빨아들이고 금시라도 검푸른 색채를 뿜어낼 기세입니다.

나뭇잎들의 흔들림이 신비합니다. 수천, 수만 가지의 나뭇잎들이 한데 어우러져 햇빛을 받으며 바람에 흔들리는 모습은 온 세상을 향해 소리 없는 환호를 보내오고 있는 듯합니다. 나무들도 저마다 지닌 빛깔이 조금씩 달라 빛의 각도에 따라 그 색채의 음영(陰影)도 다릅니다. 띠를 이은 산과 산이 푸른 파도가 밀려오듯 장엄합니다.

우아하고 탐스러운 꽃잎들은 이미 져버리고, 지금은 자잘한 꽃들이 군데군데 애잔한 모습으로 자리를 지키고 있습니다. 바람에 흔들리는 솔가지 사이로 작은 풀꽃들이 얼굴을 내밀기도 합니다.

6월의 꽃으로 국수나무와 산딸나무를 꼽아봅니다. 자잘한 흰 꽃으로 가지를 이룬 국수나무, 가지를 잘라 벗기면 국수 같은 줄기가 나온다 하여 붙여진 이름입니다. 하늘에서 내리는 흰 눈이 모두 쌀이었으면 좋겠다던 어느 가난한 소년의 소원처럼, 그 옛날 궁핍했던 시절에 나뭇가지를 잘라 벗기며 국수줄기가 쉼 없이 나오기를 바라며 배고픔을 채워보려는 민초들의 서글픈 사연이 담겨 있는 듯합니다.

산딸나무도 햇빛을 받으며 은근히 하얀 꽃잎을 뽐내고 있군요. 산딸나무의 하얀 꽃잎은 작은 씨방을 받혀주고 있는 잎의 변화랍니다. 그냥 지나치던 벌들도 하얀 꽃잎을 보며 다시 한 번 씨방에게 눈길을 주게 되지요. 나무들은 서로 경쟁도 하지만 이렇게 협력하여 기적을 만들기도 한답니다.

나무를 안아 봅니다. 두 사람이 손을 맞잡아야만 품에 들어오는 나무 둥치에서 수백 년 이어져온 전설이 묻어나옵니다. 꽃 이름에서 민족의 얼과 민초들의 한 맺힌 설움의 소리가 들려오는 듯합니다. 숲속에는 뭇 짐승들이 목을 축이는 계곡도 있습니다. 새소리와 바람 소리와 계곡의 물소리가 화음(和音)을 이뤄 멋진 연주를 합니다. 자연의 합일에 눈과 귀가 열리고, 마음에 평안을 줍니다. 잡다한 생각들로 복잡했던 머리는 맑아지고, 밝고 경쾌한 에너지가 들어찹니다. 하늘에는 솜털처럼 부드러운 뭉게구름이 한가로이 떠돕니다. 나도 오늘은 구름처럼 여유작작 신선이 되어 봅니다.

자연 한 줌 한 줌이 모여 이곳을 찾는 한 아름의 생명을 살리고 있습니다. 인간의 손으로는 도저히 빚어낼 수 없는 오묘하고 아름다운 산과 계곡. 하나님이 만들고 그리신 그림 안에서, 나도 산처럼 맑고 힘차게 살고 싶습니다.

(2011.)

다시 석양을 보다

　서해 바닷가 외진 곳, 경기도 화성시 우정읍 운평리에는 선친이 장만해 놓은 작은 야산이 있다. 10분쯤 원둑을 따라 올라가면 아버지의 고향 '평전리'(평밭)가 있는데, 내 유년기에서 청년기에 이르는 추억도 함께 그곳에 깃들어 있다.

　아버지는 도시에 있는 사업체를 정리하여 늘그막에 고향에 내려와 염전과 정미소를 마련했다. 바다가 훤히 내다보이는 낭너머에 우리 집을 지었고, 맑은 날이면 어김없이 수평선에 내려앉는 황홀한 석양을 바라볼 수 있었다. 수평선에 꿈을 꾸듯 졸고 있는 섬에 대한 동경과, 석양은 지는 해가 아니라 내일을 위한 안식의 빛으로 내 가슴에 살아나 서해 바다와 염전은 내 문학의 근원이 되었다.

　고향에 대한 그리움은 살붙이처럼 따라붙어, 결혼 후에도 부모님이 안 계신 그곳을 몇 번이나 찾아가 보았다. 염전은 양어장으로 변했고, 방학이면 내려와 문학의 꿈을 키우던 창 넓은 집은 폐가가 되어 그 옛날의 흔적을 찾아볼 수 없었다. 또한 선대조들은 타계하고 남자 형제들만이 아랫대 사람들과 교류하며 지내고는 있지만, 나에게 '평밭'은 지명 그 자체만으로도 그립고 정겨운 곳이라 하겠다.

그동안 불모지처럼 내버려 두었던 산의 일부를 개간하고 남동생이 들어가 터를 잡은 지 한 달여, 찐득한 갯내음과 수평선에 내려앉는 석양이 나를 부르는 것만 같아 내친걸음을 서둘렀다.

오랜만에 찾아간 운평리, 산의 위치는 바닷가 둑에 길게 접해 있어서 앞을 가로 막는 것 없이 바다를 한눈에 바라볼 수 있다. 어쩌면 이곳은 아버지가 나를 위해 마련해 놓으신 것 같은 착각이 들 정도로 석양을 바라보기에 좋은 위치다. 주변 환경이 달라진 것이 있다면, 서해안 시대가 열리면서 바다를 개간한 곳이 늘어났고, 시오리 밖에 방파제를 만들어 놓아 밀물과 썰물을 볼 수 없게 되었다는 점이다. 방파제로 바닷물을 막아 놓아 바다에 서식하던 뭇생물들이 죽어갔고 갯벌은 폐경되어 꾸덕꾸덕 말라가고 있었다.

이 넓은 갯벌에 공단이 들어설 것이라지만 요원한 일이다. 예전에는 집안에 앉아서도 파도소리를 들을 수 있었고 눈앞에 펼쳐진 광활한 바다에 몸을 담그는 석양을 바라볼 수 있었지만, 서해안의 지도가 바뀌고 보니 이제 석양은 방파제 너머 산 아래로 내려앉고 있다.

원둑에 접해 있는 갯벌은 얼마간 개간되어 벼농사를 짓고, 방파제 너머로 밀려난 바닷물은 한 뼘 정도의 폭으로 잔잔하고 그윽한 눈길만 보내오고 있다. 아득히 먼 곳에 축조된 방파제 위로는 장난감 같은 자동차들이 분주히 오가는 모습이 보인다. 화성과 남양면을 잇는 방죽 끝에는 '궁평항'이라는 항구가 들어섰고, 궁평항은 서해안의 새로운 명소로 각광받게 될 것이라 한다. 이 모든 정경은 근대화의 물결에 밀려 새로 형성된 면모들이다.

오늘의 석양도 예전의 석양이건만 바라보는 위치와 배경에 따라 또 다른 감흥을 불러일으킨다. 바다 위 지평선에 내려앉던 석양은 황홀하고 장엄하게 바닷물 속으로 몸을 담갔었는데, 오늘 방파제 너머 산 아래로 내려앉는 석양은 진다홍색으로, 마치 수줍은 처녀의 홍조 띤 얼굴이 산의 품에 묻히는 것만 같다. 벼가 익어가는 벌판을 지나 물 빠진 갯벌과 방죽, 그 너머 산을 배경으로 펼쳐지는 일몰 현상도 아름답기는 마찬가지였다.

눈부신 빛의 조화 속에 하루를 열심히 빛내고 미련 없이 떠나는 석양을 바라보며, 나의 삶과 죽음도 석양을 닮을 수 있다면 오죽이나 좋으랴 싶었다. 때가 되면 제자리를 선선히 비워주는 자연의 순리처럼, 인간도 탐욕을 버리고 질서와 원칙에 순응하는 삶을 살 수는 없는 걸까. 석양은 박수 받으며 물러설 때 아름답다는 것을 일깨워 주고 있다.

석양이 사라진 자리에는 오색의 노을이 하늘을 아름답게 물들이고, 그 아래 땅 위엔 평화로움이 깃든다. 자연의 질서 앞에 숙연해지는 순간이다.

나는 마루 난간에 기대어 청정한 공기를 폐부 깊숙이 들이마시며 오랜만에 편안함을 느낀다. 부모님이 남겨주고 가신 터에 앉아 서해 바다와 고향에 대한 끈끈한 감응(感應)에 젖을 수 있다는 것이 더없이 행복하다.

노을 진 하늘엔 새떼들이 날고, 개구리 소리 간간이 들려오는 논고랑에선 막내 동생이 우렁이를 잡고 있다. 저녁상에 오를 된장찌개

냄새가 구수하게 풍겨오고, 방파제 너머에서 짭조름한 바닷바람이
건너와 팔뚝을 간지럽힌다.

(2007.)

어여 와, 어여!
− 내 고향 사투리

　나는 서울에서 태어나고 서울에서 자랐지만 간혹 고향이 충청도가 아니냐고 묻는 이가 있다. 아버지의 고향이 충남 당진과 인접해 있는 경기도 화성이고, 결혼 후 남편 직장을 따라 대전에서 여러 해를 살았기에 내 말에 은연 중 충청도 억양이 배어 있는 모양이다.

　아버지는 늘그막에 도시에 있는 사업체를 정리하여 고향인 서해 바닷가에 내려가 염전(鹽田)을 하셨다. 나는 서울에서 학교를 다녔지만 여름방학이면 부모님이 계신 고향에 내려가 그곳의 정취에 젖어 문학의 꿈을 키우곤 했다. 창망(滄茫)한 바다 저편의 수평선에 내려앉는 석양과, 노을 아래 꿈을 꾸는 듯 졸고 있는 작은 섬들을 보며 칼 부세의 '산 너머 저쪽'을 동경했던 행복한 시절이었다. 그때 나를 더욱 행복하게 해주었던 것은 마을 아줌니(경기도 사투리)들이 번갈아 가며 점심 식사에 초대해 준 일이다. 마을 이름은 '평밭'이라고 하는데, 그곳은 청주 한씨만이 모여 사는 씨족 마을이다. 그때만 해도 서울 가서 공부하는 것을 서울로 유학 가는 것으로 알던 시절이어서 나를 귀한 손님 대접하듯 했던 것이다. 그때 아줌니들이 "어여 와, 어여!" 하며 내 손을 잡고 반기던 인정이 잊혀지지 않는다.

결혼 후 대전에서 살 때였다. 주부대학에서 사귄 '양수자'라는 친구가 있는데, 요즘 들어 자주 그 친구 생각이 난다. 그 집에는 남편에게 귀속된 사람들이 끊이지 않고 드나들었는데, 그래서인지 전기밥솥에는 항상 밥이 떨어지지 않았다. 친구는 하루에 몇 번을 드나들어도 그때마다 "어여 와, 어여!"라는 말을 입에 달고 살았다. 친구의 그런 소탈한 점이 마음을 편하게 해주었다. 뜬금없이 방문해도 되느냐고 전화를 하면 그게 무슨 소리냐며, "어여 와, 어여!"라고 하여 사람을 민망하게 하는 법이 없었다.

그러나 이제는 어디를 가도 그런 정겨운 말은 듣기 어렵다. 모두가 바쁘게 살다보니 아무리 가까운 인척간이라도 미리 약속을 해야지 시도 때도 없이 찾아가면 십중팔구 퉁바리맞을 것이다. 마음 가는 대로, 발길 닿는 대로 찾아갈 사람이 없는 쓸쓸한 세상이 되어가고 있다.

고향 아줌니들과 친구의 정이 흠뻑 담겨 있는 경기 화성과 충청도 사투리 "어여 와, 어여!" 경제적으로는 궁핍했지만 마음만은 풍요로웠던 그 시절의 인정이 그리워진다.

(2009.)

부부지정

모촌 선생님, 어제는 피곤하여 초저녁잠에 들었습니다. 한숨 자고 일어나 컴퓨터 앞에 앉으니 새벽 1시입니다. 창밖은 어제 내린 눈으로 설원을 이룬 듯하고, 눈 위에 내리비치는 달빛은 오욕을 씻어줍니다.

저는 하릴없이 컴퓨터를 열어 여기저기 들여다보다가 '국내 산문'으로 시선을 고정시킵니다. 오늘은 선생님의 대표작 <오음실주인(梧陰室主人)>과 김소운 선생의 <가난한 날의 행복>을 읽어 봅니다. 이미 이 작품들은 수없이 묵독하여 그 내용이 눈앞에 영화 필름처럼 돌아가지만, 읽을수록 은근하고 푸근한 부부의 정을 느낄 수 있어 미소가 흐릅니다. 이 두 작품은 가난한 날을 회상하는 부부의 이야기가 공통점이군요. 오늘 유독 이 두 작품에 마음이 가는 것은, 어제 사모님과 전화 통화를 한 뒤끝이기도 하거니와 어느덧 제 처지가 이 작품 속의 주인공들과 비슷한 연배에 와 있는 까닭이기도 합니다.

<오음실주인>을 읽을 때마다 각기 다른 문구에 감흥을 얻곤 하는데, 오늘은 '구차한 살림 속에서 오동나무의 현덕만큼이나 드리워

진 아내의 그늘을 의식한다.'라는 구절과 '무료하면 오동나무를 쳐다보게 되고, 그럴 때마다 찌든 내 집에 와 뿌리를 내린 오동나무가 그저 고맙기만 하다.'는 문구가 마음에 와 닿습니다. 오동나무와 사모님을 비유하여 아내에 대한 사랑과 고마움을 내비치신 깊고 따뜻한 마음을 읽을 수 있었습니다.

선생님 떠나신 지도 여러 해가 지나고, 사모님 건강도 전과 같지 않습니다. 지난겨울에는 이웃의 친척집에 오셨다가 제 집에 잠시 들르셨는데, 추위에 몸을 움츠린 탓도 있지만 사모님의 음성과 몸놀림이 예전 같지가 않았습니다. 어제 전화 목소리에도 힘이 없으신 듯했는데, 선생님 떠나시고 난 후에 사모님은 아마도 제 마음이 가 닿은 그 두 문장을 붙들고 사셨을 것이란 짐작이 듭니다. 가정을 꾸린 지 3, 40년쯤 되면, 아무리 소갈머리 없는 아낙일지라도 남편이 그동안 내게 와 고생 많았다고, 40년간 새벽밥 해주느라고 수고했다고 하면, 여자는 그 한마디를 붙잡고 남은 생을 차지게 살겠지요. 그 당연한 말 한마디 듣지 못한 여인들은 외롭고 공허한 마음을 붙잡아줄 끈이 없을 것 같습니다.

김소운 선생의 <가난한 날의 행복>에도 세 부부의 모습이 그려져 있는데, 마지막 등장하는 부부의 모습이 가장 인상적입니다. 사업에 실패한 남편이 사과 장사를 하려고 춘천에 갔다가 사정이 생겨 삼 일이 지나도록 집에 돌아오지를 않자, 아내는 남편을 찾아 춘천엘 가지요. 어렵게 만난 남편과 함께 춘천을 떠나 서울을 향하는 차 속에서 남편은 아내의 꼭 쥔 손을 한 번도 놓지 않았습니다. 그 시절에는 세 시간 남짓 걸리는 경춘선이었습니다. 아내는 후일 먼저 세상을 뜬 남편을 생각하며 이렇게 말했습니다.

"이제 아이들도 다 커서 대학엘 다니고 있으니 그이에게 조금은 면목이 선 것 같아요. 제가 지금까지 살아올 수 있었던 것은 춘천서 서울까지 제 손을 놓지 않았던 그이의 손길, 그것 때문일지도 모르지요." 여인은 조용히 웃으면서 그렇게 말을 맺었다고 합니다.

'행복은 반드시 부와 일치하지 않는다.'는 말은 결코 진부한 일편의 경구만은 아니라고 작자는 결론짓고 있습니다. 행복은 인간의 보편적인 소망이고, 가난했던 날의 빛나던 행복을 잊지 말아야겠다는 작자의 의지가 핵심입니다. 어떤 이유에서건 힘들 때 버팀목이 되어준 사람의 보석 같은 마음을 잊지 않아야 된다는 것이겠지요. 사랑은 자신보다 상대방을 먼저 생각하는 것이고, 행복은 사랑 속에 존재한다는 것을 느끼게 해줍니다. 진정한 의미의 행복은, 황금만능에 젖어 있는 사람들에게 경각심을 심어줄 것이라 생각됩니다.

위에 열거한 두 편의 수필에서는 부부간의 은근한 정(情)을 느끼게 됩니다.

저도 나이가 저물어 가니 부부지정의 소중함이 절로 느껴집니다. 몸살감기로 힘든 요즈음, 남편은 자다가도 슬며시 일어나 따뜻한 꿀물을 타다 말없이 제 앞에 내밀곤 합니다. 그 마음이 따뜻한 꿀물 같아 지난 세월 묻어둔 미움이 녹아내리는 듯합니다. 절실한 그리움도 애절한 아픔도 빠져나간 빈자리에 연민과 이해로 싹트는 눈물의 꽃, 부부지정이란 이런 것이 아닌가 생각해 봅니다.

눈 위에 내리비치는 달빛이 정겨운 밤입니다.

(2011.)

내 안의 블루

9월 초순, 집에서 그리 멀지 않은 자유로 '아쿠아랜드'를 향해 차를 달린다. 이곳은 통일전망대와 인접해 있는 숲속에 자리잡고 있어서 공기가 맑고 조용해 자주 이용하는 편이다. 온종일 혼자 보내도 지루하지 않을 만큼 목욕시설도 잘되어 있는데, 내가 즐기는 것은 노천탕에 있는 평상에 누워 하늘 바라보기다. 하늘을 자주 바라보지만 이곳에서처럼 자연 속에서 원시의 자태로 마음의 평정을 누리며 하늘과 구름을 관찰하기란 쉽지 않은 일이다.

오늘도 늦더위로 노천탕을 즐기고 너른 평상에 누워 넓게 펼쳐진 짙은 블루의 하늘을 바라본다. 신뢰와 희망을 주고 신비로움에 젖게 하는 색 블루. 토파즈 색 청명한 하늘이 마음도 눈도 맑게 해준다. 태양은 부서져 내리고 바람은 소나무 가지를 살랑살랑 흔들어 준다. 곁에는 늘씬한 몸매와 탄력 잃은 몸매의 여인들이 늦더위 일광욕을 즐기고 있다. 한나절 한유에 젖기에 좋은 날씨다.

평상에 누워 올려다본 하늘은 마치 대운하를 연상케 한다. 구만리 먼 하늘은 깊고 푸른 강물과도 같아 풍덩 뛰어들고 싶은 충동을 느끼게 한다. 강물이 깊을수록 신비감은 더하다. 무리지어 떠가는 뭉게구름은 유람선 같기도 하고 돛단배 같기도 하고 하얀 면사포를 쓴 신부 같기도 하다. 푸른 강물에 뛰어들어 유람선에 오르면 먼 남태평양에 있는 미지의 섬에도 닿을 수 있겠다. 대운하를 벗어나 바다를 떠도는 공상에 젖어보는 것도 한때의 즐거움이다. 거꾸로 보는 세상의 아름다움에 시간가는 줄을 모르겠다.

조금의 흔들림도 없이 유유히 흐르는 구름떼들. 지상을 내려다보며 조바심에 종종거리며 뛰어다니는 인간들을 조롱이라도 하듯, 그 운행이 여유롭다. 그러나 비행기 안에 앉아 창밖을 내다보면 비행기는 그냥 구름 속에 묻혀 움직이지 않는 것 같지만 초속 수천 마일의 속도로 달리고 있듯이, 움직이지 않는 것 같던 구름도 잠시 눈을 뗀 사이 저 멀리 가 있다. 넓게 펼쳐진 짙은 블루의 하늘에 하얀 뭉게구름, 그 색의 조화가 금상첨화다.

오래 전부터 '블루'는 내 안에서 나와 숨결을 같이 하고 있었다. 의상이나 장식품을 고를 때는 은연 중 파란색에 시선이 멈춰 구입하게 된 것이 여럿이다.

30여 년 전, 처음 장만한 코발트블루 투피스를 입었을 때의 기억이 새롭다. 블루는 상실되어가는 젊음을 회복시켜주어 자신감을 갖게 했고, 결여되는 사회성에 진취적 정신을 키워주었다. 지중해 연안을 여행하며 장만한 터키석 팔찌와 반지는 무한한 순수와 초감각적인 것에 대한 그리움을 일깨워준다. 연하늘색 바지와 구두, 핸드백은 시원한 느낌을, 블루 터키석 반지와 브로치, 목걸이는 우아하고 세련된 아름다움을 선사해 주었다. 그중에서 내가 가장 아끼는 것은 토파즈 반지다. 토파즈는 이민역사 취재차 브라질에 갔을 때 어느 교포에게서 선물 받은 것인데, 그 물색이 마치 맑은 호수와 같아 마음을 잔잔하게 다독여 주고, 디자인이 어떤 스타일에나 잘 어울려 자주 착용하고 다닌다. 특별히 의상과 장식품의 밸런스를 맞춰야할 경우가 아니면 으레 토파즈 반지를 끼는데, 늘 하고 다니니 호신용 같아 토파즈 반지를 하고 외출하면 하루를 무탈하게 보낼 것 같은 믿음이 생긴다. 내가 지니고 있는 장신구는 비싼 보석이 아니고 원석이 대부분이지만, 그 색에서 느끼는 감흥으로 정신적인 만족도는 보석처럼 높은 가치를 간직하고 있다 .

요즈음, 어떤 행사의 실무를 맡아 그 감사의 뜻으로 받은 L화백의 그림 한 점을 즐겁게 감상하고 있다. 바닷속을 헤엄치는 두 마리의 물고기 그림인데 바다 표면은 옅은 색, 심연으로 빨려드는 중심과 바닷 속 깊은 곳은 짙은 블루의 색채감으로 구분해 놓았다. 물고기들은 바다 표면과 가까운데서 평화롭게 노닐고, 중간의 파란색은 깊은 곳으로 함몰되듯 빨려 들어가는데, 깊은 바다 속에는 다섯 개의 수염을 단 생물이 그려져 있다. 이러한 구도는 어떤 의미를 담고 있는지 알 수 없지만, 파란색은 억눌린 감정을 해체시켜주고 순수함을 불러일으키며 좌절에서 희망으로 인도하는 신비의 힘을 지녔기에 즐기게 된다.

파란색은 남녀 모두 선호하는 색으로 그 종류가 백여 종에 이른다. 19~20세기에 청바지 산업이 발전하면서 파란색이 각광을 받게 되었지만, 고대 로마시대에는 야만인의 색으로 꼽혔다고 한다. 그 이후,

죽은 아들을 안고 눈물을 흘리는 피에타 상의 성모에 의해 성스러운 색으로 변했다. 색채 치료사들은 파란색이 통증을 완화시켜주는 효과가 있다고 말한다. 눈이 피로할 때 하늘을 바라보거나 컴퓨터 배경 화면을 파란색으로 권장하는 것도 같은 맥락이라 하겠다.

올해 우리나라는 파란색의 향연 속에서 지냈다. 지난해 말 개봉된 영화 '아바타'의 폭발적인 인기도 블루에서 시작되었다. 동계올림픽의 메달리스트들이 입은 의상도 모두 파란색으로, 특히 김연아의 블루 의상은 성공을 상징하여 '올림픽 블루'의 속설이 생기기도 했다.

세계적인 색채 연구소 '팬톤사'에서 올해의 색으로 '터키석블루'를 꼽았다. 세계적인 불황이 회복 조짐을 보이면서 희망을 되찾고 싶은 사람들의 욕망을 반영한 것이라고 한다. 파란색은 이상향과 희망, 밝은 미래를 상징하고 있어서 우리나라뿐 아니라 전세계적으로 각광받고 있다.

오늘은 푸른 녹차 탕에서 몸의 피로를 풀고, 짙은 블루의 하늘을 보며 가슴에 희망을 품었다. 그리고 그 희망에 대한 확신과 믿음으로 행복한 하루였다.

(2010.)

팔찌

우연히 은팔찌를 구입했다. 젊은이들이 멋으로 팔찌를 여러 개 겹쳐 하는데, 은팔찌는 건강에도 좋다니 구미가 당겼다. 나도 서로 다른 디자인의 은팔찌 세 줄을 손목에 감고 다녔다. 외출에서 돌아오면 풀어버리는 다른 장신구와는 달리, 그대로 손목에 감고 있어도 불편하지 않아 수개월을 집에서도 착용하고 있다가 변색을 제거하기 위해 팔찌를 풀었다.

제 빛깔을 찾은 팔찌를 다시 손목에 감으려다가, 문득 젊은이들을 따라하는 내 자신에게 실소(失笑)하며 팔찌를 한켠으로 밀어 놓았다. 그러나 당뇨나 협심증 환자가 길거리에서 갑자기 쓰러지는 것에 대비해 병명과 연락처를 새겨 넣은 은팔찌를 오른손에 차는 '의료 표지'로 통한다니 그리 섣불리 대할 일도 아니다.

그동안 팔찌와 정이 들어버린 걸까. 비어 있는 손목을 바라보는 마음이 허전하다. 세 줄은 체면상 그렇고, 이번에는 두 줄을 해볼까 하다가 한 줄만 다시 오른 손목에 채웠다. 그간 오른손의 노고가 많아 위로의 표시로 그리한 것이지만, 의료 표지용이 될 날도 머지않은 것 같아 씁쓸하다.

팔찌는 여성이 선호하는 장식품이다. 팔찌의 유래를 살펴보면 기원전으로 올라가 원시시대부터 조개껍데기를 줄에 꿰어 팔목에 찼고, 석기시대에는 돌 가운데를 둥글게 파내어 돌 팔찌를 사용한 종족이 많았다고 한다. 고대 이집트에선 동물의 뼈, 돌과 나무 등으로 팔찌를 만들었는데, 그 당시에는 장식보다 종교적인 상징성이 더 컸다. 신성시한 풍뎅이 모양을 새겨 넣어 다산과 풍년을 기원했다.

시대가 발전함에 따라서 상아나 청동으로 바뀌었고, BC. 300년 전에는 금을 비롯한 금속제가 등장했다. 지금도 남미에선 갓 태어난 아기에게 금이나 산호로 만든 팔찌를 채워주는 풍속이 있다. 팔찌가 악귀를 물리쳐 준다는 믿음에서다.

고대사회의 상류층에서 팔찌는 장신구로 즐겨 사용했으며, 자신의 문장이 그려진 발찌를 만들어 소유의 의미로 노예에게 채우기도 했다.

시대의 변천과 함께 중세에 들어와 의복으로 몸을 가리는 것이 중요시되어 잠시 주춤하다가 15세기에 이르러 신체의 노출부분이 많아지면서 다시 일반화되기 시작했다. 그 모양과 소재도 다양하게 변화되었고, 노출이 심한 현대에 들어서는 팔찌와 발찌 같은 장신구가 자연스럽게 각광을 받는다.

팔찌와 발찌는 여성은 물론 남자들에게도 보편화되고 있다. 효과에서는 의문이지만 음이온이 나온다는 건강 팔찌가 유행하고, 최근 들어 국내에서도 빈곤 퇴치나 인종차별 금지 등 사회적 메시지를 담아 캠페인을 벌이는 '자선 팔찌'가 주목받고 있다. 저렴한 실리콘이나 고무 등으로 팔찌를 만들어 그 수입을 공익에 쓰는 자선단체가 늘어나 시선을 끄는데 자선 팔찌를 처음 시작한 사람은 암을 이겨내고 '투르 드 프랑스'라는 세계 최고의 사이클대회에 연속 우승을 기록한 '랜스 암스트롱'으로, 그는 자기의 이름을 딴 재단을 만들어 암환자를 도왔다. 자선 팔찌는 사랑의 띠가 되어 세계를 하나로 이어주는 세상의 다리 역할을 하고 있다.

그러나 요즈음엔 팔찌가 '구속'과 '속박'의 의미로 부각되고 있다. 국내에선 성폭력 범죄자에게 전자 팔찌를 채우자는 논의가 진행되다가 전자 발찌로 바꿔 2년 전부터 시행되고 있다. 미국에서는 성범죄자는 물론 음주 운전과 마약 소지혐의로 보호관찰형을 선고받은 이들에게도 발찌 부착을 명령한다. 발찌가 장신구로서의 의미를 잃어가는 것이 못내 아쉽다.

요즈음 청소년 사이에서 유행하는 '얼짱 팔찌'는 몇몇 외국에서 '성관계를 하고 싶다'는 의미로 착용하기 시작했는데, 국내에서도 일부 연예인들이 착용한 사진이 공개되면서 화제가 되었다. 두 개의 고무링을 X자 모양으로 꼬아 손목에 끼는 형태인데, 팔찌의 색깔에 따라 이성에게 허용되는 스킨십의 수위가 달라진다고 한다. 노란색-포옹, 주황색-키스, 빨간색-스트립 댄스, 검정색-성관계를 허용한다는 의미를 지니고 있고, 해외에서는 이런 팔찌를 찬 소녀가 성폭행 당한 사례도 있다. 국내에서도 쉽게 구할 수 있다는데 이 팔찌의 의미도 모르면서 차고 다니는 청소년들을 외국인들은 어떻게 보겠는가.

제 멋에 사는 개성시대라지만, 팔찌를 찰 때마다 팔찌에 담긴 의미를 다시 한 번 생각하게 된다. 나는 요즈음 건강에도 좋고 사랑의 띠가 되어주는 팔찌 같은 글을 써야겠다는 속박 아닌 의무를 느끼곤 한다.

(2010.)

나는 노래 잘 부르는 남자가 좋다

　오늘은 입추, 팔월 더위가 무성하여 창문을 모두 열어놓고 잠에 들지만 새벽녘에는 제법 서늘한 기운이 돈다. 창문을 닫으려고 머리 맡으로 손을 뻗었다가 슬며시 끌어들이는 것은 쌔근쌔근 들려오는 풀벌레 소리와 까치 소리 때문이다. 밤새 기량을 뽐내던 풀벌레 소리는 날이 밝아오자 풀 죽은 아이의 목소리처럼 힘이 빠졌지만, 까치는 우렁찬 소리로 새벽을 연다. 조잘대는 참새소리를 밀어내고 창가에 와 울어대는 까치 소리가 반가운 것은, 아침에 까치 소리를 먼저 들으면 반가운 손님이 온다는 속설 때문인지도 모르겠다. 까치는 높고 낮은 음률로 짖어대는데, 이 새벽에 높은음자리의 우렁차고 시원한 소리로 잠을 깨우는 건 필시 수놈일 게다.

　꽃 노래도 세 번 들으면 싫어한다는 사람들의 마음을 알아차렸는지, 날이 밝자 까치 소리도 풀벌레 소리도 멀어져 가고, 이따금 새들이 '삐이~삐종 삐비 쫑쫑' 소리를 내며 날아간다. 이어서 매미도 잠에서 깨어 난 듯 짬짬이 '맴맴' 소리를 내며 자기의 존재를 알리고 있다.

아침나절에 나직이 들려오는 귀뚜라미 소리는 여름 속에 가을이 오고 있음을 느끼게 하지만, 한나절이 되자 불볕더위 속의 매미와 쓰르라미는 아직도 여름은 건재하다며 줄기차게 울어댄다. 따로 전파를 통해 음악을 들을 필요 없이 자연이 들려주는 음악소리를 들으며 여름을 나고 있는 것이다. 도시 외곽에서 쉬지 않고 이어지는 곤충과 새들의 노래 소리를 들으며 사는 것도 축복이라 하겠다. 때를 찾아 곤충과 날짐승들이 차례대로 우짖고, 꽃들도 제철을 찾아 피고 지는 것은 모두가 우주의 질서 속에 하나로 연결된 고리이기 때문이다.

사람들은 개가 짖어대면 싫어하고, 곤충이 울고 새가 지저귀면 노래 소리로 듣는 습성이 있다. 각 개체가 내는 소리의 어휘 자체도 '짖어댄다' '울어댄다' '지저귄다' '노래한다'로 구분 짓는다. 듣는 사람의 심정에 따라 슬플 때는 우는 소리로 들리고, 기쁠 때는 노래 소리로 들릴 수도 있겠다. 노래 가사에 자기의 사연을 빗대어 감상하는 것과 같은 맥락이라 하겠다. 나도 풀벌레 소리와 새들의 지저귐을 노래 소리로 들으며 하루를 즐겁게 시작한다.

태초에 사람보다 새들이 먼저 노래를 불렀다. 높고 맑고 고운 음색을 '꾀꼬리 소리' 같다고 하는데, 나도 꾀꼬리처럼 맑고 고운 음색으로 노래를 불러보고 싶다. 나는 노래를 잘 부르지 못하지만 듣는 것은 좋아한다. 학창시절에는 음악 감상실을 자주 드나들었고, 지금도 음악 애호가들과 고전음악에 빠져 행복한 시간을 보낸다.

이 세상에 음악을 싫어하는 사람은 없을 것이다. 음악을 듣고 있으면 위안과 기쁨을 느끼고, 마음이 정화되어 메마른 감정도 물기를 머금은 한 송이 백합처럼 싱그러워진다. 로마의 황제 폭군 네로도 그리스를 여행하며 그곳이 음악의 중심지라며 찬미했고, 계몽군주로 명성을 떨쳤던 프로이센 국왕 프리드리히 2세는 탁월한 플루트 연주자였다. 히틀러는 바그너 음악의 광적인 팬이었고, 폴란드의 피아니스트 겸 작곡가 파데레프스키는 독립 직후 대통령으로 임명되었다. 정치인이 극렬한 마음을 음악으로 순화시키기도 하지만, 음악을 정치권력으로 이용하는 경우도 허다하다. 예술 중에서도 인간의 정신세계와의 소통이 가장 빠른 것이 음악인 까닭이다. 단적인 예로, 왈츠의 황제 요한 스트라우스 2세는 1848년 혁명에 찬동하며 바리케이드 노래를 작곡했지만 혁명이 진압되자 훗날 '황제의 행진곡'을 발표하여 변신했고, 1849년 드레스덴 봉기에 참여했던 바그너 역시 혁명주의자에서 국가의 충복으로 변신하여 음악의 순수성을 저버렸다.

내 주변에도 노래를 잘 부르는 사람들이 더러 있다. 동인들과 모임 후 노래방에 가면, K선생에게 가수 박정운의 '먼 훗날'을 청해 듣는다. 그녀의 호소력 짙은 음성에 '먼 훗날 너를 만나면 사랑했다 말을 할 거야'라는 가사를 얹어 들으면 가창력과 가사에 감동을 받아 가슴에서 비가 내린다. 그럴 때면 그녀에 대한 미진했던 마음도 사랑으로 다가선다. 이처럼 음악은 사람과 사람간의 정을 도탑게 하고, 엉킨 실타래 같은 마음도 풀어나가는 마술과 같은 힘이 있다.

그 다음으로 좋아하는 가곡 정지용 시인의 '향수'는 노래 잘 부르는 남성들에게 불러달라고 부탁하지만, 지금껏 만족스런 감동을 얻은 적이 없다. 향수는 남성의 우렁차고 육중한 성대에서 울려 나오는 고음에 감정을 담아 오르내리는 선율을 잘 타야 그 맛이 난다. 다음으로 S선생이 소리새의 '그대, 그리고 나'를 부르면 분위기는 절정에 이른다.

요즈음 동인 중에 새로운 남자 가수 Y선생이 등장하여 우리를 즐겁게 해주고 있다. 그렇지만 이분은 팝송 전문으로 가곡 '향수'를 멋지게 불러주지는 못할 것 같다. 칠십을 갓 넘긴 이분은 나이 80세가 되면 개인콘서트를 열겠다는 꿈을 갖고 있다. 기회만 있으면 사양치 않고 팝송을 부르는데, 언제나 당당한 그 모습이 프로에 가깝다. 얼마 전 문인들 오백 명 정도 모인 자리의 무대에 올라가 톰 존스의 'Green green grass of home'을 불러 앙코르까지 받았다. 그가 암송할 수 있는 팝송이 30여 곡이 넘는다니 그의 개인 콘서트에 기대가 간다.

내가 좋아하는 노래는 대개 남자 가수들이 부른 노래로 음정이 높고 음폭이 넓은 편이다. 감미롭고 부드러운 선율에서 안정과 위로를 얻을 수 있지만, 높고 폭 넓은 음정에서 카타르시스를 느낄 수 있다. 그래서 듣는 이의 가슴에 시원한 청량제가 되어주는 노래 잘 부르는 남자를 좋아하지 않을 수 없다.

오늘 새벽, 내 창가에 와서 사랑의 세레나데를 부른 까치도 '수놈'일 터이다. 내일도 찾아와 즐거운 하루를 열어줄 까치의 노래 소리가 기다려진다. 흙냄새 물씬 풍기는 밭이랑 일구며, 실개천이 흐르고 까마귀 우짖던 고향을 추억할 수 있는 '향수'를 감동스럽게 불러줄 노래 잘하는 남자, 어디 없을까?

(2009.)

Chapter 3

섬 속의 여름 풍경

그리움

내가 처음으로 애틋하게 그리워한 대상은 섬이었다. 아버지는 늘그막에 도시에 있는 사업체를 정리하여 서해바닷가의 고향에 내려가 정미소와 농토, 염전(鹽田)을 마련하였다. 그리고 바다가 훤히 내려다뵈는 곳에 우리집을 지었다. 나는 그곳에서 처음으로 '아름다움'이란 말을 익혔다.

하루가 기울어 저녁이 되면 어김없이 수평선을 붉게 물들이며 내려앉는 석양의 광채. 그것은 하루를 열심히 빛내고 조용히 쉼터를 찾는 안식의 그림자요, 스러지는 죽음이 아니라 또 다른 탄생을 위한 예비의 빛이기도 하다. 그 선홍색 빛깔에 물들어 꿈을 꾸듯 졸고 있는 섬, 섬. 그 섬은 내게 무한한 상상과 동경을 심어 주었다. 그 섬은 행정상으로는 남양면이라는 가까운 곳에 속해 있으나 내가 갈 수 없는 먼 곳에 있는 것만 같았다.

먼 곳, 가고 싶지만 갈 수 없는 곳. 그래서 바다 끝 수평선에 떠 있는 섬은 영원히 동경의 대상일 수밖에 없었다. 그곳은 무인도 같기도 했고, 어린아이들이 고무줄하며 뛰어노는 모습이 환영으로 비쳐와 우리의 고향 마을처럼 평화스런 곳 같기도 했다.

차차 나이가 들면서 그 섬에 가보고 싶었지만 그리하지 못했다. 섬은 상상으로만 이어지는 낙원일 뿐, 사람의 발길이 닿아서는 안 된다는 고정관념이 나를 지배하고 있었기 때문이다. 섬은 그렇게 내 가슴에 오롯이 꿈으로 자라고 있었다.

그러나 나는 언제까지나 섬을 마음속에만 담아두고 그리워할 수 없게 되었다. 이제 멀리서 바라보고 애틋하게 그리워만 하는 동경의 세계를 벗어나 그리움을 획득하고 때때로 찾아드는 실망을 극복하는 적극적인 시대에 살고 있는 것이다.

하지만 나의 첫 동경의 대상이었던 남양만의 이름 모를 섬에는 끝내 가지 않을 터이다. 이루지 못한 첫사랑의 안타까움을 그리워하듯, 가슴에 영원히 그 아름다운 섬을 환상으로 담아두겠다.

오늘도 사람들은 자기가 동경하는 미지의 세계를 찾아 떠난다. 과학자는 천체를 향한 길로, 의학자는 신비한 생명의 광맥을 찾아, 전기기술의 선두주자가 되려면 컴퓨터의 조직망 속으로, 나는 인간의 심리와 자연의 재창조를 위해 좀 더 심층적인 문학의 길로 정진해야겠다.

물질문명이 인간을 거칠게 피폐시키는 시대일수록 가슴에 한 가닥 무언가 그리워하고 애타게 하는 대상이 있어야 하지 않을까. 그 '그리움'의 대상은 우리에게 고독을 안겨주지만 또 살아갈 이유를 만들어 준다.

(2012.)

섬 속의 여름 풍경

―갯벌, 염전

남도 신안 앞바다에 있는 섬 '증도'에서 갯벌올림픽이 열린다는 소식이 들려온다. 머드 축구, 머드 씨름대회가 열리고, 해수 사우나도 있다니 갯벌 체험장으로는 적격인 것 같다. 그곳에는 128만 평의 갯벌보다 넓게 이어진 전국 제일의 염전도 있다니, 내 추억은 다시 염밭을 향해 간다.

아침 일찍 가족들과 함께 집을 떠나 서해안 고속도로를 달린다. 가다가 쉬엄쉬엄 대여섯 시간 만에 무안 나들목을 빠져나와 해제면을 거쳐 '지신개' 선착장에 당도했다. 거기에서 다시 증도로 가는 철부선에 차를 싣고 십여 분간 항해를 한다.

신안 앞바다에는 수많은 크고 작은 섬들이 떠 있다. 그 중에는 많은 유물이 가라앉은 보물섬 도덕도와 호감섬이 있다. 증도가 보물섬으로 불리는 이유는 따로 있다. 1976년부터 십여 년에 걸쳐 13, 14세기경 송·원나라 대의 신안 해저 유물을 건져 올렸는데, 방축리 마을 사람들이 참여했기 때문이다. 민박집 주인에게서 들은 이야기로는 바다에서 건져 올린 그릇을 보물인 줄 모르고 개밥그릇으로 쓰고 있었다고 한다. 어느 날 외지인이 들어와 개밥그릇을 팔라고 하여 그리했는데, 외지인은 도굴꾼으로 경찰에 붙잡혔고, 민박집 주인은 개밥그릇의 자초지종으로 경찰서 출입까지 했다는 것이다.

그러나 이제 증도 사람들은 곱고 보드라운 갯벌을 보물로 여기고 있다. 도덕도의 흰 모래로 귀한 백합 양식처가 이루어지는가 하면, 그물에 민어 농어가 보물처럼 걸려 올라온다고 한다. 아무튼 내가 보물섬을 향해 간다는 것만으로도 먼 옛날 해적들이 감춰둔 보물을 찾아가는 것 같은 신비한 기분이 든다.

배에서 내려 다시 승용차로 앞차를 따라 달려간다. 증도는 자전거를 타고도 둘러볼 수 있는 작은 섬이라니 섬을 둘러보는 것도 잠깐일 것 같다. 달리다보니 비포장도로가 나오고 더이상 뒤따라오는 차가 없다. 그래도 길이 끊기는 곳까지 가보기로 한다.

우리가 닿은 곳은 바닷가 막다른 길이다. 잠시 해안에 눈을 두었다가 차에서 내려 아래를 내려다보니 낚시꾼 한 명이 호젓이 앉아 바다에 낚시를 드리우고 있다. 성긴 돌이 울퉁불퉁 박혀있는 바다를 향해 내려가다가 너무도 고요해 낚시꾼에게 방해가 되는 것 같아 오던 길로 되돌아 나왔다.

우선 숙소를 정해야 할 것 같아 해변가 민박집을 찾았다. 그런데 이곳은 이미 한 달 전에 예약이 끝났다며 방이 없다고 한다. 두 서너 곳을 더 찾아갔지만 역시 같은 대답이다. 시간은 오후 2시경이었지만 축제 전날이라 방이 없다는 것이다. 가까스로 소개를 받아 숙소를 얻고 보니 안심은 되었으나 너무나 환경이 열악했다. 숙박시설도 제대로 갖추지 않고 전국 방방곡곡에 소문만 낸 주최측을 원망하면서도, 무엇이든 처음 시작하는 일은 착오가 있기 마련이라며 마음을 다독인다. 짐을 풀어놓고 잠시 쉬었다가 다시 섬을 돌아본다.

멀지 않은 곳에 길게 늘어선 염전 풍경이 눈에 들어온다. 가까이 가보니 염전은 소문처럼 그리 넓지도 않고, 용두레로 물을 푼다더니 낡은 전기 모터가 설치돼 있을 뿐이다. 갯벌 흙을 다져 만든 염밭에서 소금을 걷어 올리던 예전과는 달리 검은 비닐 장판이 깔려 있는 염밭에 다붓이 쌓여 있는 소금을 본다. 다소 위생적이기는 하겠으나, 검은 것에서 흰 것을 건져 올리는 숭고한 작업을 떠올릴 수는 없었다. 검게 그을린 팔뚝으로 힘차게 써레(소금을 긁어모으는 기구)질을 하던 젊은이들은 다 어딜 가고, 나이어린 소년과 노인이 힘없이 써레질하는 모습을 보니 왠지 쓸쓸해진다.

예전에는 염부들이 수리채를 돌리고 써레질하면서 콧노래도 부르고, 목청 높여 멀리 있는 사람을 부르면 날아가던 황새가 놀라 푸득거리기도 했건만, 지금의 염전 풍경은 탄력 잃은 늙은이를 닮아가는 형상이다. 그래도 스물여섯 단계의 증발지를 거쳐 소금을 만들고, 전국 천일염의 60%가 이곳 증도에서 나온다니 소금의 소중함을 아는 이들이 남아 있다는 것만으로도 감사할 일이다.

자동차를 돌려, 다시 갯벌 한가운데 놓인 '장뚱어' 다리 앞에 멈춰섰다. 해송공원까지 470m 길이의 나무다리가 연결되어 갯벌에서 쉼 없이 펄떡이는 망둥어와 농게를 보며 건널 수 있다. 나무다리를 건너며 물 빠진 갯벌에서 망둥어와 게 잡고 놀던 어린 날을 떠올려 본다. 그때 이미 나는 온몸에 개흙 범벅을 하고 놀았으니 일찌감치 갯벌

머드를 꽤나 즐긴 셈이다.

　해송공원에서는 행사 준비에 사람들이 바삐 움직이고, 한편에서는 텐트 족들이 여유롭게 바다를 즐기고 있다. 남녀노소 함께 어울려 서해의 탁한 물에 몸 담그고, 온몸에 개흙 칠을 하며 자연과 친화하는 모습들이 천진무구하다. 이러한 체험은 서해에서나 볼 수 있는 진풍경들이다. 어찌 보면 찐득이는 갯벌 탐사가 번거롭겠지만, 가만히 앉아 바닷바람을 받기는 것보다 고생스런 경험이 훗날 아이들에게는 즐거운 추억거리가 될 것이다.

　근래에 들어 바다의 동식물 생태를 관찰하는 갯벌 체험이 활발해지는데, 그것은 농지 확보와 수자원 개발, 공업단지 조성 등의 이유로 매립되는 갯벌이 늘어나면서 자연환경에 대한 국민들의 인식이 높아져 가는 까닭이기도 하다.

　밤에는 해양스포츠 시설이 갖춰져 있는 비치 야외 레스토랑에 앉아 맥주를 마시면서 하늘을 바라보며 밤바다의 시원한 바람을 맞이했다. 이제 나도 편안한 여행을 선호하게 되는데, 그것은 내 몸이 늙어가는 조짐이기도 하여 그리 달가운 것만은 아니다.

　바닷가 모래밭에 설치해 놓은 텐트가 바람에 날려가는 것을 붙잡고 박장대소하던 젊은 날의 한 페이지는 무엇으로도 바꿀 수 없는 소중한 순간들이었다. 그 빛나던 여름날의 풍경이 눈앞에 어른거린다.

　"황새가 서쪽으로 날아가면 틀림없이 비가 오는데, 동쪽으로 떼지어 날아가는 것을 보니 오늘도 찌겠군, 찌겠어!"

　새벽에 일어나 민박집 여 주인이 오늘의 일기예보를 한다.

사람들은 폭염에 짜증을 부리지만, 산과 들에서는 동식물들이 따
가운 볕이 좋아 죽겠다고 깔깔거리고 있다.

(2006.)

어머니의 방황

어머니로 살아가는 세월 속에, 얼마나 많은 날들을 방황하며 살아가고 있는가. 어머니도 때로는 봄날의 꽃향기에 미혹(迷惑)되고 죽음 앞에 흔들린다.

친정어머니는 서울 근교 부농의 고명딸로 태어나 부모님과 오라버니들의 귀여움을 독차지하고 자랐다. 오랜 전통과 구습에 젖어 여자의 위치가 남자 아래인 시대였지만, 어머니는 고명딸로서 우대받고 자란 탓인지 밝고 활달한 성격으로 성장했다. 어머니를 선보러 온 아버지를 측간에 숨어서 엿보는 대범함과 장난끼도 있었다. 신랑감이 키가 조금 작은 것을 빼놓고는 용모가 준수하고 옹골차 보여 마음이 놓이더라고….

어머니는 스무 살 되던 해에 결혼했다. 시집와 초년고생이 심했지만 아버지의 사업은 날로 번창해져 살림의 규모가 커져갔다. 그것은 아버지의 근검절약과 성실함, 빈틈없는 사업구상 때문이기도 했지만 어머니의 넓은 도량(度量)과 인간유대 덕택이기도 하다.

두 분은 성격 차이가 심했다. 그것이 톱니바퀴처럼 맞물려 서로를 보완해 주기도 하고, 불화의 도화선이 되어 어머니의 방황을 부추겼던 것도 같다.

내게 인각된 어머니의 방황은 두 가지 일로 기억된다.

시흥에 살던 대여섯 살 때였다. 어느 날 밖에서 놀다가 집에 들어와 보니 어머니가 보이지 않았다. 시어머니와의 갈등에서였는지, 아버지와의 불화에서였는지 기억은 없지만 어머니의 외출은 단순한 나들이가 아니라는 것을 짐작할 수 있었다. 나는 인근에 있는 친척집으로 한걸음에 달려갔지만 그곳에도 어머니의 모습은 보이지 않았다.

나는 달리 어머니가 가실만한 곳이 짚이지 않아, 우리집과 친척집을 잇는 신작로를 따라 지나가는 달구지를 얻어 타고 수없이 두 집 사이를 오갔다. 그때 어머니는 시흥에서 가장 높은 '검지산'에 올라가 세상일 접어두고 하염없이 눈물을 흘리고 있었는데, 내가 달구지를 얻어 타고 친척집을 오가는 모습이 저녁노을에 비쳐와 다시 산을 내려오셨다고 한다. 어머니는 그때 죽음을 생각하셨던 게 아니었을까. 그날따라 목에 감긴 하얀 인조견 목도리가 유난히 섬뜩해 보였다.

그 후에도 어머니의 방황은 계속되었다. 새벽녘에 잠에서 깨어, 어머니가 밤사이에 반닫이 속의 옷을 모두 꺼냈다가 다시 집어넣는 모습을 여러 번 목격했다. 어린 나이지만 나는 어머니 가슴속에서 들끓고 있는 번뇌와 갈등을 눈치 챌 수 있었다. 어머니는 지금 방황하고 있구나, 어머니가 우리를 두고 어디로 가시려는가, 가슴을 졸이며 지켜보았다. 그리곤 다시 꺼냈던 옷을 도로 반닫이 안에 집어넣는 것을 보며 잠들곤 했다. 어머니의 방황은 가라앉고 언제나처럼 우리를 지켜주실 것이라는 굳센 다짐이 느껴져 안심했던 것이다. 그때 어머니는 가출을 꿈꾸었던 것이 아니었을까.

어머니는 무지막지한 시어머니와 빈틈없이 꼼꼼한 남편의 편협함 사이에서 자신의 주체성에 대해 깊은 회의를 느꼈을지도 모른다. 전통과 보수의 울타리가 유난히 높았던 시절에 태어났지만, 어머니는 고명딸로서 이미 남녀평등의 반열에 올라 성장했다. 결혼할 당시에는 나의 아버지가 문호를 개방한 일본을 드나들며 무역업을 하셨기에 어머니의 정신세계도 내적으로 성숙해졌고, 열린 의식으로 사회를 바라보았을 것이다. 그러한 어머니였기에 유교적인 여성관에 묶여 순종과 굴욕 속에 살아가는 자신의 처지에 비애를 느꼈을지도 모른다.

어머니는 자아가 강한 분이셨다. 어머니에게 날개를 달아주었다면 보수적이고 가부장적인 사회제도에 도전하고, 여성의 주체성을 주장하고도 남을만한 의지와 배포도 있는 분이셨다. 어머니의 가슴속에도 전혜린의 안개 같은 고독이 있고, 나혜석에 버금가는 열정도 있었을 것이다. 또한 봄날의 꽃향기에 미혹되어 먼 외출을 꿈꾸기도 했으리라.

어머니는 집안에서 살림만 하는 조신한 여인은 아니었다. 여성 개혁에 앞장 선 신여성은 되지 못했지만, 타고난 활달함과 친화력으로 아버지의 사업에 일조한 공력이 크다고 하겠다. 아버지는 젊은 시절에는 일본을 왕래하며 백토(白土)를 구워 만든 자기(磁器)를 수입하여 판매를 했다. 그후 정부 양곡을 도정(搗精)하여 출하하는 정미소와 염전(鹽田)을 운영하셨다. 그러한 일들을 하자면 많은 사람들의 손길이 필요했는데, 아버지에게 비협조적이었던 사람들도 어머니의 음덕 (陰德)으로 자진하여 어려운 일에 발 벗고 나섰다. 어머니에게서 '사람이 자산'이라는 인생의 교훈을 터득했지만, 나의 인덕은 태부족이다.

어머니의 방황이 언제 끝이 났는지 가늠할 수 없다. 어쩌면 어머니의 방황은 돌아가실 때까지 계속되었는지도 모를 일이다. 젊었을 적에는 고된 시집살이와 남편의 외도로, 나이 들어가면서는 자식들로 인한 고통으로, 돌아가시기 몇 해 전엔 거취문제로 방황했던 어머니. 어떻게 해야 말년을 편히 보낼 수 있다는 것을 알면서도 자식들의 낯을 세워주기 위해 불편한 심기를 나타내지 않으셨던 어머니였다. 그렇게 온갖 모진 세월의 방황 속에서도 83년을 우리 곁에 머물다 가신 것이 고맙고 죄송스럽다.

육십 중반에 들어선 나는 아직도 방황하고 있다. 고통의 늪에 빠져 허우적거릴 때는 어딘가 조용히 안식할 수 있는 곳을 그려보기도 하고 유한한 세월을 그대로 미진하게 보낼 수 없다며 변화를 꿈꿔보지만, 언제나 현실에 묶여 서성거리는 내게서 어머니를 본다. 어머니도 지금의 내 심정과 같으셨으리라. 아니, 두 아이의 어미인 나를 어찌 12남매를 두신 어머니의 고통에 견줄 수 있겠는가. 두 자식에 대한 염려만으로도 힘든 날이 많은데, 열두 남매에 시누이 셋과 시동생 한 명, 도합 열여섯 명을 보살펴야 했던 우리 어머니는 참으로 위대한 분이었다. 고된 삶에 지쳐, 이따금 연(鳶)이 되어 멀리 날아가고파 허공을 선회하다가도 자식들이 잡아당기는 연줄에 이끌려 하강하고 마는 어머니. 방황 속에서도 자식들을 보호하려는 어머니의 굳센 의지가 가슴으로 느껴진다.

　기쁨보다는 어려운 일에 부딪칠 때 더욱 어머니 생각이 난다. 어머니는 이럴 때 어떻게 하셨을까. 어려울 때 발휘했던 어머니의 기지(奇智)와 용기를 떠올리며 문제의 해결점을 찾아본다.

　이제 이 나라의 어머니들도 도도한 시대적 변화의 물결을 타고 세계를 무대 삼아 이상을 펼쳐나가고 있다. 그러나 그것은 일부에 국한될 뿐, 대부분의 어머니들은 어쩔 수 없이 자식으로 인해 꿈을 접고 만다. 어머니로서 고통을 감내하며 그 고통 속에서 방황할 뿐이다. 끝이 보이지 않는 아픔으로 탈진되어갈 때 또 다른 구원의 길은 없는 것인지, 그 환상의 덫에 걸려 부유하는 것이다.

(2009.)

부조(扶助)

딸아이를 결혼시켰다. 혼기가 정해져 있는 것은 아니지만 서른 중반에 신부가 되었으니 이른 것은 아니다. 결혼을 한다니까 주위에서 자기들 일처럼 기뻐한다. 늦은 결혼이라 그런가 보다. 그날은 부득이한 사정으로 참석을 못한다며 두 달 전에 부조금을 건네주는 이도 있다.

결혼 날짜가 가까워오니 손님 초대에 신경이 쓰인다. 그동안 부조한 곳은 많지만 그들을 모두 초청할 수는 없다. 내가 인사치레로 간 곳도 있고, 마음으로 간 곳도 있기 때문이다. 늦게 결혼을 시키다 보니, 지금이라도 내게 받은 부조금을 갚으라고 하는 것 같아 민망스럽기도 하고, 꼭 축하받을 사람만을 초대해야 한다는 것이 내 소신이기도 하여 그동안 소식이 뜸했던 사람들에게 알리는 것도 주저되었다. 또한 결혼을 한몫 잡을 기회로 생각하는지, 얼굴 아는 사람에게 모조리 청첩장을 보내는 것은 가난하게 살았을 때의 근성이 남아 그렇다는 어느 분의 말씀이 떠올라 청첩장 보낼 곳을 가리기가 더욱 조심스러웠다. 생각 같아서는 보내지도 말고 가지도 않는 것이 마음 편한 일이지만 사람 사는 세상에서 그리할 수는 없다.

이것저것 가리다 보니 사람 수가 줄어들었다. 우선은 꼭 와서 축하해 주어야 할 친지들과, 앞으로 결혼시킬 자녀가 있어 서로 교분을 나눌 기회가 있는 사람, 그리고 청첩을 받지 못해 나중에 알면 서운해 할 사람으로 좁혀 갔다. 내가 인사치레를 받을 위치는 못 되지만, 형식적인 하례객은 없었으면 하는 마음에서다.

아무리 꼼꼼히 생각하고 청첩장을 보냈지만, 결혼식을 치르고 나니 개운치 않은 부분도 있다. 내 쪽에서는 호의로 청첩장을 보냈는데 상대편에서는 마지못해 성의를 보였다는 느낌이 드는 이도 있고, 꿀떡꿀떡 남의 떡만 받아먹고 시치미를 떼는 이도 있어 눈을 흘겨주기도 했다. 또한 천만금을 갖고 와도 분이 풀리지 않을 위인이 나타나 혼란스럽기도 했고, 빈약한 손으로 왔다 해도 안아주어야 할 사람도 있었다. 그런가 하면 청첩도 안했는데 소문을 듣고 찾아오거나 인편에 마음을 보내와 나를 감동시킨 이도 있고, 돌아가신 부모님을 대신해서 왔다는 자제분도 있어서 그 댁의 인품을 다시 한 번 생각하게도 했다.

전라도의 C여사는 그곳의 특산물 멸치를 부조 대신 보내와 그녀답다는 생각이 들었다. 또 어떤 이는 그 댁의 혼사 때 내가 가져간 부조금에 1만원을 보태서 가져와, 둘러앉은 동생들과 한참이나 웃었다. 그런데 며칠 후 그분한테서 전화가 걸려왔다. 헌 봉투에 넣었던 부조금을 새 봉투에 옮겨 넣는 과정에서 실수로 1만원을 빠뜨려 아귀가 맞지 않는 부조금이 됐다고, 나중에 만나면 1만원을 더 주겠다고 하여 또 한 번 웃었다.

개혼(開婚)이다보니 부족한 점도 있고 느낀 점도 많다. 이런 저런 모양으로 축하해 주는 이 세상이 따듯하기도 하고, 사람 노릇 하기 힘들다는 생각도 들었다. 내가 눈흘긴 것처럼 나도 누군가의 곱지 않은 시선을 받았을 테니 부끄러운 노릇이다.

결혼식을 마치고 열흘쯤 후, 인천에 사는 수필가 K여사한테서 전화가 왔다. 그녀에게는 앞으로 결혼시킬 자녀가 없어서 청첩장을 보내지 않았다. 우선 딸아이 결혼을 축하한다며, 소식을 들었노라고 한다. 내가 자기한테 청첩장을 보내지 않은 까닭을 이해하고 고맙게 생각하지만, 내게 빚진 것이 있어서 무엇이든 꼭 주고 싶다는 거였다. 결혼식도 끝났는데 그만두라고 해도, 굳이 장독에 담가 놓은 된장을 퍼주고 싶다고 했다. 그렇다면 나도 정으로 받겠다고 했지만, 그 퍼서 준다는 말이 마음에 걸렸다. 마치 그 댁의 복을 퍼서 주는 것 같아 넉넉지 못한 그 댁의 살림이 더욱 옹색해지면 어쩌나 내심 편치 않았다.

K여사와 약속한 부천 역사에 나가보니 멋쟁이에게 주는 것이라 포장도 보기 좋게 했다며 된장 보따리를 내민다. 마치 친정 언니 같아, 언니에게 받는 것으로 생각하겠다고 했더니 좋아서 입이 귀에 걸린다. 된장에 박은 깻잎도 조금 곁들였으니 먹어보고 맛있으면 또 말하란다. 그리고 총총히 역사를 빠져나갔다. 오래 전, 중병에 걸린 문우의 입맛을 돋궈준다고 인천에서 서울까지 게장을 담궈서 날랐다는 소문을 듣고 감동한 적이 있다. 언제 보아도 정겨운 이다.

집에 와 보따리를 풀어보니 된장과 고추장, 깻잎이 들어 있다. 그

것들을 찍어 먹어보니 어머니가 해주셨던 옛날 장맛이다. 손수 담근 장을 받으니, 그 손끝에 묻어온 정성에 가슴이 뭉클하다. 그녀는 이렇게 정을 퍼주는 이다. 나는 부조로 받은 된장과 고추장, 깻잎을 언니 같은 K여사의 정을 먹는 것이라 생각한다. 이렇게 부조는 특별한 정을 나누는 것이니, 정도 없이 섣불리 청첩할 일이 아니다.

(2005.)

누군가를 위하여
— 미리 적어보는 유언장

　나의 활력 징후를 측정하는 모니터에는 맥박과 심장박동 수치가 숨 가쁘게 오르내리고, 그 너머 창밖에는 비가 내리고 있다. 이명(耳鳴)인가, 귓가에 가수 이현우가 호소하듯 부르는 '꿈'의 선율이 애절하게 들려와 가슴을 촉촉이 적셔준다. 그렇다. 산다는 건 한바탕 꿈이었다. 아침 이슬처럼 사라지는 허망한 꿈이었다. 이제 나도 이 세상 꿈을 접고, 영원한 안식을 찾아 떠나야 할까보다. 아직도 제 짝을 찾지 못한 아들의 쓸쓸한 모습이 눈에 밟혀 이렇게 머뭇거리고 있지만, 이후의 일은 하나님께 맡긴다.

　사랑하는 내 딸 성숙아! 오빠를 존중하고 오빠의 행색이 누추하지 않게 신경 써 주기를 간곡히 부탁한다. 그리고 아빠를 외롭지 않게 해드려라. 아빠는 겉으로는 강해 보이지만 마음은 부드럽고 정이 많다는 걸 너도 알겠지. 그렇지만 여러 가지 여건상 아빠의 재혼은 원치 않는다. 너를 편안하게 해주지 못하고 무거운 짐을 남겨주어 가슴이 미어지지만, 모든 일은 막내 이모와 의논해 주기를 바란다. 인간을 믿는다는 것은 어리석은 일이지만 예수님은 거지를 통해서도 우리에게 오신다는 말씀에 위안을 삼아본다. 죽음을 눈앞에 둔 나는 너희들을 하나님이 보내주신 '작은 예수'라고 믿으며 남은 식구들의 안위를 부탁하는 것이다. 엄마는 사람 사는 도리를 아는 너의 진중한 인품을 믿고 떠난다.

성숙아, 이 세상에 뿌리 없는 나무는 없다. 뿌리가 없는 나무에서는 잎이 싹틀 수 없고 열매도 맺을 수 없다. 너는 어느 날 갑자기 하늘에서 떨어진 것이 아니다. 너는 뿌리 있는 나무에서 싹튼 잎이고 열매라는 것을 명심하기 바란다. 너와 오빠는 같은 뿌리에서 자라고 있다는 것도 잊어서는 안 된다. 형제는 위급한 일이 있을 때 서로 도우며 살라고 인연 지어진 사람들이다.

성숙아, 엄마는 결혼생활 40년 동안 나의 슬픔이나 고통을 호소하고 의지할 사람은 없을까, 그런 사람이 있다면 조금은 외로움을 덜어 낼 수 있을 것 같아 늘 사람을 그리워했다. 이 세상을 살아가는데 인간관계는 불가분의 요소이지만, 그러나 정작 가슴 밑바닥으로부터 치밀어 오르는 고통과 슬픔을 눈물로 호소하고 위로받을 수 있는 안식처는 사람의 품이 아니라 하나님의 품이었다.

성숙아, 살아가는 데 가장 중요한 것은 돈이나 명예가 아니라 '신뢰'라고 생각한다. 신뢰를 쌓는 데는 오랜 시간이 걸리지만 무너지는 것은 한순간이다. 하나님에 대한 믿음, 사람과 사람 간의 신의를 중히 여겨 외롭지 않게 살기를 바란다. 그리고 항상 감사하는 마음을 갖도록 해라. 감사하는 마음이 식게 되면 불평, 불만이 늘어나고 소망도 사라지게 된다. 생각해보면 감사한 일과 고마운 사람들이 많은

데, 고마움도 제때 보답하지 못하면 마음의 빚이 된다. 사랑과 고마움을 미루지 말고 표현하며 살아라.

성숙아, 산다는 건 그렇게 원하는 방향으로만 가는 것은 아니란다. 원하는 삶의 방향에서 조금 각도가 빗나갔다고 실망하지 말고, 작은 일이라도 네가 하고 싶은 일을 하며 즐겁게 사는 것이 행복이라는 것을 잊지 말아라. 그렇다고 어려운 일을 피해가지 말고 극복하는 힘도 길러라. 남이 하지 않는 일을 해냈을 때의 기쁨을 맛보기 바란다.

지금, 죽음을 눈앞에 두고 부끄러운 점이 있다면 남을 위해 살지 못하고 내 가족의 안위만을 위해 노심초사했다는 것이다. 누군가를 위하여 헌신하는 삶은 그냥 살다가 가는 것이 아니라 천국을 예비하는 삶이라는 것을 뒤늦게 깨닫는다. 그렇다고 너희들을 행복하게 해 주지도 못해 회한만 안고 간다. 조금 위안을 삼는다면, 내 글을 통해 한 사람이라도 용기를 얻고 위로받을 수 있다면 그것도 사랑의 나눔이라고 자위해 본다.

사랑하는 내 딸 성숙아! 그리고 철기야! 나는 너희들이 있어서 행복했다. 너희들은 내게 살아갈 이유를 만들어 준 생명줄이었다. 내게 가장 큰 고통을 안겨 준 사람은 아빠였지만, 나를 가장 아껴주고 끝까지 응원해 준 사람도 아빠였다. 그래서 나는 아빠에게 감사한다.

성숙아, 고맙다. 내게 '할머니' 소리를 듣게 해 주어서….

만혼이었지만, 결혼 이듬해 떡두꺼비 같은 아들을 낳아서 정말 대견하고 고마웠다.

"할머니, 나 할머니 집에 가도 돼요?"

희도가 처음으로 내게 또박또박 들려준 말, 그 촉촉하고 정감 있는 보석 같은 음성, 가슴에 고이 간직하고 떠난다.

너를 각별히 아껴주는 진서방이 고맙고 든든하다. 부부를 남녀 간의 사랑으로만 보지 말고 가족관계로 보아야 한다. 남녀 간의 사랑은 식을 수 있지만, 가족관계는 이해와 용서로 더욱 돈독해 질 수 있기 때문이다. 그래서 가족은 소중한 존재란다. 이 점 명심하고 오래도록 행복하게 살기를 바란다.

오래도록 가족들과 함께 시간을 보내지 못하고 먼저 떠나게 되어 미안하다. 그동안 내 인생 안에 들어와 물·바람·햇빛이 되어준 모든 사람들에게 진심으로 감사한다. 성숙아, 나의 흔적은 되도록 남기지 마라.

(2009.)

오늘은 나도 매화

3월 중순 이른 아침, 전국 최대의 매화 군락지 광양을 향해 간다. 오랜만의 나들이에 마음은 들떠 있지만 하늘은 차분히 가라 앉아 있다. 비라도 오려는가, 꽃놀이하기에는 심상치 않은 날씨다. 그래도 하동, 섬진강, 평사리 최참판 댁, 화개장터, 구례라는 낱말들이 훈훈한 봄바람이 되어 나를 남녘으로 이끈다.

봄꽃 축제는 매화로 시작된다. 매화가 피고 나면 다른 꽃들도 꽃망울을 터뜨려 봄기운을 알려온다. 봄이 오는가 싶으면 눈발이 분분하고, 난데없이 꽃샘추위가 기승을 부리는 중에도 매화는 의연한 자태로 쌓인 눈과 언 땅을 제 몸의 체온으로 녹이며 기어코 시련을 뚫고 나온다.

드디어 매화마을에 당도했다. 하늘과 맞닿은 산등성은 만개한 매화로 마치 구름동산을 연상시킨다. 매화나무로 군락을 이룬 산등성은 마치 춘설(春雪)이 내려 쌓인 듯 희고 고적해 보이지만, 그 아름다움에 탄성이 절로 나온다. 추운 겨울의 모진 고통을 이겨내고 그 기백을 드러내어 변치 않는 선비의 지조와 절개를 상징하는 매화. 소나무, 대나무와 함께 세한삼우(歲寒三友)를 이뤄 많은 사람의 사랑을 받아온 매화 앞에 서니, 그 서기가 몸 안으로 젖어드는 듯하다.

아련한 봄 햇살 아래에서 만개한 매화꽃을 바라본다면 또 어떤 감흥에 젖어들려나, 그 눈부신 아름다움을 상상하다가 비가 내리지 않는 것만으로도 다행이라 여기며 아쉬움을 달래본다. 넓은 공터에는 행사용 텐트가 늘어섰지만 축제기간이 끝났는지 한산한 편이다. 오히려 그 한산함이 매화의 고적함을 빛내준다.

잠시 매화에 취해 있던 일행은 청매실 농원을 향해 언덕을 오른다. 오르는 길가에도 매화가 만발하여 상춘객의 발길을 잡아끈다.

매화 가까이 다가가 코끝을 대본다. 헌데, 향내는 흐리고 매화는 그 빛을 잃어가고 있다. 멀리서 바라본 매화와 가까이 와서 보는 매화의 빛깔은 판이하게 다르다. 사위어 가는 꽃잎이지만 군락을 이룬 매화를 먼 데서 바라볼 때는 황홀했는데, 이렇게 가까이서 바라보니 아쉬움만 남는다. 꽃이 피어 제 모양을 뽐내는 절정기는 서너 시간 정도라는데, 물기 오른 청순한 모습을 기대한다는 것은 과욕이라는 생각이 든다. 우리의 청춘도 매화꽃처럼 잠깐 피었다가 지는 것을….

가파른 언덕은 아니지만 관절이 시원찮아 쉬엄쉬엄 오른다. 언덕을 오르다 고개를 들고 보니 앞서가는 사람들의 뒷머리에 시선이 간다. 엉성한 머리숱에 희끗희끗 내비치는 머릿결, 그들에게도 만개한 매화처럼 찬란했던 순간이 있었건만 어느덧 춘설이 내려앉은 듯 고적해 뵌다. 사람들의 흰머리 결엔 온갖 풍상 다 헤치고 살아 온 세월의 물결이 넘실거리고 있다. 매화나무가 거무죽죽하고 울퉁불퉁하여 운치와 멋을 더하듯, 우리의 인생도 고통과 시련이 있기에 더욱 단단하고 아름다운 열매를 거둘 수 있는 것이 아닐까.

거친 등걸에 휘어진 가지를 닮은 매화 같은 사람들. 연륜만큼이나 깊은 향기를 퍼올리는 매화 같은 사람들이 언덕을 오르고 있다. 그들을 뒤따라가는 나도 오늘은 매화다.

(2007.)

오늘은 나도 진달래

원미산 진달래 동산에 축제가 시작되었다고 딸아이가 알려왔다. 이미 목련은 제 빛을 잃어가고 벚꽃이 봉오리를 열고 있는데, 기온은 아직도 아침저녁 싸늘하다. 올해는 황사가 잦고 궂은 날이 많아 완연한 봄기운을 느끼지 못하던 차에, 딸아이가 전해준 진달래 꽃소식은 마음을 밝게 해 준다.

하늘은 맑고 햇볕도 따사로운 오후, 딸아이가 살고 있는 원미동을 향해 자동차를 달린다.

'봄이 오면 산에 들에 진달래 피네. 진달래 피는 곳엔 내 마음도 피어~' 어릴 적, 산과 들을 헤매며 진달래를 한 아름 꺾어와 화병에 꽂아놓고 진달래 화전을 부쳐 먹던 일을 떠올리며 콧노래를 부른다.

원미산 아래 주차장 근처에는 개나리가 담을 두른 듯 무리지어 피어 있다. 개나리는 소곤소곤 저들만의 밀어를 나누는 것도 같고, 재잘재잘 나부대는 것도 같다. 봄꽃 축제는 매화로 시작되지만 개나리와 진달래가 만발할 때가 되어야 봄기운이 완연해진다.

진달래 동산 입구에는 축제를 알리는 현수막과 엿장수의 가위 장단 소리가 한층 흥을 돋우고 있다. 축제 첫날이 아니라 그리 붐비지는 않지만, 그래도 얼마간의 사람들이 있어 축제 분위가 살아난다. 산이 분홍빛으로 물든 까닭인가, 생동감으로 봄의 기운이 가득하다.

딸아이는 제 아들을 안고 앞서 걷고, 나는 그들의 뒤를 따라 진달래 동산을 오른다. 분홍 코트를 입은 딸아이와 노란 조끼를 입은 첫돌맞이 손자가 진달래와 개나리를 닮았다. 나의 바통을 받아 봄꽃을 닮은 저들에게로 이어지는 생명의 고리를 보며 환희를 느끼니, 이 계절이 더욱 눈부시다.

눈앞에 펼쳐진 야트막한 산등성이에는 진달래가 흐드러지게 피어 있고, 물오른 잎새들은 싱싱한 생명력을 느끼게 한다. 원미산의 진달래는 산불처럼 타오르지는 않지만 연다홍의 유순한 빛이 가슴을 은은히 물들이고 있다. 이제 갓 시집온 시골 새색시 같은 진달래꽃. 사람들은 만개한 진달래를 바라보며 탄성을 지르기도 하고, 수줍은 듯 꽃가지 사이로 얼굴을 내밀고 사진 촬영도 한다. 나도 나를 닮은 탐스러운 꽃송이에 얼굴을 대고 진달래처럼 환하게 웃어본다.

꽃도 지구촌 가족이 되어 생소한 이름을 달고 앞 다투어 아름다움을 뽐내지만, 봄에 피는 꽃 중에 가장 한국적인 꽃은 진달래가 아닌가 한다. 김소월은 우리의 순정한 얼과 전통적인 한을 담아 노래한 시인이다. 진달래는 떠나는 님을 축복하는 한국 서정의 기념비적 작품으로, 가슴에 애틋한 정으로 새겨져 전해 내려오고 있다.

나보기가 역겨워/ 가실 때에는/ 말없이 고이 보내 드리오리다/ 영변에

약산/ 진달래꽃/ 아름 따라 가실 길에 뿌리우리다/ 가시는 걸음걸음/ 놓인 그 꽃을/ 사뿐히 즈려 밟고 가시옵소서/ 나보기가 역겨워/ 가실 때에는/ 죽어도 아니 눈물 흘리오리다

김소월 시비에 새겨진 시구를 읽어 내려가며, 오늘은 나도 원미동산의 진달래가 되어본다. 진달래의 꽃말은 '사랑의 희열, 신념, 청렴, 절제'다. 나보기가 역겨워 가시는 이가 있다면, 꽃말을 담아 가시는 길 위에 진달래 융단을 깔아드려야겠다.

(2007.)

눈오는 날의 초상

하늘이 끄물거린다 했더니 아침부터 탐스러운 눈발이 흩날리고 있습니다. 엊그제 대한(大寒)을 지냈으니, 이 겨울엔 마지막 눈이 될 것 같습니다.

오늘은 빨래로 베란다의 창문을 가리지 않겠습니다. 정신없이 흩날리는 눈발처럼, 내 마음도 그렇게 허공을 날게 하고 싶습니다. 제멋대로 나부끼는 눈발과 함께 사랑 이야기를 하며 신나게 놀고 있는 내 마음을 보고 싶기 때문입니다. 이럴 때 음악을 곁들인다면 금상첨화겠지요. 격조 높은 클래식이 아니면 어떨라구요.

간밤 꿈에 그가 찾아왔습니다. 서로가 '살아있는지, 죽었는지만 알면 된다'는 그 사람, 그는 40년지기 내 남자친구입니다. 오늘 허공에 흩날리는 눈발에 마음이 동요되는 것도 지난밤 꿈 때문인 것 같습니다.

그와 내가 처음 만난 것은 여고 졸업반 때, D대학 문학의 밤에서였습니다. 그와 나는 청년기로 접어들며 이성으로서의 자각을 느낄 때이기도 했습니다. 그러나 우리는 사랑이 무엇인지 확인도 못한 채

서로 다른 인생길을 가게 되었습니다.

내가 부득이 그를 '남자친구'로 호칭하는 것은, 이성이라는 느낌은 있었으나 연인이라고 하기에는 그 농도가 약해 물맛 같고, 그런가 하면 겨자향 같은 톡 쏘는 알싸한 향내로 가슴을 아리게 하여 친구라는 이름 앞에 남자라는 명사를 붙였던 것입니다. 그러나 흐르는 세월 속에 그는 내게 사랑이 되어가고 있었습니다. 누군가에게 위로받고 싶은 절실한 고독이 나로 하여금 그를 떠올리게 했습니다.

그와 함께 친구들과 어울려 자전거 하이킹을 갔던 안양 가는 길 구름다리, 음악 감상실에서 레이 피터슨의 '코리나 코리나'를 귓가에 들려주던 그의 부드러운 음성, 장충단공원 계곡의 흐르는 물가에서 내 손을 처음 잡았을 때의 떨림. 어느 해 첫눈 오던 날 나를 잊기 위해 자원입대하러 병무청에 가는 그를 남산 길에서 우연히 만났을 때의 쓸쓸함. 가슴에 잠자고 있던 추억들이 하나 둘 고개를 들고 그를 향해 갔습니다. 나는 비로소 그가 내게 받은 상처로 아파하는 모습을 보며 즐기던, 나의 철없던 잔인함에 대해 뉘우쳤습니다.

그를 만나서 나의 고통을 털어놓자, 그는 단호한 어조로 "너의 비틀거리는 모습은 보기 싫다. 나에게는 네가 어떻게 살고 있을 거라는 이미지가 있으니 실망시키지 말라."고 했습니다. 그리고 예전에도 그랬듯이 나를 친정집까지 바래다주고 골목길을 뚜벅뚜벅 걸어내려 갔습니다.

나는 처음으로 그 앞에 부끄럽다는 생각이 들었습니다. 그 앞에 다시 반듯한 모습으로 서보리라는 야무진 결의를 했습니다. 그 후 나는 그 앞에 다시 반듯한 모습으로 섰고, 그에게 살아가며 겪는 아품을 서로 의논하고 위로하는 친구가 되자고 했습니다. 울고 싶을 때 술값을 계산해 줄 친구가 있다면 이 세상이 한결 따듯하게 느껴질 것 같았기 때문입니다. 그러나 그의 대답은 "너와 나는 살았는지, 죽었는지만 알면 된다."는 것이었습니다.

"나는 너의 친구가 아니다!"라고 절규하듯 말하는 그에게 친구가 되자고 한 것은 그를 만나기 위한 구실이었음을 고백합니다. 같은 하늘 아래 존재한다는 것만 알면 된다는 그 말이 젊었을 때는 그런대로 이해가 되었습니다. 그 멋있는 말 속에는 아직도 나를 여자로 생각하고 있다는 암시가 있는 듯해 은근히 쾌감을 느끼기도 했습니다.

살아있는지 죽었는지만 알면 되는 사이, 참으로 비현실적입니다. 그러나 나는 삶의 질곡 속에서도 어딘가에 나를 염려해주는 사람이 있다는 생각으로 위안을 얻곤 했습니다. 그것이 자기 최면이고 착각이라 해도, 즐거운 오해라 하겠습니다.

그런데 언제부터인가 나는 그에게 서운한 감정이 일기 시작했습니다. 얼마 전, 십 년간 살던 집에서 이사를 했습니다. 그때 나는 몹시 힘든 상황에 놓여 있었습니다. 세상에 홀로 던져진 상태로 사면초가에 부딪혀 괴로운 나날을 보내고 있을 때 그의 전화를 받았습니다. 연하장을 보내기 위해 나의 변경된 주소를 알기 위한 전화였던 것입니다. 이제 머리에 흰 서리가 내리고 있는데, 뜬금없이 속을 드러내 보이기도 하고 격의없는 말투로 투정도 하여 찐득한 정이 묻어나는, 그런 허물없는 사이가 될 수는 없는 걸까요? 그와 나는 적당한 간격을 두었기 때문에 40년이라는 세월 동안 인간관계를 유지할 수 있었지만, 거기에 진정한 행복은 없었던 것 같습니다. 어쩌면 그와 나는 서로의 발전하는 모습만을 보여주는 경쟁의 상대가 아니었나 생각되어 허전했습니다. 나의 몸과 마음은 지치고 피곤하여 쓰러질 것 같은데, 그 앞에서는 건강하고 씩씩한 척해야 한다는 것이 쓸쓸했습니다.

그의 전화를 끊고 길을 걷는데, 얼굴에 빗방울이 떨어졌습니다. 주루룩 흐르는 것이 빗물만은 아니었습니다. 가슴에 눈물 한 방울 흐를 수 있는 아름다운 공간을 만들기 위해 우리는 피안(彼岸) 저쪽을 돌아왔나 봅니다.

이제 육십의 인생을 탈고하고 사랑을 말합니다. 사랑은 시작도 없고 끝도 없다고 했듯이, 우리는 누군가의 끊임없는 사랑 속에 살아가고 있습니다. 사랑 속에 삶의 의미가 있고 우주가 있습니다. 맹물 같은 사랑이든, 분홍빛, 핏빛 사랑이든 사랑은 삶의 자양분이 되니까요. 사랑은 상대방의 아픔마저도 사랑하는 것이지만, 자기의 자랑스러운 면만 보이려 하는 것도 상대방의 관심을 놓치지 않으려는 사랑의 또 다른 표현이 아닐까요.

아직도 그와 나는 청년시절의 풋사랑의 환영(幻影)에 머물러 있지만, 사랑에 완성은 없는 듯합니다. 우리는 살아 있기에 자기의 존재를 깃발처럼 흔들고, 그 깃발을 흔들기 위해 살아가고 있는 것인지도 모릅니다. 그러나 내 마음엔 미세한 바람조차 불지 않는 날이 찾아들어, 나는 죽은 듯 깃발을 내리고 싶어집니다.

하지만, 오늘 신명을 다해 나부끼는 눈발은 속절없는 마음에 날개를 달아주고 사랑을 향해 날아가라 합니다. 그리하여 한 번 쯤 저 흩날리는 눈발처럼 정신없는 사랑을 꿈꾼다면 나를 힐책하시렵니까? 사랑도 때맞춰 찾아와야 고맙고, 목마를 때 마시는 차가운 맥주

맛 같아야 감동이 솟는다는 걸 아는 이가 있다면 말입니다.

어쨌거나, 꿈에서라도 그를 만나니 하루가 설렙니다. 지금 미친 듯이 흩날리는 눈발처럼, 내 마음도 그렇게 하루 종일 춤추고 싶습니다.

(2004.)

부치지 못한 편지 (1)

"밤에는 그리움과 사랑을 편지로 쓰세요. 날이 밝는 날, 수취인의 집 앞에서 우체부를 기다렸다가 오늘밤 우체통에 넣은 편지를 회수하게 되더라도, 우리는 지금 어른처럼 체면 때문에 자기의 감정을 숨기지 않기로 해요."

어느 날 밤, FM 음악방송 중에 흘러나온 젊은 DJ의 말이다. 그 얘기를 들으며 나는 지금 어떤 모습으로 살고 있는가를 자문해 본다.

나는 브랜디(꼬냑) 서너 잔을 마신다. 사람들은 취중에 한 말과 취하지 않고 하는 말을 구분한다. 왜 제정신으로는 그리움과 사랑을 말할 수 없을까. 맑은 정신으로는 미움뿐인 사람도, 섭섭함뿐인 사람도, 알코올 서너 잔에 용서하고 그리워지는 마음. 이것이 어른일까.

아니다. 어른도 젊은이처럼 맑은 정신으로 사랑과 그리움을 편지로 쓰고 싶을 때가 있다. 반포대교의 줄지어 늘어선 불빛이 너무도 아름다워 눈물이 날 때, 누군가에게 아름다움도 슬픔이라는 것을 전하고 싶다. 문득, 밤기차에 몸을 싣고 어딘가에 있을 그리움의 실체를 찾아 떠나고 싶은 광풍 같은 흔들림이 어른에게도 있다.

광화문 교보문고 앞에서 버스를 기다리며 바라본 하늘 끝. 거기 저녁노을이 꼬리를 감추고 하나 둘 별들이 솟기 시작하면, 가던 길을 멈춘 채 그대로 가로수에 기대어 온 밤을 지새우고 싶다. 별빛이 초롱한 하늘을 바라보면 속절없는 그리움이 가슴에 스멀거려 눈물이 난다. 차도 위에 명멸하는 불빛과 먼 하늘의 별빛, 문명과 우주의 신비가 공존하는 교보문고 앞 버스정류장. 그곳에 서면 누군가에게 사랑의 편지를 쓰고 있다.

어느 눈 내리는 밤, 따스한 방에 앉아 차이코프스키의 피아노 협주곡을 듣는다. 밖에는 여전히 눈이 내리고 있다. 창가로 다가가, 두 팔을 벌리고 서 있는 앙상한 나뭇가지 위에 풍성하게 쌓여 있는 눈꽃을 바라본다. 그 하얀 세상에 내가 잠기면, 마음에 얽힌 미움의 가지들이 뚝뚝 꺾어져 나감을 알 수 있다. 따뜻한 방과 음악과 백설, 나는 이 세상에서 가장 부자가 된 것 같다. 이 풍족함에 젖어 가장 순결한 마음으로 수취인도 없는 한 장의 연서를 쓴다. 스쳐가는 바람에도 흘러가는 물결에도 실려 보내고픈, 뜻 모를 그리움이 어른의 가슴에도 찰랑이고 있다. 흔들리는 우정에 가슴 아파하며 긴 밤을 한숨으로 지새우는―어른도 순수와 손잡고 눈물 흘릴 때가 있다. 정말은 화해의 악수를 청하고 싶어 전화 다이얼을 돌렸지만, 그의 목소리만 확인한 채 수화기를 놓아야 하는 떨림과 수줍음도 있다.

나는 이 밤, 서너 잔의 꼬냑에 취해 그리움과 사랑을 편지로 쓴다. 그러나 날이 밝아도 수취인의 집 앞에서 우체부를 기다리며 서성일 일은 없을 것 같다. 광풍 같은 흔들림을 잠재우고 그리움을 안으로만

삭히는 것은, 살아가며 몇 차례 허물을 벗고 깨어나며 조금씩 커가기 위한 연습일지도 모른다. 그러나 아무리 큰 어른이 된다 해도 가슴에는 까닭 모를 그리움의 불씨 하나 간직하며 삶을 사위어 갈 것이다.

어른도 밤에는 그리움과 사랑을 편지로 쓴다. 그대에게 부치지 못한 사연을 차곡차곡 가슴에 쌓아가고 있다.

(1990.)

부치지 못한 편지 (2)

40대 중반쯤에 쓴 글 '부치지 못한 편지(1)'를 20년이 다 되어가는 이즈음에 다시 열어본다. 40대는 시작도 어렵고 완성도 없는 생의 목마름으로 방황하던 시기였다. 미래에 대한 불안과 자아실현 욕구에 갈증을 느끼고, 시나브로 시들어가면서도 그리움과 기다림 같은 처연한 서정을 가슴에 두고 한숨 쉬는 열락(悅樂)의 계절이기도 하다. 지금 와 그때를 보니, 젊은 날의 녹진함이 풀 향기처럼 상큼하게 묻어난다.

"밤에는 그리움과 사랑을 편지로 쓰세요. 날이 밝는 날, 수취인의 집 앞에서 우체부를 기다렸다가 오늘밤 우체통에 넣은 편지를 회수하게 되더라도, 우리는 지금 어른처럼 체면 때문에 자기의 감정을 숨기지 않기로 해요."

어느 날 밤, FM 음악방송 중에 흘러나온 젊은 DJ의 말이다. 내가 그 말에 발끈해졌다. 어른도 밤에는 그리움과 사랑을 편지로 쓴다고, 그대에게 부치지 못한 사연을 가슴에 차곡차곡 쌓아가고 있다고 항변한 글이었다. 그리고 말미에 가서 '아무리 큰 어른이 된다 해도 가슴에는 까닭 모를 그리움의 불씨 하나 간직하며 삶을 사위어갈 것'이라고 결론지었다. 그냥 슬며시 그들 틈에 스며들면 그만인 것을, '사랑이라는 슬프고도 아름다운 성(城) 밖으로 밀려나는 것 같아 은근히 화가 났던 것이다. 아니, 그보다는 체면 때문에 자기의 감정을 숨겨야 하는 어른이 되기 싫었던가 보다.

오늘 일몰의 고즈넉함 앞에 나이를 내려놓고, 20년 전 발끈해져 항변했던 속절없는 그리움의 정체가 여태껏 남아있나 살며시 가슴의 빗장을 열어본다. 어제의 내가 아니듯 스무 해 전의 내가 아니건만, 건드리면 무시로 열꽃처럼 돋쳐 오르는 뜨거운 이름. 칸나처럼 붉게 타오르다가 나팔꽃처럼 입술을 닫아 열정을 안으로 삭히던 눈물 많던 시절의 흔적이 화인처럼 남아 있는 것에 흠칫 놀란다. 누군가 내게 과거로 돌아가라 한다면 30대가 아닌 40대로 하겠다.

여자 나이 40대, 차암 좋은 때다. 앞만 보고 달리다가 한 시름 비켜놓고 자신을 돌아볼 수 있는 오후 두서너 시쯤에 와 닿은 나이. 꼭지점이 보이지 않는 불확실한 길을 걷다가 노변의 나무그늘에 앉아 불안함을 달래보는 노곤한 나이. 그러다가 다시 발딱 일어나 잰걸음으로 가파른 언덕을 오르는 기운찬 나이. 먼 하늘의 별빛만 보아도 뜻 모를 그리움이 가슴에 스멀거려 눈물이 나고, 스쳐가는 바람에도 한기를 느끼는 서러운 나이. 밤기차에 몸을 싣고 어딘가에 있을 그리움의 실체를 찾아 떠나고 싶은 광풍 같은 흔들림을 잠재울 줄 아는 오달진 나이. 그 쓸쓸하고도 아름다운 날의 소중한 감정을 붙잡고 지진(遲

進)한 사십 대를 건널 수 있었다는 것을, 세월이 한참 흐른 후에야 알았다.

이제 해거름에 들어섰다 해서 한숨 쉴 일도 아니다. 지금은 내 안을 다스리며 조용히 묵상할 시간. 아직도 그대에게 부치지 못한 편지가 남아 있다면 시간의 물결 위에 띄워 보내, 영혼이 가벼워질 때까지 멀어져 갈 일이다.

문득 오세영의 시 <원시(遠視)>가 내 마음의 늪에서 유영하듯 떠오른다.

멀리 있는 것은 아름답다

무지개나 별이나 벼랑에 피는 꽃이나

멀리 있는 것은

손에 닿을 수 없는 까닭에

아름답다

사랑하는 사람아

이별을 서러워하지 마라

내 나이의 이별이란 헤어지는 일이 아니라 단지

멀어지는 일일 뿐이다

네가 보낸 마지막 편지를 읽기 위해선 이제

돋보기가 필요한 나이

늙는다는 것은

사랑하는 사람을 멀리 보낸다는

것이다

머얼리서 바라볼 줄을

안다는 것이다

　　　　　　－ 오세영의 ＜원시(遠視)＞

(2007.)

추억의 사진첩

추억의 사진첩 안에 '세상에 이런 일이…'처럼 특이하거나 재미있는 사진이 있으면 사진과 함께 그 사진에 얽힌 사연을 수필로 써서 보내달라는 원고 청탁을 받았다. 그럴듯한 소재가 있을까 해서 묵은 사진첩을 꺼내 본다.

시간을 거슬러 올라가 보니, 돌 사진을 시작으로 엊그제 고향에 내려가 석양을 배경으로 찍은 사진에 이르기까지 내 육십여 년 인생이 그 안에 고스란히 담겨 있다. 추억의 사진첩은 개인사이지만, 그 시대의 사회상이 부분적으로나마 반영되어 있어 마치 대한민국의 현대사를 보는 것만 같았다.

추억은 아름다운 것이라고 했던가. 추억의 사진첩을 들여다보니 고달팠던 시절도 미소로 되돌아오고, 왜 그때 좀 더 지혜롭지 못했던가 아쉽고 안타깝기도 하다. 희비가 담겨 있는 그 순간 포착이 내 인생의 줄거리가 되고 삶의 자양분이 된다. 나는 시공(時空)을 넘나들며 잠시 사진 속에서 자유로워진다. 십여 권에 이르는 사진첩 안에

‘세상에 이런 일이…’라고 할 만큼 놀랍거나 신기한 사연을 찾을 수
는 없지만 ‘내게 이런 일도…’ 하며 혼자서 웃음 짓는 사진 세 장을
골라본다.

첫 번째(50년대 후반)는 여중 때 어버이날(그때는 어머니날) 행사에
서 중늙은이로 분장하고 연극을 했던 기념사진이다. 헐렁한 양복에
중절모를 쓰고, 콧수염 위의 콧등에는 검은 테 안경을 걸친 남장(男
裝)한 내 모습이다. 실제 주인공은 가난하고 무식하지만, 남의 옷을
빌려 입고 부자 행세를 하며 거드름을 피우는 역할이다. 노처녀 딸을
시집보내기 위해 사윗감을 선보는 과정에서 일어나는 에피소드를 코
믹하게 연기하는 모습에 웃음이 터진다. 우리들은 운동장에 만들어
놓은 가설무대에서 공연을 했지만 관객들로부터 동양극장 무대 위의
연극배우 못지않게 뜨거운 박수를 받았다.

사진의 뒷배경에는 판잣집 모양의 엉성한 교실이 보인다. 본관이
있기는 해도 늘어나는 학생들을 수용할 수 없어 임시방편으로 지은
가건물이다. 휴전협정 후 서울이 복구되어 갔지만, 50년대의 나라
경제가 어떠했는가를 보여주는 장면이라 하겠다. 그 시절 만담(漫談)
가로 유명한 장소팔, 고춘자 씨가 콤비를 이뤄 대중들에게 웃음 보따
리를 풀어 놓았는데, 라디오에서 흘러나오는 만담소리로 서민들은
어려운 살림살이의 고달픔을 위로 받곤 했다. 우리가 연극무대에 올
린 스토리도 그들의 대본을 흉내냈던 게 아닌가 싶다. 연극 연습 도
중 거울에 비친 내 모습을 보며 실상과 허상을 그대로 비쳐주는 거울
에는 거짓이 없다는 것을 느꼈던 기억이 난다. 이 사진에서 보듯이

나의 소녀시절은 이따금 교탁 앞에 나가 만담으로 친구들을 즐겁게 해주었던 명랑한 성격이었다는 것을 알 수 있다. 만약 그때의 소질을 살려 연극배우의 길로 들어섰다면 지금쯤 나는 어떤 모습으로 살아 가고 있을까?

두 번째는 스무 살 때(60년대 초), 18명의 남녀가 어울려 2인용 자 전거를 타고 안양으로 하이킹을 갔던 사진이다. 지금은 남녀가 어울 려 못 갈 데가 없지만, 40여 년 전만 해도 그것이 흔한 일은 아니었 다. 외출이 통제되던 그 시절에 어떻게 그런 일을 시도했는지, 천방 지축 철없던 그때가 그립기만 하다. 언니가 어렵게 장만한 재킷을 빌려달라고 밤새도록 졸라 간신히 얻어 입고, 작은오빠의 선글라스 (박정희 스타일)를 쓰고, 머리에 두른 머플러를 휘날리며 초봄의 차가 운 바람을 마시며 신나게 달리던 3월의 마지막 날에 있었던 추억의 한 장면이다.

사진 속의 특징은 여자들은 모두가 하나같이 검은 안경을 썼고, 머리에 머플러를 둘러 되도록이면 얼굴을 가리려 했다는 점이다. 그 것은 잔뜩 멋을 부려보고 싶은 욕망과 얼굴을 드러내지 않으려는 의 도적인 행위였다. 탈을 쓰고 가발을 쓰면 용기가 생기 듯, 선글라스 를 끼면 용감해질 수 있으니까. 남녀 교제가 자유롭기는 했지만, 남 자들과 어울려 다니다가 얼굴이 밖에 알려지면 시집가는 데 지장이 있다고 생각했던 보수적인 사회상이 엿보이는 장면이다.

그날 찍은 기념사진을 장차 남편될 사람이 보면 안 될 것 같아 남자 들은 모두 오려내고 여자들 모습만 앨범에 붙여놨는데, 훗날 친구네

집에 가서 보니 그 친구는 남자들과 함께 찍은 사진을 버젓이 앨범에 붙여 놓았다. "이 정도도 이해 못하는 남자라면 결혼 안 한다."는 친구의 말에 용기를 얻어, 나도 다시 사진을 현상하여 앨범에 붙여 놓았다. 하마터면 놓칠뻔 했던 추억의 한 토막을 친구 덕분에 건져 올린 것이다. 그때 그 친구들은 지금 어디서 무얼 하고 있는지, 이따금 생각나는 날들이 있다.

　세 번째 사진 이야기(80년대 말)는 이십 년 전쯤으로, 해외여행 자유화 시대가 열릴 무렵이었다. 문인들 4,50명이 미국을 여행한 일이 있는데 나에게는 첫 해외여행이어서 더욱 인상에 남는다. 워싱톤, 뉴욕, 로스앤젤레스, 나이아가라 폭포, 디즈니랜드, 라스베가스, 그랜드캐년 등, 여러 곳을 거쳐 귀국하는 길에 하와이에 들렀다. 호놀룰루 공항에 내리니 하와이안 뮤직이 울려 퍼지고 훌라댄스 차림의 소녀들이 애절하고 감미로운 음률에 맞춰 춤을 추었다. 그리고 관광객에게 수십 송이의 꽃을 엮어 만든 화려하고 향기로운 꽃목걸이(레이)를 걸어주고, 여자들에게는 머리에 화관까지 씌워주며 하와이 방문을 환영해 주었다. 해외여행이 잦지 않던 때에 이처럼 달콤하고 이국적인 분위기는 여행객의 기분을 들뜨게 하기에 충분했다. 잠시 환희와 설렘의 축제 분위기에 젖어 서로 사진기를 돌려가며 여러 장의 기념촬영을 했는데, 그 중 화환을 목에 두른 남자와 여자가 다정히 포즈를 취하고 찍은 사진도 눈에 띈다. 그들의 모습은 마치 연인과도 같다. 사진을 찍으며 남자가 여자에게 말했다.

　"우리 약혼하자!"

　텔레비전 광고 문구 같은 말에 즐거워했던 순간은 시간을 멈춘 채, 추억의 사진첩 안에서 빙긋이 웃고 있다. 순수와 열정이 혈관을 맴돌던 젊은 날의 초상이다.

　봄날의 햇살처럼 나를 따뜻하게 비쳐주던 추억속의 사람들. 그들이 있었기에 내 인생은 짭조름했다.

(2008.)

얼굴

－ 바닷가에 핀 해당화처럼－

파리의 몽마르트 언덕에서 동양계 화가에게 초상화를 그려 달라고 했다. 나와 흡사하려니 기대하며 20여분을 미동도 않고 앉아있었다. 그러나 완성된 그림은 내가 아니었다. 내가 동양계 화가를 지목한 것은 동양인의 얼굴골격에 익숙할 것이라는 생각에서였는데, 화가는 서양인과 동양인의 합성된 얼굴을 그려놓고 만족한 미소를 입가에 흘리는 것이었다.

초상화는 둥그스름한 얼굴 바탕에 눈빛은 총명하고 콧등은 어딘지 모르게 날이 선 듯 하다. 어느 사이 나는 냉철하고 이지적인 여인의 얼굴로 변해 있었다. 동양인이 서양에 오래 살다보면 생활습관이나 문화가 몸에 배어 얼굴도 변할 수 있을려나, 어쩌면 화가의 눈에는 내가 그리 비쳤을지도 모를 일이기에 나를 닮은 구석을 찾아 한참이나 들여다보았다.

우리 몸에 있는 650개의 근육 중 80개의 근육이 얼굴에 모여 있다고 한다. 얼굴의 근육은 빛의 각도와 표정에 따라 움직임이 다르고,

얼굴에 나타나는 감정의 표현은 솔직한 것이어서 수시로 변하는 표정에 따라 나를 보는 이의 시각도 다를 것이다.

누군가는 나에게 '칸나'같다 하고, 어떤 이는 나에게 '모란'을 닮았다 한다. 그런가 하면 ㅇ교수는 내게서 바닷가에 핀 '해당화' 향내가 난다고 했다.

불꽃처럼 타오르는 칸나의 열정과 어머니의 품안처럼 편안하고 수수한 모란, 바닷가 모래밭에서 쓸쓸하고 애절하게 울부짖는 해당화(海棠花). 각자 나의 한 단면만을 보고 이름 지은 것이지만 이런 모습들이 한데 어우러져 나를 이루고 있다는 것에 새삼 놀라곤 한다.

바닷가 모래밭에 핀 해당화가 거센 바람과 파도에 휩쓸려 쓰러질 듯 휘청이면서 다시 힘들게 일어나는 모습을 그려본다. 내게 해당화 같다 하신 분은 바다바람에 실려와 끈적끈적하게 달라붙는 해당화 꽃향내에서 애처롭고 강인한 삶의 의지를 느꼈던 것 같다. 해당화는 무언가 간절히 기다리는 염원과 자기지킴이 강한 꽃의 화신(花神)이라 한다. 그분은 나의 문학에 대한 열망과 삶의 현장 지킴을 해당화 같다 했는데, 그 비유 속에는 오묘한 뜻이 담겨 있어 오래도록 기억에 남는다.

나의 젊은 날의 초상은 열정과 끈기, 애달픔으로 그려졌기에 앞으로의 내 얼굴은 안정과 여유로 푼더분하게 그려지기를 바란다. 그러나 초상화는 평생을 그려도 완성될 수 없는 것처럼, 앞으로의 삶도 어떻게 전개될지 예측할 수 없는 것이기에 바닷가 모래밭에 핀 해당화처럼 강한 의지를 잃지 않고 살아야 될 것 같다.

(2012.)

Chapter 4

나는 누구인가

나는 누구인가

삶의 연장선상에서 새삼 나의 존재에 대해 숙고하게 되는 것은 어두운 그림자가 드리울 때였다. 사방이 가로막힌 어두운 현실에 갇혀 더 이상 나아갈 수 없을 때, 내 안에 잠자고 있던 참자아가 참을 수 없는 결핍과 통증으로 나의 존재에 대해 쉼 없이 종주먹을 해댔다.

나는 누구인가? 나는 지금 누구의 삶을 살고 있는가? 인간은 저마다 비슷비슷한 양의 일을 하고 저 세상으로 간다는데, 내가 살아온 발자취는 몇 치 깊이로 남는 걸까?

우리의 잠재의식 속에는 참자아와 그것을 드러내기 두려워하는 참자아의 그림자(상처·고통·수치·분노·굴욕감·두려움·공포)가 있다. 우리는 숨겨져 있는 참자아의 그림자를 이해하고 공감해야 내면세계의 광대함과 존재의 신성함, 독특성, 재능을 점차 발견해 나갈 수 있다.

–토니 험프리스의 <나를 찾는 셀프 심리학>에서

나를 에워싸고 있는 참자아의 그림자를 빠져나와 새로운 삶에 도전한 것은 나이 사십이 되어서였다. 나는 지나간 삶을 돌아보며 공허감으로 잠을 이룰 수 없었다. 그제서야 나의 참된 본성에 눈뜨고, 어두운 영혼에서 존재의 빛을 향해 나의 정체성을 찾아 나섰다.

인간에게는 누구나 고유한 특별함이 있다. 내게 주어진 고유한 사유의 감성으로 도전한 문학의 길. 그 길은 나의 선택이었지만 이미 누군가에 의해 정해진 섭리의 길이라는 것을 느낀다. 그 길에서 만난 '수필나무' 아래에 마음을 내려놓고, 고난과 고통을 수용하며 글에 대한 열망으로 스물다섯 해를 보냈다.

나에게 수필은 구원이었다. 무엇으로도 채워지지 않는 결핍과 갈증으로, 나는 살기 위해 수필의 수액을 받아 마셔야 했다. 그렇기에 미흡하나마 글 한 편을 탈고하고 나면 황후장상이 부럽지 않다. 문학은 나의 일부분이지만 내 삶의 구심점이기에, 오늘의 주제는 '수필'에 의존하여 풀어나가야 할 것 같다.

수필은 '나는 누구인가'를 끊임없이 생각하게 하는 자기 성찰의 문학이다. 한 세상을 살아가며 자기 성찰의 수필문학을 할 수 있다는 것은 참으로 다행한 일이다. 수필은 나 자신을 돌아보고, 내 안에 있는 치유의 힘을 끌어내어 진정한 삶으로 이끄는 자아를 발견하게 한다.

오늘도 나의 존재를 알기 위해 소우주인 내가 대우주를 향해 끊임없는 질문을 던지며 근원적인 해답을 찾아 나선다. 인간과 자연, 우주와의 소통에 촉각을 곤두세우고, 문학의 깊이에 생각을 더한다. 문학과 함께 내 삶의 철학과 꿈을 그려 나간다. 인간의 희로애락에 접근하여 자연스럽게 분출되는 행복과 기쁨을 만나고, 가슴속으로 스며드는 아픔과 슬픔과 화해한다. 이러한 행위는 오랜 시간 속에 통증을 다스리며 자리 잡힌 나의 생활이고, 또 다른 자아를 찾아가는 과정이라 하겠다.

나는 수필을 통해 바람이 되고 강물이 되고 구름이 되며 누군가의 꽃이 되기도 한다. 나는 고심 끝에 생명의 포자 하나 날려 보내고 사유의 씨앗은 누군가의 가슴에 자리 잡고 싹을 틔운다. 그래서 절망은 희망이 되고 슬픔은 기쁨이 되며 아픈 사람에게는 따듯한 위로가 되기를 원한다. 어느 사이 나는 많은 사람들과 공유하는 삶을 살아가고 있음에 잔잔한 기쁨을 느낀다.

그러나 참자아의 그림자에 나의 존재를 묻어버리고 싶을 때도 있다. 사물에 대한 통찰력이 단세포적인 서정에만 머물러 예지력을 발휘하지 못할 때, 슬며시 수필 곁을 물러나고 싶어진다. 그러나 그것도 잠시일 뿐, 또 다시 수필에 대한 경외감으로 결핍은 쉼 없이 찾아와 마음에 그늘이 드리워지고, 그럴수록 내 안의 참자아는 빛의 길을 향해 더욱 애소한다. 이처럼 문학에 대한 열망은 깊어 가지만 아직도 그 언저리에서 서성이는 나를 보며, 수필의 길은 빛의 본향을 찾아가는 요원한 꿈의 여정이 아닐까 생각하게 된다.

이 세상에 존재하는 많은 것들과 일체가 되기를 소망한다. 그들의 영혼을 노래하고, 형상화하고, 미래의 비전을 제시하는 수필 전도사가 된다면 오죽이나 좋으랴싶다. 다만 어떤 대상의 미세한 부분까지 깊이 헤아리지 못해 안타까울 뿐, 나는 수필 속에서 살아있음을 느낀다.

(2008.)

쓴 약 두 봉

수필을 써온 지 어언 20여 년이다. 그간 세 권의 단행본을 출간했다. 다작은 아니지만, 수필을 쓰면서 진을 많이 뺐기에 이제는 그만 수필 곁에서 멀어지고 싶을 때가 있다. 제대로 문학 대접도 못 받는 수필에 매달려 무얼 어쩌자는 것인가 하는 회의에 젖을 때도 있다.

헌데, 한(恨)이 많아 그런가. 바람이 잔뜩 든 고무풍선의 한 곳을 누르면 다른 한쪽이 불룩 튀어 나오듯, 가슴에 담겨진 사연이 나에게 종주먹을 해댄다. 조금씩 달래주지 않으면 그냥 큰소리를 지르며 터져버리겠다고, 고무풍선 속의 바람처럼 가슴속의 바람이 나를 위협한다. 그러면 이 나이에 가릴 것이 무엇이냐며 야금야금 속을 드러내 보인다. 살아온 육십여 성상이 그리 긴 것도 아니건만, 이쯤 살아보니 세상사 너나 할 것 없이 주름투성인데, 가슴에 안고 한숨 쉴 일도 미소 지을 일도 아니라고, 기쁨도 아픔도 서로 공유하며 사는 것이 사람 사는 세상이라며 혼자서 인생 철학서를 쓴다. 그리곤 어떻게 벗느냐를 두고 밤새 골머리를 앓는다.

언젠가 누드모델을 앞에 놓고 그림을 그리는 현장에 가본 적이 있다. 누드그림은 감상한 적이 있지만 실제 모델이 나와 옷을 벗는 장면을 보는 것은 처음인지라 잔뜩 호기심을 안고 공연장에 들어섰다. 많은 모델들이 차례대로 옷을 벗으며 그림 그리는 사람에게 포즈를 취해 주었고, 관중들도 그들에게 시선을 집중하며 그림을 감상하듯 영혼이 담긴 육체를 바라보았다. 그런데 나는 기대만큼의 기쁨을 느끼지 못하고 돌아왔다. 누드모델의 옷 벗는 모습이 너무 쉽게 보여 실망했다.

또다시 이와 비슷한 경험을 한 적이 있다. 어떤 수필 세미나에서 항간에 물의를 일으킨 모 교수가 수필 강연을 했다. 그는 수필의 표현방법에 대해 '그냥 시원하게 방뇨하듯 배설하는 것'이라고 했다. 그 자리에는 수필 초년생이 많이 참석했는데, 그들이 수필을 잘못 이해하게 될까봐 걱정스러웠던 기억이 난다.

수필은 고백의 문학이다. 자신의 체험을 토대로 삶을 구체화시키는 수필문학은 거짓이나 꾸밈없이 진솔하게 자기 자신을 벗어내야 하는 특성에 고민이 있다. 그렇다고 누드모델이 거침없이 가운을 벗어 던지듯, 뱃속의 오물을 시원하게 방뇨하듯 배설할 수는 없다. 수필은 그 사람의 얼굴이기에, 표현기법이나 토씨 하나에도 애정의 손길을 보내야 한다. 수없이 수정을 거쳐 탈고를 한 후에도 선뜻 발표하지 못하는 것은, 내 나름대로 두 가지의 쓰디쓴 경험이 있기 때문이다. 그러나 입에 쓴 약이 몸에 좋다는 것도 그 경험을 통해 익혀왔다는 것을 고백한다.

20여 년 전의 일이다. 어려운 과정을 거쳐 천료를 받고 기쁨에 들떠 있는 문단 초년생인 나에게 수필계의 원로 P선생에게서 전화가 걸려왔다. 그는 축하한다는 말 대신 내가 천료 받은 수필지에 글 같은 글이 실린 것 봤느냐며 말문을 열었다. 실로 충격적인 말이었다. 그렇다면 P선생은 자기가 폄훼하는 수필지에 이따금 작품 발표를 하는 이유는 무엇인가. 하늘같은 선배 앞에 말대꾸 한 번 못하고, 새싹의 목을 싹둑 잘라내듯 하는 그의 거친 말을 듣고 한동안 마음을 앓아야 했다. 그 일로 인해 나는 수필에 대한 의욕을 상실할 뻔했지만, 심기일전하여 반전의 기회로 삼기로 했다.

그 얼마 후, 어느 백일장 행사장에 갔다가 돌아오는 길에 우연히 P선생과 잠시 길을 걷게 되었는데, 그는 뜬금없이 내게 이런 말을 했다.

"한 번 발표한 작품에 대한 인상을 지우려면 최소한 8년이 걸린다."는 것이었다. 그것은 작품 발표에 대한 신중성을 강조한 말이었는데, 나 같은 신인에게는 보약 같은 말이었다. 그러나 지난번 일로 마음이 상해 있는 나는 그 말이 쓴 소리로밖에 들리지 않았다. 그리고 이듬해, 국내에서 가장 역사가 깊고 문단의 대표라고 일컫는 H문학지에 수필을 발표할 기회를 얻었다. 나는 지면에 욕심이 생겨 다급히 수필 한 편을 보냈다. 그러나 보낸 수필은 '원고 재고'라는 딱지와 함께 되돌아왔다. 그것은 작품에 대한 함량미달을 의미한 것이었다. 그때의 부끄럽고 쓰라렸던 기분은 무엇에 비할 바가 아니었다. 그제야 P선생의 충고가 떠올랐다. 그리고 부족한 글에 대한 인상에서 벗어나기 위해 8년을 애쓰지 않게 해준 H문학지의 편집장에게 고마움을 느끼지 않을 수 없었다. 되돌아온 원고를 수개월간 묵혀두고 퇴고를 거듭하여 작품 한 편을 건지니, 그제야 죽을 뻔한 자식을 살린 것 같아 묵은 한숨이 터져 나왔다. 그때 만약 H문학지에서 내 원고를 그대로 실었더라면 어찌 되었을까. 생각만 해도 현기증이 난다. 지금 글에 대한 신중함으로 밤잠을 설치고, 발표 지면에 연연하지 않는 것도 은연중에 밴 두 봉의 쓴 약 덕분이라 여겨진다.

헌데, 이즈음 약발이 떨어지는 게 아닌가 염려될 때가 있다. '변함 없는 독자 한 명만 있으면 된다.'는 나의 고정관념이 시대에 역행하는 것은 아닌가 하는 생각이 드니 말이다.

이제는 문학도 독자를 찾아나서는 시대가 되었다. 소극장에서 흥겨운 록 음악과 젊은 시인의 토크 쇼, 시를 상징하는 퍼포먼스로 독자와 함께 즐기고, 달리는 열차 안에서 시를 낭송하는 문학전용열차도 생겼다. 독자 곁으로 한 발 다가서려는 지상의 열띤 움직임 못지 않게 사이버 세계의 문학 열기도 대단하다. 지상에서 벌어지는 문학 행사에는 한국 문단의 대표들이 주축을 이루고 있지만, 사이버 공간에서는 주로 현대문명의 최첨단 기술에 익숙한 사람들이 중심을 이루는 것 같다.

나는 주로 수필 코너에 관심을 갖게 되는데, 이곳에서는 적벽부(赤壁賦)를 쓴 중국 북송 때의 시인이며 문장가인 소동파가 '글 한 편을 완성하는데 버린 파지가 세 삼태기'라고 한 말은 그야말로 옛말이라는 것을 실감하게 된다. 가속도에 길들여진 다수의 사람들은 사이버 공간을 하나의 휴식처 삼아 심심하거나 피곤할 때 들어와 생각나는 대로 컴퓨터 자판을 두드리는 모양이다. 퇴고 과정도 거치지 않은 글을 모니터에 방뇨하듯 배설하는 사람들, 이곳저곳 사이버 공간을 드나들며 글보다는 인기몰이에 정신없는 사람들을 보게 된다. 이들에게서 앞만 보고 내달리는 현대인의 갈증이 느껴지지만, 속도와 효율성에 밀려 영혼이 결여된 글을 마구 쏟아내는 것은 수필을 얕잡아본 까닭이리라.

그래도 수필에 대해 자긍심을 가지고 있다면 그리해서는 안 될 것 같다. 남에게 보이기 위해 없는 수염을 만들어 양반 흉내를 내서도 안 되겠지만, 남에게 오물이 튀든 말든 방뇨하듯 배설하는 상놈이 되어서도 안 될 것이다. 아무리 자유가 허용된 공간이라 해도 그곳은 공공(公共)의 장이기에 지켜야 할 예의가 있는 것이다.

글에 대한 신중성을 충고해주던 선배와 함량미달의 글을 되돌려보낸 잡지사의 편집장이 생각나는 요즈음이다. 예나 지금이나 글에 대한 부족함은 여전하지만, 그나마 나를 키운 절반은 그들이 내민 쓴 약 두 봉이 아닌가 싶다.

(2006.)

운명처럼 다가 온 수필과의 만남
-나에게 문학은 무엇인가

    북창을 통해 들어오는 하늘. 그 작은 창에 담긴 하늘만 바라보며 지낸 그해 겨울엔 눈이 많이 내렸다. 자고 나면 담 위에 쌓인 눈은 녹지 않아 밤새 또 내린 것만 같았다. 빛나는 태양마저 바라보기가 사치스러워 어둡고 습한 방에 나를 가두고 지낸 날들이었다. 전화선마저 끊어 놓은 채, 외부와의 단절된 날들 속에서 삶과 죽음의 오랏줄에 묶여 암울과 좌절의 나날을 보냈다. 누우면 숨이 막힐 것 같고 손발에 경련이 왔지만, 그런 중에도 하늘을 바라보면 조금씩 마음이 안정되어갔다.

    봄이 올 즈음, 두 아이를 데리고 이사한 곳은 온종일 햇볕 한 점 구경할 수 없는 북향집이었다. 현관문을 열고 길 건너편을 바라보면 햇빛이 눈부시다. 마치 길 건너 저쪽과 이쪽은 이승과 저승 같았다. 겨우내 어두움을 안고 지낸 탓인지, 밝고 따사로운 햇살은 또 다른 경이로움으로 내게 다가왔다. 눈부신 태양 아래 생성하는 대지의 입김은 나의 메마른 감성을 자극해 수액처럼 혈관을 적셔왔다. 나는 비로소 미몽에서 깨어나 살고 싶다는 의식이 되살아났다. 사막 위에 신기루를 세우려 했던 그 동안의 삶에서 벗어나 나의 정체성을 찾아 나섰다.

나는 뼈아픈 고독을 극복하기 위해 문학에 매달렸다. 소녀시절부터 꿈꿔왔던 문학과의 해후에 감읍하며, 가슴에 쌓인 한(恨)을 살풀이하기 시작했다. 그러나 수필은 만만치 않은 상대였다. 상처 난 마음을 치유받기 위해 구원의 손길을 내밀었지만, 수필은 내게 더한 고통과 시련을 안겨 주었다.

온전히 비워내야만 맑은 영혼의 혜안을 안겨주는 수필의 본질성에 접근하며, 꿈속에서도 수필다운 수필을 쓰기 위해 애를 썼다. 그렇게 신음하고 번뇌하는 동안 무언가 자리가 잡혀갔고 차츰 고통과 좌절, 번민과 회의, 증오와 실망에서 벗어났다. 이렇게 문학은 내 삶의 버팀목이 되어 어둠에서 빛을 향해가는 '빛의 기록'이 되어갔다.

수필은 가장 진솔한 고백의 문학이다. 수필은 체험을 토대로 삶의 의미를 진실하게 형상화해야 하는 특성상의 고충이 있다. 그렇기에 의식의 자유로움을 어느 정도 허용해야 될는지, 그러한 난제 속에 건져 올린 한 편의 글은 삶의 동력이 되었다. 수필은 꽃의 향기로, 사막에서 만나는 한 점 바람으로, 가시밭길에 내려진 동아줄로 내게 다가와 구원의 손을 내민다.

이제 수필과의 만남 20여 년, 수필은 내게 기쁨이고 눈물이며, 남루한 영혼에 다양한 색상의 옷을 입혀주는 사랑하는 님이다. 그리고 앞으로도 함께 할 내 삶의 동반자다.

(2007.)

147

7월

　7월 초순, 강원도 횡성지구에 위치한 청태산 휴양림에 갔다. 녹음이 방장한 숲속에선 지금 저들만의 은밀한 언어가 수런거리고 있다.
　청태산은 인간이 가장 살기 좋은 750미터 높이에 위치해 있고, 120만 평의 너른 숲을 보유하고 있다. 이곳은 주로 삼사십 년 된 소나무와 잣나무의 군락이 아름다운 숲을 이루고 있다. 하늘 높이 곧게 자라고, 가지를 서로 맞닿게 하여 짙은 그늘을 만들어 버리는 소나무와 잣나무를 바라보니, 소나무와 전나무, 잣나무 같은 침엽수는 '순수 혈통'을 고수하면서 자기네끼리만 한데 모여 살기를 고집한다는 나무 전문가의 말이 생각난다. 거기에 화학물질을 분비하여 제 몸은 감염으로부터 보호하고, 다른 나무는 잘 못 자라게 하며 곤충들을 쫓아내기까지 한단다. 그렇게 열악한 환경 속에서도 소나무, 잣나무가 바람에 흔들릴 때 잠시 틈 사이로 들어오는 햇빛을 받고 자라는 작은 나무와 풀들의 끈질긴 생명력이 위대해 보인다. 이 숲속 나라의 정경이 마치 시나 소설만이 '순수 정통문학'이라고 고집하는 작금의 한국문단 형태와 무엇이 다르겠는가.

소나무와 잣나무 같은 침엽수는 활엽수를 발도 못 붙이게 하고, 왜 저희들끼리 수천 수만 그루가 떼지어 사는 걸까. 새들도 떼 지어 날아다니고, 물고기와 개미도 떼지어 몰려다니고, 우리도 떼지어 이곳에 왔다. 그것은 자기네끼리만 소통할 수 있는 고유한 언어와 토양, 또는 통로를 가지고 있기 때문인 것도 같다.

활발한 경쟁으로 다양한 숲을 만드는 열대지방에서는 침엽수는 아예 발도 못 붙이고 온대와 한대지방으로 쫓겨났다고 한다. 아무 곳에서나 잘 적응하는 활엽수와는 대조적이다. 마치 인터넷 시대를 맞아 소설이 수필에 밀려 위기를 맞듯 말이다. 이제 본격문학이 대우받는 시대는 끝나고, 한국문학은 그림 문학과 말 문학으로까지 진화하고 있는데, 보수의 혈통만을 고집하며 타 장르를 비하하는 편협된 시선이 안타깝기만 하다. 이러한 '끼리끼리'의 문화는 비단 문단에만 국한되어 있는 것은 아니다. 다양성을 무시하고, 제 것만을 우선으로 하는 곳곳에 뿌리 박혀 있는 집단 이기주의야말로 사회 발전의 커다란 걸림돌이 아닐 수 없다. 이러한 '끼리끼리'와 '또래또래'의 소통방식은 자칫 편파적이고 검증되지 않은, 진실되지 못한 정보에 매몰되어 사회 전체가 붕괴될 수 있는 위험을 초래할 수도 있다.

새는 공중에서 날아다닐 때 날개를 펼 수 있고 물고기는 물에서 헤엄쳐야 살아갈 수 있지만, 하늘과 땅, 물속을 두루 섭렵하며 에너지를 발산하는 인간이야말로 활발한 경쟁으로 다양한 숲을 만들고, 언제 어디서든 잘 적응하는 활엽수처럼 살아야 하지 않을까. 우리는 기본 가치를 지키면서 더 넓은 세상으로 나아가야 한다.

청태산 숲속에는 주로 소나무와 잣나무가 군락을 이루고 있지만, 또 다른 수많은 생물들이 조상이 물려준 유전형질에 따라 적당히 경쟁하며 안정된 삶을 살아가고 있다. 자기들만의 순수 혈통을 고수하며 끼리끼리 모여 살고 있는 침엽수들은, 지금 혈기왕성한 청년의 근육처럼 내밀한 힘을 키우고 있는 열대지방의 숲속에서 벌어지고 있는 일은 알 길이 없을 것이다.

(2007.)

담론(談論)
—문단세정(文壇世情)

모촌 선생님, 무자년(戊子年) 새해 달력 첫 장을 넘깁니다. 선생님 가신 지도 어언 세 해로 접어드니 세월의 무상함이 뼛속으로 스며듭니다. 문득, 선생님 생전에서처럼 "새로운 문단 소식 없느냐?" 하시는 것 같아 지난해 문단 소식이나 들려 드릴까 하여 펜을 들었습니다. 문단 소식 중에서도 '수필계'의 소식이 더욱 궁금하시겠지요. 하늘 높은 곳에서 이 땅 위에서 벌어지는 일들을 내려다 보고 계시겠으나, 요즈음에는 하늘을 가리는 스모그 현상이 더욱 심해져 선생님의 시선을 스쳐 지나가는 일들도 있을 듯합니다.

지난 해 5월에는 수필계의 대부이신 피천득 선생님이, 6월에는 유경환 선생님(시인, 아동문학가, 수필가)이 세상을 떠나셨습니다. 두 분 모두 수필계를 대표하는 분들이기에 수필계의 큰 손실이 아닐 수 없습니다. 피천득 선생님은 먼 발치에서 흠모하며 바라본 분이었지만, 유경환 선생님은 모촌 선생님 댁에서 아동문학가 어효선 선생님의 그림을 청해받을 때 합석하신 적이 있어서 상실감이 더 큽니다. 이제

세 분 모두 하늘나라에 가셨으니, 하늘 공원에 둘러앉아 술을 권하고 문방사우를 그리며 즐거운 말씀을 나누시겠지요. 말씀 끝에는 한국 문단 기류에 대한 담론도 있을 듯하여 신문 문화란에 게재된 글을 그 요점만 정리하여 올려드립니다.

2000년대 한국 문학계의 최대 화두는 '한국 문학의 위기'였습니다. 국내 문학작품들은 읽히지 않는데, 일본 문학 등 대중성을 앞세운 외국작품들은 갈수록 인기를 얻고 있는 것에 대한 우려의 목소리였습니다. 그러나 한편에서는 한국 문학은 위기가 아니라 '진화하고 있다'고 주장하기도 합니다. 그것은 '한국 문학'을 만화, 영화, 음악, 인터넷과 통하는 모든 종류를 문학의 개념으로 확장시켜야 한다는 데서 비롯된 것입니다. '한국 문단에서 인정하는 소설과 시가 곧 한국 문학의 전부인가?' 라는 질문과 함께 '글 문학에 해당하는 한문 문학, 국문 문학, 그림 문학(만화) 등과 말 문학에 해당하는 영화, TV드라마, 대중가요' 등을 모두 한국 문학의 범주에 포함시켜야 한다고 강조하고 있습니다. 시인과 소설가, 문학평론가, 연극평론가, 대중예술 연구가들의 논란에 귀 기울이며, 이제 본격문학이 대우받는 시대는 끝났다는 것을 인정하지 않을 수 없었습니다.

이에 부응하듯, 지난해 조선일보에서는 '제1회 대한민국 뉴웨이브 문학상'을 제정, 시행했습니다. 이 문학상은 문학성과 대중성을 혼합하여 독자의 흥미를 끌어들이는 데 중점을 둔 것 같습니다. 구름같이 몰려든 응모자들 가운데, 상금 1억 원의 주인공은 소장파 국문학자 유광수 교수입니다. 200자 원고지 2,000장이 넘는 장편소설 ≪진시황 프로젝트≫는 '오늘날 우리가 겪고 있는 급변하는 시대 상황과 혼란스러운 동북아 정세를 역사의 거울에 비쳐보며, 현재의 문제점을 성찰하고 미래의 비전을 예시하는 중량감 있는 역사추리소설'이라고 선정 이유를 밝혔습니다. 우리에게도 이런 문학상 하나쯤 있었으면 하고 선생님이 샘 내시던 이웃나라 '아쿠다가와 문학상'처럼 신인과 무명작가만이 선정의 대상은 아니었지만, 문학을 업은 허울좋은 굿마당 같은 행사가 아닐 것이기에 제 자신의 일처럼 기뻤습니다.

이렇게 문학도 시대의 변천에 따라가고 있습니다. 수필문단에서도 진일보한 수필을 구현하기 위해 많은 분들이 노력하고 있습니다. 테마수필, 실험수필, 퓨전수필, 웰빙수필, 마당수필, 풍자에세이, 性에세이 등등…. 80년대에 수필에 입문하여 여러 가지 제한 속에 수필을 익혀온 저로서는 약진하는 후배들의 치열함에 감복하면서도 한 호흡 가다듬고 멀미를 다스려 봅니다. 허나 고정관념을 깨고 일반적인 사고를 뛰어넘는 참신한 변화에 긴장하게 됩니다.

이제 문학상 이야기로 들어갈까 합니다.

선생님께서 생존해 계실 때만 해도 250여 개의 문학상이 있었는데 지금쯤은 얼마나 늘었을까, 헤아리기 어렵습니다. 대부분 끼리끼리 모여 주고받는 상이어서 숨어 있는 인재를 발굴하여 실력을 인정하는 풍토가 아니라는 것은 선생님도 이미 아시는 바입니다. 시대적 추세에 의해 수많은 문예지와 동인지, 신진작가들이 날로 늘어나 문학성 높은 작품이나 작가적 양심을 선별하기는 힘들 것이라 봅니다.

그렇다 해도 겸양과 염치도 없이 머리를 들이밀어 문학상의 권위를 실추시키고, 사사로운 정으로 이들을 부추기는 문단 현실이 쓸쓸해집니다. 어쨌거나 상이란 받으면 좋은 것이어서 즐겁게 살아갈 수 있다면 그것도 이 심난한 세상을 헤쳐갈 수 있는 한 방편이 될 수도 있을 것입니다.

그러나 선생님께서는 아무리 한국문학이 그림 문학과 말 문학으로까지 진화했다 해도, 사진이나 그림으로 책의 절반을 장식하여 그림이 중점인지, 글이 중점인지 분간 못할 반 토막 문학상은 탐내지 말라 하시는 것 같군요. 경력란에 '문학상 받은 일 없음'이라고 할 만큼 초연해질 수 없다는 걸 알면서도, 언젠가 내 집 근처에까지 백과사전 무게의 한국문학전집을 들고 오셔서 그 안에 있는 글 읽어보고 흔들리지 말라 하시던 말씀이 귓가에서 맴돕니다.

바람이 되고, 구름이 되고, 강물 되어 오시는 선생님. 오늘의 이야기는 흙탕물에 발 담그며 사는 이 세상의 재미와 쓸쓸함에 대하여였지만, 다음에는 이 세상의 아름다움과 그리움에 대하여 말문을 트겠습니다.

(2008.)

토정비결의 의미

예전에는 정초가 되면 일 년 신수를 보기 위해 점집이나 무당집을 찾아나서는 풍속이 있었다. 굳이 점집이나 무당집을 찾지 않더라도 토정비결로 한 해의 신수를 풀어보기도 하고, 길가에 망건을 쓰고 앉은 노인이 사주를 봐주기도 하여 타고난 운대를 짚어주기도 했다. 토정비결이 무조건 믿을 만한 것은 아니지만, 인간의 운명을 예견하며 악운을 피해갈 수 있는 지혜를 얻고자 흥미를 갖곤 한다. 이렇게 인간은 미래에 대한 기대와 불안 심리를 종교에 의지해 살아가기도 하지만, 여전히 주역(周易)은 많은 사람들의 관심을 끌고 있다.

대학가에는 '사주카페'가 성행하고, 주역을 학문적 차원에서 연구하는 동아리도 있다. 이들은 단순히 취미로 접근하는 것이 아니라 장래 직업으로도 각광받을 것이라고 관망한다. 선조들은 운명에 순응하고 살았다면 현대는 운명을 극복하고 뛰어넘는 시대라 하겠다. 예전에는 높은 띠를 타고난 여자를 팔자가 세다고 했지만, 지금은 오히려 개성이 강하고 자기 주장이 뚜렷한 여자가 환영받는 시대가 된 것처럼, 사주팔자도 환경과 시대의 조류에 따라 변화시킬 수 있는 심층적인 연구와 해석이 필요한 것 같다.

토정 이지함 선생은 역술가가 아니라 조선시대의 정치가였다. 토정비결은 이지함 선생이 서민들의 고달픔을 위로하고 힘을 북돋아 주고자 과학적인 원리로 쓴 술서(術書)로, 사람들에게 사랑받는 예언서라 하겠다. 토정비결은 일 년의 신수를 팔괘로 정하고, 항상 변하는 환경에 하늘·땅·물·불·산·못·바람·천둥을 사람의 운명과 연관지어 풀이하였다. 이러한 기대 심리는 난세에 더욱 기승을 부리게 된다. 걱정 근심이 많을수록 장래에 대한 예견에 더욱 관심을 갖게 되는 건 당연한 이치다. 입시철이나 선거철이면 그 해의 운세를 보기 위해 역술가나 점집이 문전성시를 이루는 것도 이러한 불안심리 때문이라 하겠다.

나도 역학을 하는 친구에게 이따금 운세를 짚어본다. 재미삼아 보던 것을 앞일이 걱정되어 청해 보기도 하는데, 이는 마음이 약해진 탓도 있고 믿음에 대한 확신이 부족한 까닭이기도 하다. 나의 운세는 노년이 되면 불(火) 운에 물(水) 운이 들어오는 격으로, 더운 운세를 물이 식혀주는 말년은 무탈 평안으로 이어진다니, 정초에 이보다 듣기 좋은 덕담도 없다.

내가 살아온 날들은 가슴에 불(火) 나는 일이 너무 많았는데, 나 자신을 적절히 컨트롤하며 산 것도 더운 운세를 물이 식혀준 격이었으니, 앞으로도 이처럼 스스로를 조절하며 사는 것이 가장 지혜로운 방법이 아닐까 한다.

올해 국내 정세는 복잡 미묘하게 돌아갈 게 불을 보듯 뻔하다. 북한 핵실험 사태에 대한 불안, 침체된 경제 문제, 실패한 부동산 정책에 따른 여파, 세금 폭탄, 여기에 대선까지 겹쳤으니 파국지세에 몰린 국민들은 그 고통을 어디에서 위로받을 수 있겠는가.

이 시대에 국민들이 기대하는 것은 토정비결의 운세가 아니라, 이지함 선생같이 서민들의 고달픔을 위로하고 힘을 북돋아 주며 정치적 난맥상을 풀어줄 새 지도자가 나오기를 바라는 일일 게다. 올해는 국민 모두가 나라를 평정시킬 정치인을 만나는 운세를 갖고 있으면 얼마나 좋으랴 싶다.

(2007.)

구름을 뚫는 암봉
―조경희 선생님 추모 3주기에 부쳐

‘문학의 집’ 주최로 경기도 가평에 있는 운악산(雲岳山) 자연휴양림에서 ‘자연사랑 문학제’가 열렸다. 운악산은 주봉인 망경대를 중심으로 높이 솟구친 암봉들이 구름을 뚫을 듯하다 하여 붙여진 이름이다. 산은 그리 크지 않지만, 암반과 절벽이 많고 경사가 급하여 산세가 험하다. 암봉이 구름을 뚫을 듯 아름답다 하여 경기도의 금강산이라 일컫지만, 돌이 많은 험악한 산으로도 유명하다. 나는 하늘 높이 치솟은 나무들과 다양한 종류의 야생화가 피어있는 산속 계곡을 걸으며, 운악산 자락이 마치 내가 몸담고 있는 수필계와 다름없다는 생각이 들었다.

조경희 선생님은 1971년, 척박한 이 땅에 ‘한국수필가협회’라는 묘목을 심어 오늘날과 같이 번성한 수필문단의 밑거름이 되어 주셨다. 그 묘목이 자라고 싹을 틔워 ‘나’라는 존재도 생겨나게 되었다. 어떤 사람은 하늘로 치솟는 거목이 되었고, 어떤 이는 풀꽃이 되어 아름다운 무리를 이루고 있다. 그렇다면 나는 어떤 나무가 되어 이 산중에 뿌리를 내리고 있는 걸까? 마침 자연사랑 문학제의 주제도 '오늘 우리 나무가 되자'여서 나는 많은 것을 생각할 수 있었다.

운악산의 험한 지형에서 뿌리를 내리고 있는 기골 장대한 나무와 들꽃들을 바라보며, 그동안 내게 햇빛과 물과 바람이 되어준 고마운 분들을 생각했다. 내 마음 밭에는 동글동글한 몽돌보다는 제멋대로 생긴 잡석이 많아, 그것을 다듬어 주고 골라내느라 많은 사람들이 수고해 주었다. 내게 수필의 길잡이가 되어 주고 삶의 지침이 되어 주신 몇 분의 지인이 있는데, 그중에 조경희 선생님을 꼽을 수 있다.

어느 날, 조경희 선생님이 한국수필가협회 사무실로 나를 부르셨다. '제17회 한국수필문학상' 수상자로 나를 선정하셨다고 하여 놀라웠다. 낯가림이 심해 연통도 못하는 내게 문학상의 영광을 안겨주신 것이다. 선생님은 지인지감으로 단체를 이끌어가는 지도자였다.

오늘 하루만이라도 내가 우수목으로 우뚝 서기를 바라는 분들께 송구스럽다. 그분들의 사랑에 보답하려면 지금쯤 약용으로 쓰이는 약초는 되었어야 하는데, 내 자신의 몸을 보호하기 위해 다른 나무의 성장을 방해하고 곤충을 쫓아내는 화학물질을 내뿜지나 않았는지 염려스럽다.

연말 모임에서 우리들의 흥을 돋워 주시려고 누구보다도 먼저 무대에 올라가 춤을 추셨고, 문단의 웃어른들께 '내 새끼들'이라고 인사시키며 흐뭇해하던 자애로우신 조경희 선생님. 선생님은 죽을 때까지 공부해야 된다며 뜨거운 탐구정신을 일깨워 주시던 분이었다. 죽음의 순간까지도 손에서 펜을 놓지 않으셨던 그분의 치열한 작가 정신을 우리는 본받아야 될 것이다.

　조경희 선생님은 구름을 뚫고 하늘을 향해 솟은 '암봉' 같은 존재가 아니었을까. 암봉이 있어 더욱 아름다운 운악산처럼, 조경희 선생님이 계셨기에 수필 문단은 더욱 든든하고 빛이 났다.

　선생님은 암반과 절벽이 많고 경사가 심한 수필문단에 숲을 마련해 주신 분이다. 선생님은 호탕한 기질로 문단뿐만이 아니라 사회 각계에 그 저력을 널리 알리셨지만, 말없이 어두운 곳에는 빛이 되어 주시기도 했다.

　언젠가 선생님은 강화도에 있는 노인 요양원에 나를 데리고 가셨다. 그곳에는 보호자가 없는 무연고 노인과 거동이 불편한 노인 십여 명이 거처하고 있었는데, 그분들을 선생님이 뒤에서 돌보고 계시다는 것을 알게 되었다. 선생님의 손길이 외진 이곳에까지 닿아있다는 것에 잔잔한 감동을 받았다. 돌아오는 길에는 병 중에 계신 윤모촌 선생님 댁을 방문하여 위로해 드리는 것을 보며, 다시금 선생님의 따뜻하고 자상한 마음을 느낄 수 있었다. 선생님은 이처럼 여러 사람이 쉬어갈 그늘이 되어 주신 분이었다. 선생님 떠나신 지 3년이 되었건만, 선생님의 흔적과 그리움은 여기저기 남아 추억하는 마음이 끝이 없다.

　내가 비록 우수목이 못 되고 숲속의 고목에 피는 버섯이나 이끼가 된다 해도, 나를 인정해 주셨던 선생님의 고마움을 생각하면 그늘이나 습한 곳에 앉아 있다 해도 위로가 된다. 선생님은 떠나셨지만 운악산의 암봉처럼 수필문단에 우뚝 서 계신 분이다. 운악산의 암봉은 구름을 뚫고 우뚝 솟아올라 세월이 갈수록 그 빛을 더할 것이다.

(2008.)

서정범 선생님을 그리며

내가 서정범 선생님을 처음 뵌 것은 1984년 어느 늦은 가을 날이었다. 윤모촌 선생님께서 나를 경희대 교수회관으로 데리고 가셨다.

서정범 선생님의 첫 인상은 예리하고 섬세해 보였다. 내 앞에 경희대 문집을 내놓고, 그 중 한 작품을 읽어보라 하시더니 몇 가지 질문을 하셨다. 나는 경황 중에도 침착하게 질문에 답했다.

"윤모촌 선생께서 추천하셨으니 볼 것도 없다." 하시며 그 자리에서 가지고 간 작품 중 한 편 <향기>를 골라 한국수필 초회 추천(1985년 신년호)을 승낙하셨다. 그리고 다음 해에 천료를 받아 문단 등용문에 들어서게 되었다. 그때만 해도 선생님을 '칼날'이라고 했는데, 문하생들의 글을 평하실 때는 얼굴이 붉어지도록 혹평을 하시어 3개월을 못 넘기고 떠나는 사람도 많았다. 나도 초회 추천 받고 천료를 받을 때까지 1년 동안은 고역의 나날이었다. 천료를 해줄 듯하면서도 미뤄서 애태우게 하더니, "한 여사 많이 울었지?" 하시며 당신께 문장 훈련을 단단히 받으면 어디를 내놔도 안심할 수 있다며 흐뭇

해 하셨다. 이렇게 시작된 선생님과의 인연은 어언 25년이라는 세월
의 두께가 쌓였다.

　내가 문단에 등단할 당시에는 한 해에 수필로 등단하는 신인의 수
효가 전체 잡지(5개 정도)를 통해 30명쯤 되었다. 한 해 사법고시 합
격자의 십 분의 일 정도여서 "너희들은 판검사보다 더한 긍지를 가져
도 된다."며 등단작가들을 격려해 주셨다. 이렇게 길러낸 문단 제자
가 족히 300명이 넘는다. 서정범 선생님은 조경희 선생님과 함께
1971년 '한국수필가협회'를 창립하시어 수필문학의 발전을 위한 기초
적 역할을 하신 공로가 크다.

　나는 그간 선생님의 많은 사랑을 받았다. 근간에 들어 제자들의
무례함을 너그러이 허용하셨지만, 예전에는 선생님 곁에 가까이 가
는 것이 두렵고 어려워 제대로 숨도 못 쉴 지경이었다. 그러나 세월
이 가며 선생님은 속내가 따뜻한 분이라는 것을 느낄 수 있었다. 글
공부를 시키실 때는 칼날같이 예리하셨지만, 개인적인 만남에는 아
버지 같으셨고, 당신의 불편한 심정을 토로하실 때는 연민의 정도
느껴졌다. 내가 오래도록 선생님의 사랑을 받은 것은 말없이 쌓아온
신뢰와 친화력 때문이 아니었나 생각된다.

　선생님의 두뇌 속은 많은 지식이 쌓여있는 보고(寶庫)라 하겠다.
연세가 드셔도 학문 연구에 몰두하시는 열정이 존경스러웠고, 나는
조금이라도 그분의 학문적 지식을 익히려고 짬을 내어 열심히 경청
했다. 한평생 우리말의 어원 연구에 심혈을 기울여 ≪어원사전≫을
완성하셨고, 무속연구를 위해 전국의 무녀 2천여 명을 만나 ≪한국
무속인열전≫ ≪무녀들의 꿈 이야기≫ ≪무녀별곡≫ 등 별곡 시리즈

만 14탄, ≪거널 별곡≫ ≪품봐 품봐≫ 등 그밖에 수필집을 합하여 40여 권의 책을 저술하셨다.

선생님께서는 나의 수필집에 두 번에 걸쳐 수필세계를 써 주었다. 세 번째 수필집 ≪소금꽃≫의 평을 받을 때였다. 더위가 기승을 부리는 하룻날 동안 내게 세 번 전화를 주시며, "지금 쓰고 있다. 다 썼다. 나는 내가 할 수 있는 최고의 극찬을 했다."고 하시어 나를 놀라게 했다. 흔히 수필집에 청해 싣는 수필평은 주례사적인 칭찬에 불과하다 하여 아무리 극찬을 받는다 해도 그리 자랑할 일도 아니지만, 그보다는 부족한 나를 최상의 반열에 올려놓고 싶어하셨던 선생님의 덧정에 그만 송구스럽고 민망하여 몸둘 바를 몰랐던 것이다.

어느 해인가, 저녁이나 함께 하자는 선생님의 전화를 받고 만나 뵈었다. 그때 선생님은 몇몇 경거망동한 후진들로 인하여 마음이 몹시 상해 쓸쓸해하고 계셨다. 나는 L선생과 의논하여, 선생님의 제자들로 뜻을 함께할 수 있는 사람들과 문학 모임을 만들자는 데 의견을 모았다. 선생님을 배척하는 사람도 있지만, 선생님의 뜻에 따르는 후진들도 있다는 것으로 선생님의 상심(傷心)을 위로해드리기 위해서였다. 그래서 선생님의 수필 대표작 ≪미리내≫의 제목대로 '미리내 수필문학회'를 창립하니, 퍽 흐뭇해 하셨다. 선생님은 말년에 '미리내수필문학회'에 애착을 갖고 계시다는 소식을 듣고 다행이라 생각했다. 문학회를 만들어 놓고 6년 후, 나는 개인사정으로 그 모임에 나가지 못하게 되었는데, 끝까지 함께하지 못한 송구스러움이 늘 마음을 불편하게 했다. 선생님께서 말씀은 없으셨지만, 그 점이 퍽 섭섭하셨으리라 생각된다.

나는 40대 초반에 문단에 등단했는데, 그로부터 20여 년 간은 내 인생의 황금기라 할 수 있겠다. 그것은 서정범 선생님과 윤모촌 선생님이 계셨기 때문이다. 두 분의 넓은 그늘 아래에서 학문과 삶의 지혜와 글쓰기에 대한 많은 것을 익히며 내 인생을 숙성시켜왔다. 내게 든든한 버팀목이 되어 주셨던 윤모촌 선생님이 4년 전에 돌아가시고, 이제 서정범 선생님마저 저 세상 분이 되셨으니, 그 허전함은 너른 들판에 홀로 서 있는 초목과도 같다 하겠다. 이렇게 선생님의 깊은 사랑을 받고도 무엇이 부족하여 선생님을 섭섭하게 해드렸는지, 그저 나의 우매(愚昧)함이 부끄러울 뿐이다.

이제, 선생님의 영정 앞에 송구스러운 마음을 가늘 길 없다. 선생님, 부디 저에 대한 섭섭함은 용서하시고, 이 세상의 무거운 짐 모두 내려놓고 편히 잠드소서.

(2009.)

수필가 박근혜 님을 찾아서

박근혜 님과 만나기 위해 접견실 문을 들어섰다. 연하늘색 원피스 차림의 단아한 모습의 그녀가 화사한 미소를 지으며 문 앞까지 나와 우리 일행의 손을 일일이 잡으며 반갑게 맞이한다. 순간, 그의 가냘픈 체구가 안쓰러워 가슴이 아려온다. 그 가냘픈 체구 어디에 그런 강인함이 배어 있을까. 외유내강이란 이를 두고 하는 말인가 보다.

박근혜 님을 중심으로 정목일 한국수필가협회 이사장과 내가 양 옆으로 자리를 잡았다. 앞에서는 권남희 편집주간이 연거푸 카메라 셔터를 누른다. 박근혜 님은 이야기가 끝난 후에 사진은 찍자며 좌중을 진정시킨다

우리는 오늘 정치가가 아닌 수필가 박근혜 님을 만나기 위해 자리를 마련했다. '인터넷 시대에 문학의 저변 인구가 가장 많은 수필장르는 어떻게 전개될 것이며, 수필의 위상과 발전'에 대해 의견을 나누기 위해서다. 박근혜 님은 한국문인협회 회원이며 한국수필가협회 회원이기도 하다. 그의 자전적 에세이 ≪절망은 나를 단련시키고 희망은 나

를 움직인다≫는 청와대 시절부터 2006년 6월 16일 당 대표를 사임할 때까지의 개인사와 정치적 야화(野話)를 수록한 것인데, 그 중에 문학과 관련된 부분에서 일부를 발췌하여 글의 실마리를 풀어나가려 한다.

박근혜 님이 문학의 길로 들어선 것은 육영재단의 운영을 그만둔 뒤부터였다. 그는 그때 비로소 '나의 인생'을 살기 시작했다고 고백하고 있다. 그동안 간절히 그려온 생활이었다. 일기와 독서로 복잡한 생각들을 정리했고 틈틈이 시를 쓰며 마음을 다독였다. 그 시간을 통해 올바르게 사는 것이 가장 가치 있는 삶이고, 인생에서 소중한 것은 금덩어리도, 명예나 권력도 아니며, 그것들은 한 순간 사라지고 마는 한 줌 재에 불과하다는 것을 깨닫는다. 법구경, 금강경 등 불교 경전과 성경을 두루 찾아 읽고, 동양철학에 관련한 책들과 '정관정요' '명신보감' 등을 머리맡에 두고 선인들의 뜻 깊은 말들을 마음에 새기며 마음의 위안과 평온을 얻는다.

박근혜 님은 문화유산을 답사하며 그것에 담겨진 뜻과 진리를 새기고, 청바지 차림으로 전국의 유명한 산과 곳곳의 유적지를 찾아다녔다. 그곳에 잠들어 있는 역사적인 인물들과 더불어 자연과 교감하는 여행을 통해 세상을 바라보는 시선이 좀 더 유연해졌고, 세월이 주는 나이의 흔적에 낯설어 하지 않으며 오히려 눈가의 주름에 지난 날 어머니의 모습이 겹쳐져 안심한다. 특히 단종의 유배지 청령포를 둘러보며 깊은 감회에 잠기는데, 세월을 거슬러 올라가 단종 곁에 앉아 그의 벗이 되어 서로의 아픈 속내를 주고받는다. 단종이 아내가 못 견디게 그리울 때마다 관음송에 올라 애끓는 마음을 토해냈다는 일화를 떠올리며 가슴 깊이 애잔함을 느낀다. 아마 세상을 떠난 아내

를 그리워하는 아버지 박정희 대통령의 애끓는 심정을 떠올린 때문
이 아니었나 싶다. 박근혜 님은 차가운 겨울바람 속에서도 한결같이
푸르게 빛나는 소나무 숲을 거닐며 '행복이 있다면 이런 게 아닌가,
마치 높은 구두를 신고 다니다가 운동화로 바꿔 신은 것처럼 편안했
다.'고 술회하고 있다. 그것은 퍼스트레이디로 있을 때는 누려보지
못한 평화로움이었다.

차츰 여러 사람의 시선에서 멀어져 가고, 홀로 자신을 돌아볼 수
있는 상념의 시간 속에서 수필집 ≪평범한 가정에서 태어났더라면≫
을 출간하게 되고 이어서 ≪결국 한 줌, 결국 한 점≫을 출간하여
문인의 길로 들어선다. 그런 중에도 정치를 해볼 생각이 없느냐는
제의를 종종 받지만, 조용히 살아가는 나날에 만족하여 그러한 제의
를 단호히 거절한다.

그러나 박근혜 님은 1997년에 터진 IMF 사태에 엄청난 충격을 받
는다. 6,70년대 유엔에 등록된 120여 개 나라 중 인도 다음으로 못
사는 나라가 우리나라였다. 지금의 기성세대들이 그 가난을 딛고 청
춘을 다 바쳐 세운 나라인데, 이렇게 어이없이 무너지는 것을 보며
가슴 밑바닥으로부터 치밀어 오르는 분노를 참을 수 없었다고 한다.
그는 청와대에서 사는 15년 동안 애국자가 될 수밖에 없었다. 그는
개인적 자유로운 인생을 포기하고 이때 정치로의 입문을 결심한다.
이것을 그는 숙명으로 받아들이고 있다.

그의 인생관은 근검, 절약, 겸손이 우선이지만, 정치 철학은 소신
과 원칙으로 국민과의 약속을 지킨다는 것이다. 최근에 발간한 저서
≪대국민 약속 실천 백서≫에서 보더라도 그가 국민과의 약속을 지

키기 위해 백방으로 노력하고 있다는 것을 알 수 있다. 이야기 중에 ≪대국민 약속 실천 백서≫의 배경은 국민에게 신뢰를 주기 위한 것으로 풀이된다는 나의 말에 박근혜 님은 이렇게 답변했다.

"국민의 성원에 보답을 드리는 최선의 길은 신뢰이지 않겠어요? 노력하는 모습이 있어야겠지요. 당대표를 하면서 이렇게 하겠다고 발표한 '대국민 약속'은 각오와 배경이 있어서 하는데 지키지 않으면 믿음이 깨지는 것입니다. 국민들을 만나면 어떤 어려움이 있나 의견을 듣고 적습니다. 알아봐서 반드시 정책위원회에서 연구하고 법안 제출도 하면서 답변을 준비하지요. 비현실적인 문제나 되지 않는 것이라 해도 안 되면 안 되는 대로 알려는 드려야지요. 야당의 여건인 관계로 40%만 지켰습니다. 그 나머지는 두고두고 실천하겠다는 각오를 다지는 이런 자료들을 책으로 만들었지요. 끝까지 챙겨주는 믿음을 주어야 합니다. 그런데 어떻게 아셨어요? 깜짝 놀랐습니다."

그는 여자이기 때문에 '못 한다' '안 된다'는 말을 용납하지 않는다. '하면 된다' '할 수 있다'라는 열정과 진취적인 사고방식을 갖고 있어서, 곁에서 바라보는 나도 에너지가 생기는 것만 같았다. 그는 우리나라를 대표하는 여성 지도자로 희망의 리더로 불리기에 충분한 자질을 갖추고 있다. 그에게서 냉철한 이성과 함께 따뜻한 감성으로 상대방을 포용하는 카리스마를 느낄 수 있었다.

말의 줄기가 잠시 문학에서 정치 쪽으로 흘렀지만, 내가 말하고 싶은 것은 문학인으로서의 공감대이다.

"인생은 개인의 생각대로 가지 않는다는 것을 느끼면서 삶의 길을 선택하지 않을 수 없는 현실로 바뀌니까, 이것도 운명이라고 생각합니다. 그때는 절실한 상황이었습니다. 마음에 간절한 것이 있어야 글로 나오는 것이지요. 사마천의 사기를 읽으면서 궁형을 받고 그 심정이 오죽했을까, 왜 행복한 사람은 글을 쓸 수 없을까 의문을 갖기도 했어요.”

박근혜 님이 프랑스에 유학하고 있을 때 아버지 박정희 대통령은 자주 딸에게 편지를 하셨는데, 박근혜 님은 “아버지의 편지를 읽는 것은 한 편의 수필을 읽는 것만 같았다”고 회고한다. 그 ‘수필’이라는 두 글자만 보아도, 들어도, 따뜻한 문우지정(文友至情)을 느낄 수 있었으니 나는 어쩔 수 없이 수필가인가 보다.

고 박정희 대통령은 예능에도 조예가 깊다는 것은 많은 사람들이 알고 있다. 그림과 시, 피아노와 퉁소, 서예 등 다방면에 수준급 이상의 실력이었는데, 문학적인 재능은 박근혜 님이 이어받은 것 같다.

“아버지는 보기와는 다르게 감상적 표현을 잘 하셨습니다. 꽃이 피는 계절에는 사진으로 찍어서 프랑스에 있는 제게 ‘꽃이 피었구나’ 하시며 보내주셨지요. 시 <저도의 추억>은 어머니를 잃은 아버지가 아내를 그리워하며 지으신 것입니다. 여기에는 어머니에 대한 아버지의 애잔한 그리움이 배어있지요.”

… 해와 달은 어제도 오늘도 뜨고 지고
파도 소리는 어제도 오늘도 변치 않고 들려오는데
임은 가고 찾을 길 없으니
저 창천에 높이 뜬 흰 구름 따라
저 지평선 너머 머나먼 나라에서

구만리 장천(長天) 은하 강변에 푸른 별이 되어

멀리 이 섬을 굽어보며 반짝이고 있겠지

저-기 저 별일까

저 별일 거야

-고 박정희 대통령의 시 <저도의 추억>

우리의 좌담도 문학인으로서의 공감대와 폄훼된 수필문학의 애로점에 대해 의견을 나누었다. 수필인들에게 주는 창작지원금이 제외된 것에 대한 의견과 기하급수적으로 늘어나는 수필인들의 단합을 위해 '수필의 날'을 정해 해마다 전국의 수필가들이 모여 화합을 다지고, 내실을 기하기 위해 '올해의 수필인상'을 제정하고 세미나도 한다는 것을 말했다. 현대는 수필시대이고, 수필인의 증가도 많으므로 수필에 대한 지원 확대가 필요하다는 것을 건의했다.

박근혜 님이 수필장르의 문예진흥기금 복원에 대해 "생각해 보겠습니다"라고 긍정적인 답변을 해주었다. 박근혜 님은 빈 약속은 하지 않는 것으로 알고 있기에 예감이 좋았다.

바쁜 일정 가운데 만남의 시간을 배려해 준 기쁨과 멀리서 바라보기만 하다가 가까이서 대면하게 되어 상기되었던 기분도 차츰 차분함으로 이어졌다. 무엇보다도 오래 전부터 만났던 사람들처럼 편하고 다정하게 대해 주어 고마웠다. 그것은 모든 국민들이 자신의 몸과 같이 소중하다는 생각과 문학인들의 순수성에 동화된 까닭인 듯하다.

문학 중에서도 "수필은 자기의 이야기이기 때문에 쉽게 접근하지만, 자기의 이야기이기 때문에 더욱 쓰기 어렵다”는 나의 말에 전적으로 동의하며, 박근혜 님은 다시 한 번 ‘자기 이야기이기 때문에 더욱 어렵다’는 것을 강조했다. 박근혜 님은 글을 쓰는 일이나 정치를 하는 일이나 쉬운 것이 없다며,

“제가 글을 쓰는 것을 이렇게 표현하면 되나요? 구름이 저쪽에서 올 때면 비를 뿌리고 가야지 그냥 가면 안 된다는 것…”이라고 하여 놀라웠다. 그의 글쓰기에 대한 표현이 마치 한 편의 의미 깊은 시와 같았다.

‘수필은 가슴 밑바닥으로부터 울컥울컥 치밀어 오르는 그 어떤 감흥을 기도하는 마음으로 쓰는 고백서’라는 대목에 이르자 그녀와 나는 “그렇다! 그렇다!”라며 강한 수필 동지애를 발휘했다. 여기에 정목일 이사장의 수필문단의 전반적인 상황에 대한 설명과 “지금의 지도자 상은 문장을 잘 쓰는 분도 좋은 조건이 된다.”는 의견을 곁들이니 이곳은 마치 열띤 수필토론장과도 같았다. 나는 수필 쓰는 어려움에 대하여 서로 공감대를 형성하는 수필 동지를 만났다는 것만으로도 오늘의 행보에 보람을 느낄 수 있었다.

나는 마음의 여유마저 생겨 박근혜 님에게 궁금한 문단 소식이 있으면 물어보시라는 조크까지 보낼 수 있었다. 같은 문학인으로서의 교감과 고 박정희 대통령과 육영수 여사에 대한 향수, 또한 박근혜 님의 올바른 정치 이념에 공감하고 있다는 세 가지 공통점이 있었기에 이 자리가 더욱 자연스럽고 편안했던 게 아닌가 싶다.

좌담을 마치고 회의실 문을 나올 때도 박근혜 님은 따라 나와 우리 일행의 손을 일일이 잡아주었다. 그것은 형식적이 아닌 따뜻한 교감

이었다. 아무쪼록 투철한 국가관과 소신껏 정도를 지켜나가는 정치인으로, 순수성과 깨달음을 간직하는 문학인으로 건강하게 살아가기를 바라며 돌아오는 발걸음을 재촉했다.

(2009.)

뿌리를 내리는 사람들

강원도 정선에서 세미나가 열린다는 소식에 솔깃했다. 누가 어떤 주제로 문학 강연을 하는지도 모른 채 '가야 한다.'는 생각뿐이었다.

오래 전, 태백의 함백산 '금대봉'에 들꽃 구경을 갔다가 해발 1,418m 산마루에 세워진 '강원도 정선군'이라는 빗돌 앞에 섰을 때였다. 정선은 태고의 신비로움이 깃든 천혜의 비경을 간직하고 있지만, 백두대간의 골골마다 한민족의 한이 서려 있는 아리랑의 고장인 까닭에, 깊은 산골짜기에서부터 솟구쳐 올라오는 애끊는 '정선 아리랑' 소리의 환청에 전율했던 생각이 났다.

'정선' 하면 어머니의 젖무덤이 떠오른다. 어머니의 가슴, 그 깊은 골에 쌓여 있을 그리움과 기다림이 한(恨)으로 다가온다. 어쩌면 우리 여인네들의 정한(情恨)은 정선 골 깊은 산중에서부터 시작된 것일지도 모른다. 그 골에 묻힌 민초들의 한 많은 사연에 마음이 끌려 서울에 와서도 음반을 통해 '정선아리랑'을 반복해 들었지만, 도시에서 듣는 정선아리랑은 내 속내를 파고들지는 못했다. 언젠가 정선의 깊은 산골에 들어가 그 소리를 들으리라, 그리 마음먹고 있던 차에 세미나 소식을 들은 것이다.

새벽부터 서둘러 태백의 험준한 고갯길을 굽이굽이 돌아 정선 골에 닿으니, 산속에서는 질펀한 한마당 잔치가 벌어지고 있다. 마침 '정선아리랑제' 기간이었다. 장터에는 그 고장의 특산물이 난장을 이루었고, 진종일 가무(歌舞)가 이어졌다. 앉은 자리에서 정선아리랑의 노랫말과 가락을 가르치기도 하고, 옛 사람들이 목재를 뗏목에 싣고 외지에 나가 팔았다던 뗏목 체험도 할 수 있었다. 남정네들이 한 번씩 뗏목에 목재를 싣고 외지에 나갔다가 돌아오려면 3, 4개월은 걸린다는데, 영 돌아오지 않는 사람도 있었다고 한다. 목재 판돈을 투전판이나 객줏집에 쏟아 붓고 빈털터리가 된 까닭이다. 간혹 남의 집 머슴살이로 푼돈을 모아 돌아온다 해도 또다시 뗏목을 타고 나간다고 하니, 정선 골에는 그리움과 기다림에 지친 아낙네들의 한숨 소리만 깊어갔을 터이다.

옛 여인의 정한을 담은 '아우라지 처녀 동상'이 임계면에서 흘러온 골지천과 북쪽의 구절리에서 흘러온 송천이 합류하여 한데 어우러지는 곳에 세워졌는데, 임 기다리다 망부석이 된 여인의 형상이다. 1930년대 아우라지 강을 사이에 두고 송천 마을의 처녀와 여량 마을의 총각이 사랑에 빠졌다. 총각은 결혼자금을 마련하기 위해 뗏목을 탔는데, 마침 불어난 강물의 험한 여울을 지나다 변을 당하고 말았다. 하루하루 눈물로 지새우던 처녀는 강에 몸을 던졌고 그 뒤로 아우라지에서는 익사사고가 끊이지 않았다는데, 아우라지 처녀상을 세운 후부터는 사고가 멈췄다고 한다. 아우라지 물줄기는 다시 조양강과 동강을 거쳐 남한강으로 흐르기 때문에 아우라지는 남한강 천리 길 물길 따라 목재를 운반하는 뗏목터로, 각지에서 몰려든 뱃사공들의 '아라리' 소리가 끊이지 않던 아라리의 발원지다.

세미나 주제 발표자 중에 아리랑 연구가 김연갑 선생의 '아라리, 아리랑 아라랑 고개'의 특강은 의외의 소득이었다. 아리랑은 오래 전부터 우리와 가까이 있었지만, 아리랑에 소원(疏遠)해져 있는 자신이 면구스러웠다. 아리랑의 유래와 어원, 운율 등 아리랑을 통해 뿌리의식과 향토의식을 일깨워준 소중한 시간이었다.

그 고장 출신 김순덕 선생은 옛 여인들이 물동이에 바가지를 엎어놓고 바가지를 두드리는 장단에 맞추어 불렀던 정선아리랑을 구슬픈 가락으로 재연하여 듣는 사람의 심금을 울려 주었다. 물 박자는 비교적 빠른 가락으로 즐거울 때 부르는 곡이지만, 김순덕 선생은 소리를 하는 중에도 목이 메어 가락을 이어가지 못하고 눈가를 붉혔다. 다시 마음을 가다듬고, 강원도 깊은 산골에 눈처럼 쌓인 한(恨)을 녹이듯, 여인들의 가슴에 옹이진 사연을 물바가지 장단에 맞춰 풀어내는 소리가 가슴을 에이는 듯했다. 노랫말 중에 '떨어진 동박은 낙엽에나 쌓이지/ 사시장철 임 그리워서 나는 못 살겠네'라는 대목은 긴긴밤을 외로움으로 지새우는 산골 여인네들의 심정을 잘 나타내 주고 있다. 아리랑은 혀로 굴리고 콧소리를 내야 제 맛이 나는데, 그 자리에 모인 사람들에게 아리랑의 운율을 가르쳐주는 친절도 보였다. 정선아리랑은 역시 강원도 깊은 산골에 묻혀 들어야 제격이었다.

정선아리랑은 흥에 겨워 부르는 빠른 삼박자의 아리랑과 느린 음이 짧은 소리와 긴 사설을 촘촘히 엮어 부르는 엮음 아리랑으로 나뉘다. 눈이 쌓이면 옆집과의 막힌 통로를 뚫기 위해 양쪽에서 새끼줄을 잡고 돌리는데, 그때 부르는 아리랑도 느린 음이라 한다. 할 일이 없고 급할 것도 없어 천천히 새끼줄을 돌리는 생활의 일면에서, 험준한 고갯길을 넘어 두메산골에 사는 옛 정선 사람들의 고립감과 무기력감을 느끼게 된다. 정선아리랑 후렴구의 '아리랑 고개로 나를 넘겨주게'에서 나타나듯이, 누군가의 도움을 요청하는 대목에서 다른 아리랑보다 정선아리랑이 애처롭고 구슬프게 와 닿는다.

정선아리랑은 조선조 개국 초기 고려 왕조를 섬기던 유신들이 불사이군(不事二君)으로 충성을 다짐하며 송도에서 은신하다가 정선의 남면 거칠현동으로 은거지를 옮기면서 시작되었다. 가족과 고향에 대한 그리움과 임금에 대한 애틋한 충절을 한시로 지어 율창으로 읊었는데, 선비들이 한시를 이해 못하는 사람들에게 풀이하여 토착요에 가사를 붙여 구전되어 오다가 조선 후기부터 '아리랑 아리랑'이라고 후렴을 달아 부른 것이 지금의 정선아리랑이 되었다고 한다.

정선아리랑의 특색은 다른 민요처럼 어떤 일이나 전설을 소재로 하여 부른 것이 아니라 시대의 흐름에 따라 인간상을 노래한 것으로, 삶 그 자체라 하겠다. 전난(戰亂)과 폭정에는 고달픈 민성(民聲)을 푸념하고, 한일합방 후부터 일제 말엽까지는 민족의 서러움과 울분을 애절한 가락에 실어 스스로를 달래왔으나 사상이 담긴 노래는 탄압되어 남녀관계의 정한을 소재로 한 노래가 많이 불려왔다.

아리랑은 '아라리'라고 일컫던 것을 세월의 흐름에 따라 '아리랑'으로 바뀐 것으로, 아리랑이란 누가 나의 처지와 심정을 '알리'에서 연유된 것으로 보고 있다. 밀양아리랑 후렴구를 보면, '아리 아리랑 쓰리 쓰리랑 아리리가 낳(낫)네/ 아리랑 고개를 잘 넘어 간다.’고 했고, 진도아리랑의 후렴구에서도 ‘아리 아리랑 쓰리 쓰리랑 아라리가 낳네/ 아리랑 응—응—응—아라리가 낫네’ 라고 했듯이, 정선아리랑의 아라리가 밀양아리랑과 진도아리랑을 낳았다는 뜻으로, 정선아리랑이 밀양아리랑과 진도아리랑보다 유래가 깊다는 것을 입증하는 것이라고 하겠다. 덧붙여 말하면 모든 아리랑의 발원은 정선아리랑이라고 한다.

정선아리랑이 세상에 알려지기 시작한 것은 1865년, 대원군이 경복궁을 중수할 때부터로 보고 있다. 경복궁 중수에는 북한강 주변과 남한강 일대, 충청도와 주로 강원도 정선의 소나무가 사용되었는데, 소나무를 나르던 뗏목꾼들과 노역자들에 의해 정선아리랑이 퍼져나갔을 것이라 한다. 경복궁 중수 때는 정선뿐만이 아니라 전국에서 강제 동원된 노역자가 모였으므로 원성이 높았고, 부역 중 죽은 자들의 가족이 원망과 그리움의 노래를 불러 그 지방 특색의 아리랑과 함께 퍼져 나갔을 것으로 추측한다. 이때 문경의 박달나무가 집중적으로 공출되어 그 지역 사람들의 상실감이 담긴 노래가 번져나갔고, 문경은 역사적으로 전쟁의 요충지였으므로 그들의 피해의식과 힘든 정서가 ‘고개’를 상징하는 민요로 전파되었으며, 아리랑 고개는 경북의 문경세재, 문경고개라고 민속학자들은 정의하고 있다.

일제 강점기에는 토지수탈로 많은 농민들이 가족들을 데리고 이역만리 북간도로 떠나야 했다. 그 분노와 상실감으로 남은 이들이나 유랑민들은 원망의 노래를 불렀을 것이다. 이렇게 전래되어온 ‘아리랑’은 조선의 노래가 되었고, 오래 전에 조선을 떠나 조선의 말을 잊은

이들도 아리랑만은 기억하고 있다. 일제 강점기 가미가재(카미카제-
神과 風의 합성어) 특공대로 출격했던 탁경현 대위도 그렇고, 제일 먼저
정신대라고 자칭했던 노수복 할머니도 '아리랑'을 불러 조선 사람이라
는 것을 증거했다. 이처럼 구한말에서 남북으로 갈라진 현재까지, 침
략과 혁명을 겪으면서도 일본, 중국, 시베리아, 만주, 미국, 러시아를
유랑하면서도 아리랑을 부르며 아리랑의 힘으로 살아온 우리 민족이
다.

　2002년 월드컵 응원 현장에서 보았듯이, 아리랑은 지역과 계층과
세대 간의 갈등을 화합의 공동체로 만들었고, 축구 4강의 기적과 신
화를 이뤄냈다. 이처럼 '아리랑'은 민족의 노래로 우리의 가슴에 뿌리
내려 왔고, 우리도 아리랑 속에 한국인의 혼으로 뿌리 내리고 있다.

(2007.)

오르고 내림의 미학

김기덕 감독의 영화 '아리랑'을 감상했다. 이 영화는 김기덕이 출연하여 자신의 삶과 성찰을 다큐멘터리 형식으로 담아낸 작품이다.

그는 영화를 제작하면서 수차례 상처와 충격을 받고, 오랜 기간 산골 오두막에 칩거하면서 영혼의 상처를 달랜다. 이 작품은 영화로 인해 영혼의 깊은 상처를 입었지만 다시 영화로 돌아올 수밖에 없는 한 예술가의 고뇌가 곡진하게 그려져 있다.

김기덕은 '아리랑'을 '오르고 내림'으로 정의한다. 그는 아리랑을 통해 인생의 한 고비를 넘어섰고, 영화 없이 살 수 없는 현재의 삶을 인정한다고 고백한다. 그가 자신과 또 다른 자신의 그림자와 대화를 주고받으며 참 자아를 찾아가는 과정을 보며, 비슷한 시기에 유사한 마음앓이를 한 내게 큰 위로가 되었다.

우리의 인생길에는 몇 차례의 '오름'과 '내림'이 있다. 사람에 따라 오름에서 오는 기쁨을 만끽하고, 내림에서 오는 실망과 좌절을 극복하는 시간의 폭에는 큰 차이가 있다. 나는 지혜롭지 못하여 '기쁨은 잠시, 슬픔은 오래' 쪽으로 기울어지는 편이다. 우리의 삶은 오르고 내림에서 피고 지는 '바람의 꽃'이다.

나는 근 일 년 간 '내림'의 늪에 빠져 헤어나지를 못했다. 마음속에 작은 오두막을 지어놓고 세상과 유리된 채, 어둡고 침울한 칩거의 나날을 보냈다. 그것은 어떤 환경적 요소나 생체리듬의 불균형에서 오는 우울 증세이기도 했다.

김기덕이 실제 3년간 칩거했던 산골 오두막에는 세상에 대한 비판과 연민, 울분과 자유로움이 있었지만, 내 마음속의 오두막에는 인간에 대한 신뢰와 눈물, 미움도 없고, 죽음에 대한 서늘한 한기마저도 느낄 수 없이 그저 음울한 나태가 도사리고 앉아있을 뿐이었다. 가슴이 잠자고 있었다.

네 번째 수필집을 발간하기 위해 출판사에 원고를 보낸 지도 일 년이 가까워 오지만 나는 오두막에서 빠져나오지 못하고 있었다. 오두막에 갇혀 막막한 불안에 신음하고 있는 내 손을 잡아줄 세상일은 아무 것도 없었다. 나는 나의 재능 없음에 한탄하면서도, 나를 이 늪에서 건져줄 것은 다시 원고지 앞에 앉는 일밖에 없다는 것을 느꼈다.

출판사에서 교정쇄를 받아왔지만 그렇다고 내 마음속의 오두막을 부숴버리고 세상을 향해 나오지는 못했다. 아직도 나의 체온은 낮았고, 피돌기의 속도는 느리기만 했다.

김기덕은 자기와 함께 일했던 사람들이 자기의 이익을 위해 떠났지만 그것은 '배반'이 아니라 '떠남'이라고 말한다. 그것이 인생이라 했다. 김기덕이 다시 영화와 나란히 걸어갈 수 있었던 것은 그가 인간을 이해하고 자연에 감사하는 피돌기의 순환에서 비롯되었던 것은 아니었을까.

　나는 살기 위해 또다시 수필에 매달려야 한다는 것을 알면서도 예전처럼 무모한 용기가 나지 않았다. 분노와 갈망이 있을 때에는 힘이 생겼지만 열패감은 지난날의 열정을 되짚어 보는 것마저도 무의미하고 부질없음으로 몰아가고 있었다. 그렇게 '내림'의 상태에서 그간 발표한 작품들을 살펴보니 알곡보다 쭉정이가 많이 보여 더욱 무기력해졌다.

　출판사에서 받아온 교정쇄에는 먼지가 쌓여갔다. 나름대로 진정을 다해 뜨거운 가슴으로 엮여온 글들이건만 스스로 무의미한 존재로 퇴색시켜가는 무정함에 항거하듯, 오두막 안에서 눈치만 보고 있던 수필 한 꼭지 한 꼭지들이 세상과의 소통을 원한다는 아우성이 내 귀를 소란하게 했다.

　나는 떠밀리듯 수십 편의 수필들을 목욕탕에 데리고 가 말끔히 씻기고 하나하나 눈여겨보았다. 정서와 지식과 열정과 심성의 부족으로 세상에 내놓기를 꺼려했던 내 분신들. 육신을 통해 낳은 자식이나 가슴으로 낳은 자식이나 부족한 자식을 바라보는 어미의 심정은 뼛속까지 저리다. 그러나 글을 쓴다는 것은 자기 연민이고 수필은 나 자신이기에, 나 이상의 그 무엇을 담으려는 과욕에서 벗어나려 한다.

　영화 속에서 김기덕은 '아리랑'을 목젖이 찢어지도록 소리 내어 부르고 창자가 끊어지도록 울음을 토해냈다. 영혼의 상처를 치유하며 인생의 한 고비를 넘어가는 처절하고 심오한 완성미가 가슴을 울렸다.

　나도 그처럼 아리랑을 부르며 내 안에 숨죽이고 있는 아픔들을 큰 울음으로 토해내고 싶다. 네 번째 수필집 '숙제 그리고 축제'를 묶는

것을 계기로 내 인생의 한 고비를 넘기고 세상 밖으로 나와 다시 문학
과 나란히 걸어가고 싶다.

(2012.)

신들의 전쟁

문 밖에서

여행은 새로운 것에 대한 기대와 설레임, 또는 복잡한 일상으로부터 탈피하여 휴식을 취하고 깨달음을 얻는 데 목적이 있다고 하겠다.

나의 경우, 문협에서 주관하는 호주와 뉴질랜드 해외 세미나에 참석하게 된 것은 주된 행사나 그곳의 명소에 대한 관심보다는 휴식을 얻기 위해서였다. 근간에 겪어온 여러 가지 일들로 심신은 지쳐 있었고, 잠시나마 현실을 떠나고 싶었다.

10시간의 비행 끝에 닿은 시드니에서 보낸 첫 밤은 추억에 남을 만하다. 서퍼들의 천국이라 하는 시드니의 '본다이 비치' 바닷가를 걸으며 하늘을 올려다보니 유난히 총총한 별빛이 우리를 내려다보고 있다. 오랜만에 별자리를 읽으며 동심으로 돌아가 본다. 밤이 이슥해서인지 서퍼들의 모습은 보이지 않고, 해안에 접해 있는 클럽에서 들려오는 젊은이들의 왁자지껄한 소리와 경쾌한 리듬이 밤공기를 가르고 있다. 우리 일행도 그중 한 곳을 찾아들어가 개방적이고 친절한 그들과 함께 어울려 마시고, 흔들고, 비틀며 나이를 잊어본다. 온몸에 땀을 흠뻑 흘리니 그간에 쌓인 피로감도 말끔히 사라지는 듯했다.

오랜 옛날 지구의 표면이 융기와 함몰을 거듭하고 있었을 무렵, 오스트레일리아는 아시아 대륙의 일부가 커다란 뗏목처럼 바다로 떠내려가 남반구에 도달하여 몇 백 년에 걸쳐 오늘날의 모양으로 형성되었다. 하늘에서 보면 칙칙한 땅바닥에 빛나는 소금 웅덩이와 금속질의 바위산, 석회석의 모래 언덕이 보이는데, 그것은 이 대륙의 생성 역사를 말해주는 것이라 하겠다. 아시아 대륙에서 떨어져 나갔다는 친밀감에서인지, 덩치가 큰 그들이었지만 낯설지 않았다.

이틀간의 호주 일정을 마치고, 현지 시각 오후 6시경 뉴질랜드 행 비행기에 탑승했다. 이제 뉴질랜드까지는 편안히 잠을 자며 가야겠다고 눈을 감았다.

얼마나 시간이 흘렀을까, 악몽에 시달리다 눈을 떴다. 어찌된 일인지 나는 병원 침대에 누워 있었고, 눈앞에 문협 S이사장님이 계셨다. 나를 보며 마치 죽은 사람이 살아온 것처럼 어쩔 줄을 모르며 기뻐하신다. 안도와 기쁨이 뒤엉킨 감동의 순간이었다.

"한 여사! 정신이 들어요? 어서 일어나 걸어 봐요!"

사람이 죽을 때가 되면 다리 힘부터 빠지는 걸까?

일어나 걸으려고 하니 다리에 힘이 빠져 움직일 수가 없다. 누구의 도움 없이는 한 발짝도 내디딜 수가 없었다. 내가 깨어나지 못할 수도 있다는 불길한 생각에 여러 사람이 밤잠을 못 자고 걱정을 했던 모양이다. 나와 뉴질랜드와의 만남은 이렇게 시작되었다.

나는 십여 시간 동안 무의식 상태에 있었나보다. 뉴질랜드에 도착하기 30분 전부터 나를 깨웠는데 의식이 없어서 그때부터 일행들은 애를 태웠다고 한다. 의식이 없는 나를 휠체어에 태워 공항 의무실까지 나왔고, 구급차를 불러 병원 응급실로 데려왔다고 한다. 내가 깨어난 시간은 다음날 오전 7, 8시경으로, 그동안 나는 삶과 죽음 사이를 오간 것이었다. 죽음은 내게서 먼 곳에 있는 줄 알았는데, 삶과 죽음은 문밖과 안의 경계선에 있다는 것을 경험했다. 삶의 문밖에서 서성거린 시간이 몹시 힘들었다. 의식 없는 상태에서도 문 안에 있는 삶의 세계로 들어가려고 발버둥쳤다.

나는 꿈속에서 꿈을 꾸었다. 검은색의 긴 가운을 입은 눈이 노란 서양 간호사 두 명이 나의 양쪽 어깨를 꼬집으며 강하게 누르는데, 어찌나 아픈지 화장실 좀 보내달라고 사정을 해도 잡은 어깨를 놔주지를 않아 너무 약이 오르고 화가 났다. 무의식 속에서도 그 자리를 빠져나가려고 화장실 좀 보내달라고 사정을 한 걸 보면 살려고 무척 애를 썼다는 것을 느끼겠다. 그리고 간호사가 뾰족한 막대기로 열 손톱을 찔러대자 자지러지게 놀라며 아프다고 엄마를 부르며 엉엉 소리내어 울었다. 한 순간 정신이 드는 것 같았는데, 얼마나 약이 올랐던지 심전도 검사를 하기 위해 가슴에 붙여놓은 의료기를 잡아 뜯어 버리고 다시 잠 속으로 빠져들었다.

의식이 돌아와 내가 먼저 간 곳은 화장실이었다. 무의식 속에서 꿈꾸었던 일을 이야기했더니, 실제로 K시인이 수지침으로 열 손가락 끝을 찔러 피를 뽑았고, 정신을 놓을까봐 의사의 지시대로 간호사와 함께 어깨를 누르고 꼬집으며 흔들었다고 한다. 내가 꿈속에서 내지르는 소리가 밖으로 전달되지는 않았지만, 실제 밖에서 일어났던 상황이 내게 전달되었다는 사실이 놀라웠다.

　그러고 보면 식물인간으로 오래 누워 있는 환자가 운명에 이르는 순간까지도 말하는 소리를 듣고 있다는 것이 괜한 말은 아닌 것 같다. 그것은 어떤 형태로든 실제의 상황이 환자의 의식 속으로 전달된다는 것이라 하겠다. 곁에서 지켜보는 사람은 환자의 의식이 끊어졌다고 생각할 수도 있겠지만, 환자는 나름대로 깨어나려고 발버둥치고 있다는 것을 체험을 통해 알 수 있었다. 수년간 무의식 속에 있던 사람이 깨어나는 기적도 있는데, 이는 사랑하는 사람의 끊임없는 스킨십 덕분이라는 것이 이해되었다. 가장 마지막까지 살아있는 것이 귀라고 하는데, 목숨이 다할 때까지 사랑한다는 말을 해서 보내야 될 것 같다.

　나는 일행들과 떨어져 그대로 병원에 남아 있어야 했다. 혈압, 당뇨, 심전도 모두 정상이라는 결과가 나왔지만 뇌 검사를 받아야 퇴원이 허락된다고 한다. 오후 2시경, 뇌신경에 이상 없다는 판정을 받고 현지 가이드의 도움으로 일행을 좇아 뉴질랜드 남섬으로 날아갔다. 나는 약간 몽롱한 상태였지만 무사히 일행들과 합류했고, 함께 저녁 식사를 하게 해주어 고맙다는 인사를 받으니 가슴이 찡해왔다.

　일행들에게 심려를 끼쳐 미안했고, 본의 아닌 사고로 머쓱했다. 잠시나마 피안 저쪽으로 밀려나 있었다는 생각에 외롭다는 느낌이 들기도 한다. 한 치 앞길도 모르는 것이 인생이라지만, 신체에 아무런 이상이 없는데 이러한 불상사가 일어났다는 것이 의문이었다. 내 몸의 이상 징후는 무엇을 의미하는 걸까. 삶과 죽음은 신의 영역이므로 '나를 사랑하시는 하나님'이라는 말이 절로 나왔다. 아직 죽음이 준비되지 않은 나에게 다시 한 번 주신 삶의 기회이기에 마음은 자꾸

바빠진다.

　살다보면 때때로 삶의 저편으로 떠나고 싶다는 생각이 들 때가 있다. 그렇다고 정작 떠나지도 못한다. 죽고 싶지만 살고 싶어서…. 그래서 떠나지 못하고 머뭇거리는 것이 인생이라고 했나 보다. 이번 불상사는 이러한 의식 속의 바람이 무의식으로 이어진 것이 아니었을까. 한 순간이나마 나의 존재를 포기하려 했던 것에 대한 죄책감이 일시에 몰려왔다.

　이 세상에서 가장 좋은 곳이 죽기에도 편한 곳이라고 한다. 뉴질랜드는 지구상에서 유일하게 남아 있는 청정지역이지만 내가 죽기에 알맞은 곳은 아니라는 생각이 든다. 대평원에 이따금 나타나는 한두 채의 집들을 보며, 나는 외로움을 견디지 못하는 체질이어서 차라리 땀 냄새 나는 시드니의 시끌벅적한 밤 클럽이 나을 것 같았다. 어느 한적하고 낯선 곳으로 숨어들어가 자유를 누리고 싶었는데, 오히려 북적거림 속에서 자유를 만끽했다고나 할까.

　여행을 마치고 돌아오는 비행기 안에서는 서서히 일상이 그리워지기 시작했다. 이번 여행에서 얻은 것은, 언제 찾아올지 모르는 죽음 앞에 최선을 다하고 겸손으로 하루를 접어야 한다는 점이었다. 죽음은 곁에 있는 삶의 동반자라는 것을 실감하고 보니 오늘 하루가 마지막이 될 수도 있다는 생각에 엄숙해진다.

　선물로 받은 오늘 하루, 나는 예전에 알지 못했던 이 세상의 아름다움과 새로운 기쁨에 감사한다.

(2005.)

피지에서 맞는 9月의 빛

―타이티의 여인

계절병이라는 말이 있습니다. 계절이 바뀌면 누구에게나 몸과 마음에 이상 징후가 생긴다지요. 여름이 끝나가는 9월로 접어들고 선선한 바람이 가슴을 파고들면 괜한 시름에 잠기게 됩니다. 뉘엿뉘엿 지는 해가 산그늘을 만들고, 숨죽은 바람이 맥없이 스쳐 가면 왠지 모를 서글픔이 목에 차오릅니다. 해마다 찾아오는 계절병을 올해는 두어 달 전부터 계획한 피지 여행으로 달래봅니다.

9월 중순, 문우 8명이 대한항공 '난디'행 비행기에 탑승했습니다. 남태평양에 떠 있는 '피지'에 가보는 것은 오랜 꿈이었습니다. 십여 년 전, 세계 여행을 한 분에게서 전해들은 피지의 아름다움이 내 가슴에 오롯이 남아 있었던 겁니다. 피지는 너무도 아름다워 마지막 여행지로 삼으라는 말도 있습니다. 지상의 마지막 낙원이라는 뜻이겠지요. 피지 부근에 332개의 섬이 있다는데, 그 중 200개 정도는 아직도 사람의 손길이 닿지 않은 무인도로 남아 있답니다. 피지 부근에만 이렇듯 많은 섬이 있는데, 남태평양에 있는 모든 섬을 통틀어

말한다면 '하늘에 떠 있는 무수한 별'처럼 헤아릴 수 없다고 하는군요. 그래서 남태평양을 지구의 마지막 에덴이라고 하는가 봅니다.

누구나 가슴속에 섬 하나를 안고 산다지요? 군중 속에서도 외로워질 때 나만의 고독을 치유하기 위해 마련된 섬. 나의 섬은 더욱더 철저히 고독해지기 위해 나를 가두는 외딴섬이 되기도 하고, 외로움의 각질을 벗겨내기 위해 이국의 정취에 스며드는 환상의 섬이 되기도 합니다. 그 상상의 섬을 직접 체험해 보고 싶어 여행을 떠납니다.

비행기를 타고 여행할 때마다 화면을 통해 지금쯤 어느 상공을 날고 있다는 것을 알게 되지만, 이번 여행은 '바다'를 체험하는 것이 목적이어서 유독 화면 속의 영해(領海)에 눈길이 갑니다. 필리핀 해, 태평양, 날짜 변경선…. 이런 것들에 가슴이 뛰는 연유를 이해하시겠지요.

피지의 절기는 겨울로 들어서고 있답니다. 한국의 가을 날씨와 비슷하지만 햇볕은 따사로워 물속에 들어가도 춥지는 않습니다. 여행하기에 좋은 기후지만, '피지'라면 강렬한 햇빛을 연상했었는데, 그러한 기대는 접어야 될 것 같습니다.

첫날은 야생란의 집결지를 둘러보았고, 재래시장에서 그들의 생활상을 엿보기도 했습니다.

둘째 날은 범선 크루즈로, 티부아 아이랜드에 가서 물속에서 한나절을 놀았습니다. 우리가 탄 범선은 해적선과 똑같은 배라고 하는데, 그들은 여러 날 배 위에서 무얼 하며 지냈는지 궁금하군요. 우리처럼 기타 치고 춤추며 놀았을까요?

배 안에는 몇 명의 남자가 '우클렐레' 라는 작은 기타와 '완두아'라는 베이스 기타로 우리의 승선을 환영하는 노래를 부르고 있습니다. 피지에는 이밖에도 '데루아'라고 하는 대나무로 만든, 크기에 따라 소리의 높낮이가 다른 악기와 우리의 북 비슷한 '날리'라는 전통 악기가 있습니다. 해적선이 바다를 누비던 그 시절엔 기타는 없었을 테고, 주로 날리를 두드렸을 것 같습니다. 바다 위에서 번개와 우레 속에 신상고에 기도를 올리면서 북을 울리며 춤을 추는 그들의 모습을 한 번 상상해 보세요. 아무리 해적들이라지만 신성해 보이지 않나요?

배 안에서는 한국의 다도 이상으로 예의범절이 까다로운 카바(음료) 의식이 행해지고 있습니다. 지금도 이곳 피지의 오지 섬에서는 추장을 중심으로 모여 앉아 가족제도, 손님접대, 모든 집회는 음료를 마시는 일로 시작되어 예대로의 말과 예법으로 엄숙히 진행한다고 합니다.

어느 사이 '티브아 아일랜드'가 물속에서 머리를 내밀고 있군요. 바닷물은 그 깊이에 따라 북청색, 녹색, 연두색의 삼색 물결을 이룹니다. 섬을 둘러싸고 있는 삼색 물결은 한 폭의 수채화라 하겠습니다. 열대식물의 푸르름 아래에서 꿈결처럼 보낸 하루였습니다. 그러나 여행의 하일라이트는 셋째 날의 바다 체험이라 하겠습니다.

일행이 묵고 있는 큰 섬이라는 뜻의 '비틀레브'에서 개인요트를 타고 광활하고 푸른 남태평양의 물결 위를 질주합니다. 요트의 선두는 튼튼한 그물망으로 자리를 만들어 놓아, 금방이라도 푸른 물결이 치솟아 오를 듯합니다. 처음에는 용기가 나지 않아 망설이던 사람들이 엉금엉금 기어 그물망 위로 옮겨 갑니다. 나도 선두에 앉아 끝없는 바다에 시선을 보냅니다. 바다에 나오니 햇살이 따갑습니다. 눈부신 햇살아래 부서지는 파도를 타고 푸른 바다 위를 헤쳐 나가는 이 경쾌함을 맛보고 싶어 여기 왔나 봅니다.

곤곤한 삶으로부터의 도피처로 섬보다 좋은 곳은 없을 듯합니다. 더욱이 일행은 산호와 열대어가 많기로 유명한 무인도 '싸우스 씨' 섬으로 이동 중이니, 1722년 네덜란드의 야코브 로헤펜 선장이 남태평양의 이스트 섬을 처음 발견했을 때의 심정이 되어 가물가물 떠오르는 섬을 바라보며 환호한다 해도 허물이 될 리 없습니다. 바다는 자애로운 어머니의 품 같지만, 때로는 성난 파도가 무섭게 휘몰아치기에 용기 있는 자만이 앞으로 나아갑니다.

바다는 엄청난 자원을 안고 있어 바다를 제패하는 민족이 세계를 제패한다고 했습니다. 유럽의 여러 나라가 부강해진 것도 일찍이 바다를 향해 나아갔기 때문입니다. 이미 16세기부터 스페인과 포르투갈의 배가 남태평양의 섬들을 오가고 있었다 합니다. 그 후 폴리네시아 전역이 프랑스와 영국의 이해가 충돌되는 지역으로 바뀌었지요. 피지는 1874년, 영연방의 한 나라로 독립했습니다. 아직도 피지의 대통령은 추장이랍니다. 폴리네시아 섬들에 대한 찬가는 초기 유럽의 항해가들에 의해 구비 전승되어 왔지만, 유럽인들은 '행복이란 무엇인가'에 대해 관심을 갖던 시대여서, 미개의 아름다움과 물질만능의 속박에서 해방된 자유로운 생활, 해양성 기후의 쾌적함에서 잃어버린 행복의 의미를 찾았습니다.

그 많은 섬 중에서도 유럽은 타이티에 현혹되었고, 타이티를 중심으로 한 섬들은 인류의 황금시대로 칭송받았지요. 남태평양에 있는 섬들이 인류의 낙원이라고 칭송받기까지 이 지역에서 벌어진 패권 다툼으로 무수한 인명이 살상되었고, 면역성이 없는 섬 사람들은 육지 사람들로부터 감염된 독감과 매독, 결핵 따위로 쓰러졌다고 합니다.

남태평양에 산재해 있는 여러 섬들은 인류학적으로, 동물학적으로, 식물학적으로 확인해 보고 싶은 수수께끼가 많다고 합니다. 고갱이 타이티 섬으로 들어간 것도 이러한 호기심 때문이 아니었을까요? 그곳에는 자연과 원시생활을 추구한 고갱을 매료시키는 모든 것이 있었다고 합니다. 언제나 물보라를 뒤집어쓰고 있는 동굴, 꼬불꼬불한 협만, 여기저기에 새겨져 있는 암석조각, 광활한 들판에서 햇빛을 받으며 뛰어 노는 야생마들, 조상 전래의 풍습을 지키며 열광적으로 춤추는 원주민들, 풀기 힘든 암호 같은 문신을 새기고 바다에 뛰어들어 물고기를 낚아채는 비호같은 몸놀림, 그 모든 것이 고갱을 붙들어 놓은 자연 속의 거칠고 순박한 정감이었을 것입니다.

타이티 여인들에게 춤은 곧 생활이자 언어입니다. 그들에게 춤은 자연과 신에 대한 예술입니다. 강력한 힘과 관능적인 춤. 춤은 열정이고 전통입니다. 타이티 여인들의 혈관 속에는 선조로부터 이어오는 피가 흐르고 있습니다. 고갱은 이러한 여인들의 아름다운 모습을 그려 유럽에 전파했고, 타이티 여인들은 신화 속의 신비한 존재가 되었습니다.

바다가 안고 있는 지하자원은 또 얼마나 많을까요. 석유의 매장량도 엄청나겠지요. 말이 끝나기 무섭게 요트를 둘러싼 여기저기에서 고래들이 물을 차고 올라와 한바탕 쇼를 벌이는군요. 그렇다고 남의 나라 영해에만 관심을 가질 수는 없습니다. 삼면이 바다로 둘러싸여 있는 한반도는 해양 지리적 조건이 좋아, 그것을 잘 활용하면 아시아를 여는 열쇠가 될 수 있다고 합니다. 좁은 육지에서 복닥거리지 말고, 젊은이들이 넓은 태평양으로 나아갈 수 있는 국가적 정책이 있어야겠습니다.

남태평양에 모습을 드러낸 수많은 섬들은 화산도와 산호초로 이루어졌는데, 피지 부근의 섬들은 대개 산호초로, 산호에 뒤덮인 산초(環礁)로 둘러싸여 있다고 합니다. 산호초를 만드는 산호충은 미세충 강장동물로, 맑은 물과 높은 열대의 바다에서 왕성하게 번식하지요. 산호충이 죽어서 해면 위의 암초가 되면 바람이나 비에 풍화되어 모래사장이 쌓이고, 섬의 형태가 이루어지면 새나 바람, 물결이 실어다 준 식물의 씨가 뿌리를 내리게 됩니다. 얼마나 많은 생물이 서식하기에 그처럼 많은 섬을 이룰 수 있는지, 참으로 바닷속이 궁금합니다.

우리는 그 일부만이라도 보고싶어 산호초와 열대어가 많은 '싸우스 씨' 섬 근처에 요트를 정박시킵니다. 이제 우리는 가이드의 보호를 받으며 한 사람씩 남태평양의 푸른 물속으로 뛰어들 것입니다. 잠시 배 안은 스노쿨링을 위한 장비를 갖추느라 부산합니다. 모두들 장비를 몸에 걸쳤지만, 이 광활한 바다 속으로 뛰어든다는 것이 예사로운 일은 아닌 것 같습니다.

제일 먼저 수영을 잘하는 손상희 님이 바다에 뛰어드는군요. 나머지 사람들은 그녀의 수중 행보를 가슴 졸이며 바라봅니다. 불안과 초조의 시계 초침이 우리의 가슴속에서 똑딱거립니다. 2,3분쯤 지났을까, 그녀는 입에 가득 든 소금물을 내뱉으며 선상으로 오릅니다. 이어서 다음 대기자가 물에 뛰어들었지만 모두 되돌아오는군요.

나도 차례가 되어 가이드가 이끄는 대로 따라가 봅니다. 그러나 얼마 못 가 머리를 물 위로 내밀고 살려달라고 구원을 요청합니다. 짠물만 잔뜩 먹고 힘들게 선상으로 기어 올라왔습니다. 그렇지만 남태평양 한가운데에 들어갔다 나왔다는 것만으로도 대단한 일 아닌가요?

마지막으로 박수주 님이 시퍼런 바닷물에 첨벙 몸을 던집니다. 이제까지 산호초와 열대어가 있는 지역까지 갔다 온 사람이 없어서 박수주 님도 곧 되돌아올 것이라 생각했는데, 이게 웬일인가요. 박수주 님은 가이드의 손을 잡고 멀리 나가고 있습니다. 그녀는 이따금 머리를 들어 산소호흡기 밑으로 입안의 물을 뱉어내는 것 같습니다. 그녀는 용기와 침착함으로 목적지에 닿아 바닷속의 아름다운 광경을 보고 돌아왔습니다. 산호와 물고기가 떼지어 노니는 그곳에서 가이드는 살아있는 멋진 산호를 건져내어 그녀에게 선물했습니다. 성공기념 선물입니다. 우리는 모두 그녀에게 축하의 박수를 보냅니다. 역시 이 세상은 살아있는 자의 몫이고, 꿈이 있는 자가 앞으로 나아갑니다. 그리고 바다는 용기 있는 자가 주인이 될 수 있다는 것을 느꼈습니다.

돌아오는 길에 바다낚시를 하여 현장에서 시식하는 프로그램이 있었지만, 바람이 역풍이어서 그만 포기해야 했습니다. 가이드는 그대신 또 다른 조용한 섬 '아꾸일라'로 우리를 안내해 주었습니다. 그 섬 가까운 바다 가운데에 세 그루의 키 큰 나무가 울창한 숲을 이루고 있었는데 '맹그로부'라는 나무였습니다. 바닷물 속에서 나무가 자라고 있다니 신기한 일 아닌가요. 이 나무는 뿌리로 빨아들인 물을 잎으로 뱉어내어 물을 정화시킨다고 합니다. 태평양의 맑은 물에 일조를 하는 셈이지요. '아꾸일라'는 관광지가 아니라 가이드가 개인적으로 친근하게 지내는 노 부부가 과일 농장을 하는 곳이랍니다. 남편은 귀가 어둡고, 아내는 시력이 희미하다는데, 그들의 인상이 너무도 순박합니다.

기록에는 BC. 5000년 무렵부터 동남아시아에서 남하하기 시작한 오스트로네시아어족에 속하는 언어를 사용하는 사람들이 파푸아 인과 접촉하여 멜라네시아인을 만들어 냈습니다. 이들은 뉴기니의 해안부에서 뉴칼레도니아 섬과 피지 제도에 이르는 멜라네시아의 섬들 남쪽 끝까지 분포되어 있습니다. 멜라네시아인의 피부는 적갈색에서 흑색까지 다양하고 인종상 오세아니아 니그로라는 이름으로 일괄된다고 합니다. 누군가 농장주인을 보고 '쿤타킨테'를 닮았다고 하여 다시 보니 정말 비슷합니다. 피지에는 피지인과 인도인이 주종을 이루는데, 그들 부부가 전형적인 피지인 인 것 같습니다. 그런데 피지인들은 전쟁을 좋아하고, 살해한 적을 먹어 치우는 습관이 있어 오랫동안 '식인종의 섬'으로 두려워하고 있었답니다.

빅토리아 여왕 시대의 타이티 여인들은 유럽인들의 마음을 사로잡았다고 합니다. 모든 항해자들은 타이티 여인의 유연한 몸매와 아름다움에 매료되어 그녀들을 마치 여신과도 같다 했습니다. 미개하고 야만적인 여인들을 낙원의 비너스, 에덴의 이브와 같이 신비하게 보았던 것은 때 묻지 않은 자연 그대로의 '순수' 때문이 아니었을까요.

오늘날에도 그 화려한 야성미와 애교는 여전하다고 합니다. 아가씨뿐 아니라 사나이들도 멋지다는데, 짧은 여행기간 동안 한정된 장소에만 있어서인지, 그리 예쁜 아가씨와 멋진 사내는 만나지 못했습니다. 거의가 아꾸일라 농장 주인처럼 니그로 족에 속하는 사람들이 거리를 활보하고 있었습니다. 부갱빌이 말하던 '괴력의 헤라클레스나 군신 마르스'를 묘사할 만한 남자를 만나지 못하고 돌아온 것이 못내 아쉽습니다.

과일농장의 부인이 방금 딴 과일을 손수레에 싣고 왔습니다. 넓은 잔디밭에 앉아 '파파야' 파티를 여니, 마치 어느 여름날의 파티에 초대된 느낌입니다.

우리가 타고 온 요트는 떠나고, 큰 섬 비틀레브까지 쿤타킨테를 닮은 노인이 모타보트로 데려다 주었습니다. 돌아가는 노인의 뒷모습이 석양빛을 받으며 멀어지더니 끝내 점으로 사라집니다.

노인의 모습이 쓸쓸하게 보인 건 석양 때문만은 아닐 겁니다. 피지에서 맞는 겨울의 석양에도 9월의 빛이 들어 있습니다.

(2006.)

신들의 전쟁

　머칠 전, 캄보디아를 다녀왔다. 여행은 대부분 미리 계획을 세워 떠나게 되는데, 이번같이 번개처럼 다녀 온 여행은 드물다. 동생들 성화에 황망히 떠났지만 여행은 역시 즐겁다.

　캄보디아의 '씨엠립 공항'에서 조금 복잡한 입국절차를 거쳐 공항을 나서니 밖은 따끈따끈하다. 겨울 속에 있다가 여름으로 가니 계절의 입김이 이채롭다.

　캄보디아의 서북쪽에 위치한 작은 도시 씨엠립은 역사적인 유적지 '앙코르 와트'을 안고 있다. 씨엠립은 하루만 돌아보아도 족할 만큼 아주 작은 도시지만, 앙코르 와트를 자세히 둘러 보려면 일주일은 걸린다고 한다. 하룻만에 앙코르 와트의 유구한 역사와 문화를 이해하려고 하는 것은 캄보디아 국민들에게 미안한 일이다. 그러나 어찌하겠는가. 4박 5일이라는 짧은 일정 속에 잠시 머물다 가는 나그네인 것을.

　찬란한 힌두 문화를 꽃피운 앙코르 제국은 인도차이나 반도의 중앙에 근거를 두고 AD.790~1432년까지 번영했다. 세계 7대 불가사의 중의 하나인 앙코르 와트는 이 시대에 만들어진 찬란한 힌두 문화의 결정체다. 전성기 때는 지금의 라오스, 캄보디아, 태국, 베트남과 인도양에 이르는 지역을 지배한 대제국이었고, 인구 100만에 이르는 당시 세계 최대의 도시를 이루었지만, 자야바르만 7세의 과중한 토목공사와 집권층의 부패로 점차 국력이 쇠퇴되고, 반면 주변에 있는 베트남과 태국이 강해지면서 그 압력에 눌려 캄보디아는 1431년, 수도 앙코르마저 포기하게 된다.

그 뒤 겨우 명맥 뿐이다가 19세기에 들어 유럽인들이 진출하면서 프랑스의 식민지로 전락한다. 1953년에 프랑스로부터 독립한 캄보디아는 1963년 불교를 바탕으로 한 사회주의를 국가정책으로 내세웠다. 당시 미국과 전쟁 중이던 베트남을 측면으로 지원하는 국지전에 돌입하여 30년에 걸친 길고 긴 내전이 시작된다. 오랜 내전으로 국민들의 생활은 우리의 5, 60년대를 연상케 한다. 가는 곳마다 어린아이들이 '원 달러!'를 외치며 달려드는 모습이 안타까웠다. 1997년부터 외래 방문객이 찾기 시작했고, 본격적인 외국인 관광은 3,4년 전부터라고 한다.

신호등도 없는 왕복 2차선의 좁은 도로를 달리는 차들은 복잡한 가운데에서도 서로를 피하며 잘도 달린다. 교통편은 주로 자전거나 오토바이로, 낡은 오토바이 뒤에 인력거를 매달고 달리는 것이 택시라고 한다. 이 오토바이 인력거를 '뚝뚝'이라고 부른다. 이따금 한국산 티코도 보이고 번호판 없는 차들도 많은데, 그것은 슬쩍 넘어온 차들이지만 정부에서 눈감아 준다고 한다.

우리도 아침에 일찍 일어나 뚝뚝이를 타고 시내 관광길에 나섰다. 길가를 청소하는 먼지가 날아오고 매연이 얼굴을 스치지만, 그래도 손수건으로 입을 가리고 신나게 달린다. 길가에 보이는 멋있고 큰 건물들은 거의 호텔들로, 나날이 늘어나는 관광객을 위한 준비가 한창이다. 이따금 배낭 여행자들도 눈에 띈다.

'왓 트마이'를 시점으로 관광에 들어갔다.

왓 트마이는 프놈펜에 있는 '킬링필드'와는 또 다른 의미의 새롭게 생긴 사원이다. 이곳에는 내전 중에 희생된 사람들의 유골이 탑처럼 생긴 곳에 보관되어 있는데, 작은 위령탑이라고 할 수 있다.

30여 년 전, 캄보디아는 온 나라가 킬링필드였다. 크메르루즈 정권은 공산주의 이상향 건설의 광기(狂氣)에 빠져 지식인과 부르조아 반동을 제거해야 행복한 농업공동체를 만들 수 있다고 선동하여 200만 명을 고문하고 죽였다. 지금도 프놈펜 교외에 있는 킬링필드 유적지에는 1만 명이 파묻혔던 129개의 구덩이 흔적이 남아있고, 땅 위에는 아직도 유골들이 수습되지 않은 채 하얀 돌조각 같은 사람 이빨들이 굴러다니고 있다.

다시 전쟁박물관이라고 하여 가보니 어느 시골집 외양간만도 못한 허술한 곳이었다. 그곳에는 크메르루즈 시대의 잔재들이 보관되어 있다. 낡은 탱크와 소형 비행기, 제거된 지뢰가 쌓여 있는데, 그 옆에는 지뢰에 손과 발이 잘린 소년 두 명이 앉아 있었다. 그들은 선조들이 물려준 지뢰에 희생된 후손들이다. 지금도 하루에 한 명 꼴로 지뢰에 희생되는데, 묻어둔 지뢰를 제거하는데 앞으로도 30년은 걸린다고 한다.

동남아시아에서 가장 큰 규모의 '똔레샵' 호수로 가는 길목에도 전쟁으로 구겨진 삶의 흔적들이 너덜거리는 종잇장처럼 널려 있었다. 가느다란 나뭇가지로 엮어 만든 앙상한 집들이 줄지어 있는데, 말이 집이지 참으로 남루한 모습이었다. 먼지가 나부끼는 좁은 도로 위를 관광객을 태운 미니버스가 지나가며 그들의 생활상을 들여다보게 되는데, 실로 민망했다. 그나마 관광객들로 인해 그들의 생활에 도움이 된다는 것에 다소 민망함을 덜어낸다.

똔레샵 호수에서 낡은 유람선에 올랐다. 관광객을 태운 유람선 뱃머리까지 두 소녀가 고무보트를 타고 따라와 '원 달러!'를 외친다. 어느 관광객이 한 소녀에게만 1달러를 주었다. 관광객은 같은 보트 안의 두 소녀를 자매지간으로 보고 한 소녀에게만 준 것 같은데, 돈을 받지 못한 소녀의 눈에 눈물이 글썽이던 모습이 지워지지 않는다. 그래도 인정이 많은 한국 사람들이 달러 대신 한국 지폐를 주었던지, 그것을 달러로 바꿔달라고 달려드는 아이들이 여럿 있었다. 조상 탓에 헐벗고 굶주리는 사람들이지만, 조상이 남겨준 유구한 역사의 앙코르 와트로 먹고 사는 사람들. 그러나 그 유물을 보존할 힘이 없어 외국 자본을 끌어들이고 있다. 앙코르 와트는 600여 년 동안 밀림 속에 갇혀 있었는데, 30년 전 영국 탐험대에 발견되어 세상의 빛을 보게 되었다. 천년의 침묵을 깨고 인류와 공존하는 문명 속에 화려하게 등장하여 세계에서 가장 장엄하고 아름다운 건축물의 하나로 손꼽히게 되었다.

앙코르(Angkor)는 '도읍'이라는 뜻이고, 와트(Wat)는 태국어의 '사원'으로, 앙코르 와트는 '사원의 도읍'이라는 뜻이다. 이 사원은 소아

바르만(Suryavarman) 2세(1112~1152년)에 의해 12세기 전반 약 30년에 걸쳐 건축되어 흰두교의 비슈누에게 봉헌되었다. 크메르 왕국의 최대 유적지 앙코르 와트의 입구 양옆에 세워진 서로 다른 표정의 108개 석상(石像)들에서 조각예술의 뛰어난 성취도를 보며 본 건축물을 향해갔다. 앙코르 대부분의 사원이 동쪽을 향해 있는데, 이 사원은 서쪽을 향하고 있는 것으로 보아 서쪽에 사후 세계가 있다고 보고 왕의 사후 세계를 고려한 것 같다.

앙코르 와트의 구조는 흰두교의 우주관에 입각한 돌로 쌓아올린 우주의 모형이라고 할 수 있다. 앙코르 와트의 전경을 보며 완벽한 조화와 균형, 그 장엄함에 완전히 압도당한다. 가히 신의 예술 세계와 근접해 있다고 하겠다. 본 건축물에 들어서면 인류의 자취 중에 손꼽히는 부조(浮彫)가 펼쳐진다. 벽면에 새겨진 부상조(浮上彫)에는 그 시대의 궁정 생활상과 군사 활동, 인간세계를 지배하려는 선과 악의 신의 세계가 비뉘시 신을 중심으로 조각되어 있다. 이 장엄한 신전은 모두 신의 영역이기에 경건한 마음으로 다음 회랑을 향해 간다. 인류의 역사는 선과 악으로 양분되는 신들의 전쟁에서 비롯된 것은 아니었을까.

앙코르 와트 안에 있는 사원들을 돌아보며, 그들의 독자적인 우주관과 부상조에서 열정과 욕망, 전투적 위용으로 살다 간 크메르인들의 숨결을 느낀다.

(2005.)

아람브라궁전의 종소리

스페인 하면 '정열의 나라', '태양의 나라'라고 연상했던 것과는 달리 겨울이어서 흐리고 비가 내리는 날이 많았다. 아람브라궁전을 관람하는 날에는 다행히 우리나라 가을 날씨 같았고 쾌청했다.

그라나다 시 동쪽의 사비카 언덕에서 찬연히 빛나고 있는 아람브라궁전은 아랍어로 '붉은 성'을 뜻한다. 아람브라는 스페인에서 이슬람의 마지막 왕조인 나사르 왕조의 궁전으로, 13세기 후반에 축조하기 시작하여 나사르 왕조가 가장 안정을 누리던 14세기에 돈과 시간을 건설에 쏟아 부운 이슬람 최고의 건축물이다. 18세기 무렵 한때 방치되어 황폐해졌는데 19세기 이후에 완전하게 복원하여 오늘날 이슬람 건축의 탐미적인 매력을 전해주고 있다.

스페인의 서고트 왕국은 AD. 711년 이슬람 옴미아드 왕조의 침입으로 붕괴한다. 이슬람은 피레네 산맥을 넘어 프랑크 왕국까지도 노렸으나 732년의 투르푸아티에 싸움에서 패배한다. 이베리아 반도로 물러난 이슬람은 이베리아 반도를 8세기 동안 지배하는데, 이 시기의 이베리아 반도는 상업과 문화 기술 수준이 서유럽을 능가할 정도로 발전한다. 나사르 왕조는 이베리아 반도에 존재하는 이슬람 세력의 마지막 왕조이다.

이베리아 반도에서 이슬람 세력을 내쫓으려는 그리스도교의 국토회복 운동이 일어난다. 그리스도교의 세력에 밀린 이슬람의 나사르 왕조 보아브딜은 결국 가톨릭의 이사벨 1세 여왕과 남편인 페르난도 5세에게 아람브라궁전의 열쇠를 넘겨주게 된다. 보아브딜은 굴욕 속에서 지브롤터 해협을 건너 아프리카로 향한다. 그 날이 바로 1492년 1월 2일이다.

마침 우리 일행이 아람브라궁전을 관람한 날도 승리의 날인 1월 2일이었다. 궁전 입구에서부터 그 날의 승리를 자축하는 '알카사바' 종탑의 종소리가 끊임없이 들려왔다. 1월 2일 하루만은 관람객에게 알카사바의 종을 치게 해 주는데 "결혼하게 해 주세요."라고 소원을 빌면 이루어진다는 속설이 있단다. 종탑에는 관람객들이 길게 줄을 서서 차례가 오기를 기다리고 있었다.

무엇 때문에 종소리에 '결혼'에 대한 기원을 담았는지 모르겠으나, 나도 마음속으로 아들을 대신하여 종을 치며 아들을 결혼하게 해달라고 빌었다. 일행 중에는 부부동반으로 종을 치는 사람도 있고 성인 남녀도 있지만, 혼자된 사람도 있어서 종을 치는 의미를 생각하며 한바탕 웃었다. 미혼의 남녀는 물론이지만, 이미 결혼을 했거나 실패한 사람이라도 가슴에 새로운 '유토피아'를 꿈꾸며 종탑 앞으로 다가서는 것은 아니었을까. 여행 중에 멋진 연인을 만나게 해달라고 소원하며 종을 친다한들, 이 잠시의 일탈을 나무랄 이 없을 터, 그대여!

온몸으로 힘껏 종치시기를….

아람브라궁전은 이슬람 건축 최고의 걸작이라는 찬사를 받고 있는데, 유럽의 다른 궁전들처럼 거대함, 보석상자, 그림 장식등으로 화려함을 뽐내는 것과는 다르다. 이슬람의 교리를 따라 우상을 숭배하지 않고 내부 장식을 식물과 기하학적인 디자인으로 구성하여 소박하지만 환상적이라는 찬사를 받고 있다. '아벤세라헤스의 방' '왕의 방' '두 자매의 방'에서 볼 수 있는 모사라베라고 부르는 종유석 장식과 왕의 공식 접견실인 '대사의 방'의 아라베스크 무늬에서 이러한 모습을 볼 수 있다.

또한 물이 귀한 아프리카와 중동에서 살아온 이슬람 교도들의 오아시스에 대한 열망으로 곳곳에 연못과 분수를 만들어 놓았다. 왕의 여름별궁인 헤네랄리페에서는 아치형으로 물을 뿜는 분수와 아담하고 아름다운 정원을 볼 수 있었다. 아람브라궁전에서 가장 뛰어난 중정(中庭)으로 손꼽히는 아라야네스의 안뜰에는 정확한 대칭구조를 이루는 건물 중앙에 사각형의 연못을 만들어 놓았다.

나사르 왕조의 마지막 왕인 보아브딜이 두 왕(이사벨 1세와 페르난도 5세)에게 도시를 넘겨주고 조약을 맺은 후 아프리카로 떠나면서 아람브라궁전을 바라보며 통한의 눈물을 흘렸다는 '한탄의 언덕'에 올라가, 잠시 떠나가는 보아브딜의 쓸쓸한 뒷모습을 상상해 보았다. 이 세상의 부귀영화가 '헛되고 헛되도다!'라고 부르짖은 솔로몬의 탄식처럼, 보아브딜도 800년에 걸쳐 누려왔던 이슬람 왕조의 영화로움도 한순간 사라지는 물거품 같다는 것을 느꼈는지 모르겠다.

해가 이울도록 종소리는 무언가에 호소하듯 짙은 여운을 남기며 그치지 않고 울려왔다. 알카사바 종탑에서 울려 퍼지는 종소리가 온 세상으로 퍼져나가, 결혼하고 싶어하는 모든 사람들의 소원을 들어주는 축복의 종소리로, 인류 역사에 다시는 종교전쟁이 없기를 기원하는 평화의 종소리가 되었으면 좋겠다는 바람을 안고 아람브라궁전을 떠나왔다.

(2011.)

Chapter 6

독일 기행

독일 기행

미지를 향하여

독일 항공기 루프트한자(Lufthansa)에 몸을 싣고 12시간의 비행 끝에 프랑크푸르트 공항에 내렸다. 현지 시간으로 오후 6시 40분, 이미 어둠은 짙게 깔렸고 늦가을의 차가운 날씨가 나그네의 마음을 스산하게 한다. 잠시 낯선 곳에 대한 불안에 두리번거리니, 작은 피켓을 든 김선자(69세) 씨와 부군 박희병(65세) 씨가 마중 나와 일행을 반가이 맞아준다. 그들은 60년대에 간호사와 광부로 이곳에 온 산업의 역군들이다.

이번 독일 행은 여행이 목적은 아니다. 1960~1970년대에 서독에 건너온 간호사들이 그간 독일에서 겪은 우여곡절의 한 많은 사연을 '자서전'으로 남기고 싶어 글쓰기 도움의 요청을 해왔고, 그들을 돕기 위해 수필가 3명이 이곳에 왔다.

김선자 씨 내외는 우리를 승용차에 태워 프랑크푸르트 외곽지대

'알트긴 하임'(RLtGinnhaem)으로 향했다. 그곳에서 교포 지학균씨가 경영하는 아담한 호텔 '비손'으로 안내해주어 여장을 풀었다.

1960년대, 우리나라가 너무 가난하여 어떤 나라도 경제개발계획에 필요한 차관을 빌려주지 않을 때 같은 분단국인 서독이 차관을 지원했고, 서독에서는 그대신 모자라는 인력인 광부와 간호사를 데려다가 일을 시켰다. 그 당시 우리나라는 대졸자들도 일자리가 없어 시멘트에 손을 갈아 거칠게 하여 광부로 지원했고, 간호사들은 남들이 꺼리는 시체 닦는 일 등 노동에 가까운 일들을 했다.

박정희 대통령은 서독 대통령의 초청을 받고, 대통령 전용기가 없어서 서독 대통령이 보내준 비행기를 타고 서독에 왔다(1964.12). 대통령 부부가 '함보른 광산' 수백 미터 지하의 막장에서 일하는 광부들을 만났을 때, "외국에 나와 이런 고생을 시켜 미안하다. 자손들에게 이런 불행을 겪게 하지 말고 잘사는 나라를 남겨주자."라며 눈물을 흘리며 '살아서 돌아오라'고 하여 강당 안은 온통 눈물바다가 되었다. 간호사들도 영부인을 보고 '어머니'라 부르며 집으로 돌아가고 싶다고 통곡하여 대통령 내외도 함께 울었다는 일화는 널리 알려져 있다.

실제 이번에 가서 들은 얘기로, 그때 영부인이 조그만 김치 통조림을 가져와 간호사들에게 선물했는데, 김치가 줄어드는 게 안타까워서 조금씩 아껴 먹었다며 그 시절을 회상했다. 1963년~1977년까지 독일에 파견된 광부와 간호사는 무려 2만여 명이 된다. 유럽사회의 근본적인 변화는 산업혁명으로 시작되었고 그 원동력은 석탄이었다. 우리의 광부들은 독일의 산업혁명에 일조함과 동시에 한국의 산업화에 기초적인 역할을 해 주었다. 파독 간호사와 광부, 월남 파병은

우리나라 경제발전의 3대 요소로, 경부고속도로 이어지는 기적을 이
뤄냈다.

(2009. 10. 28.)

로렐라이 언덕

아침식사 후, 오전 시간을 이용하여 김선자 씨 내외는 일행을 '로렐
라이 언덕'으로 친절히 안내해 주었다. 독일은 비가 오거나 안개 낀
날이 많다는데 첫날부터 안개가 끼었지만 여행하는 데는 별로 지장
은 없을 것 같다. 오히려 안개 낀 라인 강변을 달리는 것도 운치가
있을 것 같아 기대가 된다.

'로렐라이 언덕'을 향해 마인 강변을 지나 라인 강으로 이어진 강변
도로를 달리니 안개는 걷히고, 햇빛이 오른 편 비탈진 땅에 무수히
이어지는 포도밭 위에 내려앉는다. 역시 와인의 나라답다. 찾아온
손님이 '천사'일 때 햇빛이 내려쬔다고 하여 그들이 얼마나 햇볕을
기다리는가를 알 것 같았다. 햇빛을 많이 받도록 포도밭도 빛의 각도
에 맞춰 계단식으로 일구어 놓았다. 예전에는 광부로 온 사람들이
저 포도밭에서 포도를 따주며 용돈을 벌었다는 이야기를 들려주며
박희병 씨가 지난날을 회상한다.

강 건너편 나지막한 산자락을 끼고 그림이나 엽서에서 본 유럽풍
집들이 옹기종기 모여 평화스런 모습을 이루고 있다. 그러한 마을
풍경이 계속해서 펼쳐졌는데, 그곳에는 와인의 도시 '로젤'과 와인의

고장 '뉴데스'가 있다. 산 정상에는 옛날 성주들이 살았던 돌로 지은 고성들과 성당도 이따금 보인다. 이제는 고성은 카페나 독일 음식을 파는 레스토랑, 숙박업소로 이용하고 있다고 한다. 강 가운데에도 높은 성벽을 이룬 건물에 작은 창문이 있는 고성(古城)이 있는데, 사랑하는 사람을 데려다 그곳에 감금해 놓았다는 어느 성주의 아들 이야기가 전설처럼 전해져 온다.

나는 지금 라인 강변을 달리고 있다. 라인 강변을 달린다는 것만으로도 꿈을 꾸는 것만 같다. 안개와 햇빛 사이를 오락가락하는 종잡을 수 없는 날씨가 오히려 몽환적이어서 시정(詩情)을 자극한다. 독일의 젖줄이나 다름없는 라인 강을 독일민족과 떼어놓을 수 없듯이, 독일을 선망하는 여행객의 첫 번째 로망은 라인 강변을 유람하는 것일 게다.

알프스 산록에서 발원하여 북해(北海)로 흘르드는 전장 1,300km의 라인 강은 빙하로 침식된 깊은 골짜기를 타고 흘러 예로부터 일 년 내내 그 수위(水位)가 변하지 않아 유럽의 통상로로서 중요한 역할을 한다. 이 천연의 수로를 지키기 위해 강을 따라 자연히 성곽과 도시가 건설되어 왔다. 강 연안의 푸른 언덕, 낭만적인 중세의 고성, 평화로운 포도밭과 교회의 첨탑 주위에 옹기종기 모여 있는 고풍스런 촌락들은 관광의 하이라이트라 하겠다. 유람선 갑판 위에 앉아 포도주를 마시면서 강변의 풍경을 바라보던 관광객들은 물살이 북서쪽으로 구부러져 강폭이 좁아지고 이내 배를 가로막듯 오른쪽에 불쑥 나타나는 가파른 로렐라이 언덕을 보며, 정열의 시인 하이네의 시 <로렐라

이 언덕>을 합창한다고 한다.

♪ 옛날부터 전해오는 쓸쓸한 이 말이/ 가슴속에 그립게도 끝없이 떠오른다/ 구름 걷힌 하늘 아래 고요한 라인 강/ 저녁 빛이 찬란하다 로렐라이 언덕 ♬

하인리히 하이네는 이름만으로도 유태인이라는 것을 알 수 있지만, <로렐라이 언덕>의 노래가 하도 유명하여 나치스도 하이네를 말살시킬 수 없었다고 한다. 나도 학창시절에 즐겨 부르던 노래를 마음속으로 따라 부르며 로렐라이 언덕을 향해 간다. 언덕 초입에는 작은 마을이 있고, 단풍으로 곱게 물든 숲길을 굽이굽이 돌아 마침내 로렐라이 언덕에 이르렀다.

언덕에는 작은 호텔이 있고, 그 앞에 인어 소녀상이 서 있다. 그 옛날 라인강을 오가던 선원(뱃사공)들의 만남과 이별의 아픔을 노래로 전해주던 전설 속의 인어 소녀는 지금도 라인강을 유람하는 많은

관광객들과 이 언덕을 찾는 사람들에게 만남과 이별의 아쉬움을 전해주고 있다.

로렐라이 언덕에는 온갖 수종의 나무들이 오색의 물결로 가을의 절정을 이루고 있다. 붉은색의 단풍, 노랗게 물든 은행나무, 검붉은 갈참나무, 주황색의 상수리나무. 바람에 흔들려 떨어지는 낙엽들로 부드러운 질감의 융단을 깔아놓은 듯, 로렐라이 언덕에 펼쳐진 가을의 향연은 황홀감에 젖게 한다. 로렐라이 언덕 위에 서니 강 양편 기슭의 풍경이 장관을 이룬다.

(2009. 10. 29.)

칼스루에(Karlsruhe)의 추억

아우토반으로 진입한 승용차는 독일 남서부 바덴뷔르템베르크 주에 위치한 작은 도시 '칼스루에'를 향해 달린다. 칼스루에의 교포 이완순 씨가 경영하는 호텔 '마우러(Maurer)'에서 3박 4일간을 합숙하며 수필 강좌를 진행할 예정이다. 이완순씨는 파독 간호사 출신으로, 독일인과 결혼하여 1남1녀를 둔 교포 사업가다.

독일의 고속도로에서는 시속 140~160km로 달리는 게 보통이라는데, 교포신문의 나남철 기자가 운전하는 차는 그리 빨리 달리는 것 같지는 않다. 남쪽으로 내려갈수록 고속도로 양옆에는 황갈색으로 물든 울창한 숲이, 때로는 청정한 짙은 초록 숲이 이어졌다. 이따금 숲속에서 사슴이나 노루가 뛰어나와 목숨을 잃는다고도 한다. 산은 보이지 않고 구릉과 끝없는 벌판에 하늘과 숲이 맞닿아 있다.

독일 사람들은 게르만 민족답게 숲을 좋아하고 잘 보호한다. 전 국토의 30%가 숲으로, 남부에는 빽빽하게 들어 찬 나무 그늘로 산이 컴컴하여 남부의 산을 검은 숲(Black forest)이라고 부른다.

로마군이 라인 강 유역까지 올라왔지만 결국 그 숲을 한 번도 지나지 못했다고 한다. 로마군은 넓은 벌판에서 서로 부둥켜안고 싸우는 육박전에 강하지만 숲속에 숨어 있다가 갑자기 기습하는 게르만인들의 전술을 당해낼 수 없었던 것이다.

프랑크푸르트에서 칼스루에까지는 140km의 거리로, 약 1시간 30분 만에 칼스루에의 외곽에 있는 3층짜리 아담한 호텔 '마우러'에 도착했다.

칼스루에의 인구는 약 28만 명으로, 도시 중앙에 위치한 궁전을 중심으로 부챗살 모양과 32개의 축으로 형성된 전형적인 방사형의 도시다. 300년 전 카를빌헬름 백작이 이곳을 지나다가 잠시 쉬게 됐는데, 이 고장의 아름다운 경치에 반해 도시를 만들고 죽은 후 이곳에 묻혔다고 한다. '칼스'는 도시를 건설한 백작의 이름에서 따왔고, '루에'는 '누워 있다, 안식, 휴식'이라는 의미로 시내에는 피라미드 모양의 탑이 있는데, 그곳이 칼스백작

이 누워 있는 기념탑이라고 한다. 이 도시는 공원과 울창한 가로수와 함께 그린도시로도 불린다. 우리가 방문한 시기는 늦가을로 가로수가 황금물결로 절정을 이루었다. 이곳에는 연방 헌법재판소와 연방대법원 등의 최고 기관이 있고, 미디어아트 관련에서는 세계적인 명소다. 원자력연구소, 미 술대학과 음악대학, 극장과 미술관, 박물관 등이 있다. 칼스루에는 라인 강에 면한 항구와 연결된다.

호텔 마우러에 도착하니 만면에 웃음이 가득한 50대 중반의 이완순 씨가 일행을 반가이 맞아준다. 이완순 씨는 지난 7월에 50명의 재독 간호사와 50명의 오케스트라로 구성된 합창단을 이끌고 한국에 나와 전국을 돌며 공연한 바 있는 합창단 단장이다. 합창단원들은 고국이 그리워 자비를 들여 전국 공연을 했는데, 고국에서 잠자리 등으로 고생을 많이 했다고 한다.

이번 수필 강좌도 그때 어렵게 만난 박근혜 전 한나라당 대표와의 간담회에서 이완순 씨와 재독 교포신문의 나남철 기자가 건의하여 이루어졌다. 이완순 단장은 작은 체구로 강렬한 리더십을 발휘하며 자지러질 듯한 웃음으로 여러 사람을 포용하는 특유의 매력을 지녔다. 이완순 단장이 경영하는 호텔 '마우러'는 교포들의 행사 모임 장소로, 서로 만나 정을 나누는 친정과 같은 곳이라고 한다.

(2009. 10. 29.)

첫날 수필 강좌 시작 시간은 오후 2시. 아침부터 이곳저곳에서 강의를 받기 위해 사람들이 모여 든다. 수강생들은 대부분 1970년대를 전후해 서독에 파견되었던 퇴역 간호사들이다. 자동차로 기차로 두세 시간, 또 600km를 5시간동안 달려온 사람도 있다. 독일 각지에 흩어져 있는 교포들을 한자리에 모이게 하는 일은 힘든 일로, 주말에 3박 4일의 일정을 잡아 가정을 벗어나는 그 열의와 성의가 대단하다. 그들 중 90%는 재독 가정을 이루고 있다. 40여 년 전 이곳에 와서 젊은 시절을 고통과 시련으로 보내고, 이제 노년이 되어 수필 공부를 한다고 모이는 것을 보니 감동스러울 뿐이다. 잊어버린 모국어도 많고, 독일어만 쓰다 보니 단어의 나열 순서도 뒤바뀌는 등 애로점이 많지만 '문학'이라는 말만 들어도 사춘기의 여학생들처럼 가슴이 설레는 것 같다.

파독 간호사들의 이야기를 쓴 수필가 고동주의 <코리아 엔젤>을 낭독할 때는 잠시 숙연, 이내 흐르는 눈물을 주체 못한다. 밤늦도록 토의하고, 밤새워 글을 써서 다음날 아침 검증 받는 열성파도 있고,

시간이 아깝다며 저녁식사 후에도 보강을 해달라는 요청으로 수업시간을 연장하기도 했다. 수필문학회를 발족하자는 결의를 하며 문학회 이름을 떠올리며 숙고하는 모습들이 진지하다.

수필 강좌는 하루 세 시간으로 강사는 열강, 수강생은 기쁜 마음으로 보람과 기대로 일정을 마쳤다. 단 며칠간의 강의로 자서전 쓰기와 수필문장을 이해시키기는 어려웠지만, 그들의 실태를 파악하고 교류의 물꼬를 튼다는 것에 의미를 두었다. 아무쪼록 그들의 한 많은 사연을 가슴에 묻어두지 말고 모국어로 풀어내기를 바란다. 서독에서 시체 닦는 일로 시작된 간호사 생활은 소중한 체험으로, 그냥 흘려보낼 일이 아니라 기록으로 남겨야 한다. 그것은 개인사이기 전에 나라의 역사인 까닭이다.

지금은 5, 60대가 된 간호사 20여 명과 3박 4일 간의 수필 강좌를 끝내고 헤어질 시간이다. 며칠 동안 합숙하며 수강생들이 식당에 들어가 손수 만든 음식으로 식사하고, 차 마시고, 담소하고 시내 관광도 했다. 강의가 없는 오전 시간에 전철을 타고 시내로 나가 중세 문화의 옛 고성과 왕궁을 관람하고, 고풍스런 바로크 형식의 건물들이 늘어선 거리를 거닐었다. 꽃이 있는 광장, 칼스백작을 기념하는 피라미드 탑, 가을의 절정을 알리는 가로수 길, 이 모든 정경들은 새로운 것에 대한 설렘을 더해 주었다.

그 사이 정이 들어 내년에 다시 만나자며 헤어질 때는 서로 포옹하며 눈물을 흘렸다. 정녕 만남의 소중함과 작별의 아쉬움으로 가슴이 뭉클하다. 그들은 아직도 60년대의 정서와 순박함을 지닌 우리의 이웃이다. 그들을 먼 타국에 두고 온다는 것이 가슴 아리다. 그들이 행복한 노년을 맞게 되기를 마음속으로 빌었다.

칼스루에의 늦가을 정취와 파독 간호사들과의 만남은 평생 잊을
수 없는 추억이 될 것이다.

(2009. 10. 30.~11.1.)

칼스루에를 떠나 심리학 박
사 박윤정(71세) 씨와 그의 독
일인 남자친구 신학박사 볼프
강(Woifgang, 69세)이 운전하
는 승용차로 2시간가량 달려
바이에른 주에 있는 볼프강
집에 도착했다.

볼프강이 사는 동네는 '훼
이크베르크'라는 곳으로 시내
의 외곽지대에 있다. 동네가
조용하고 유럽풍 건물들이 예쁘게 줄지어 있다. 일행은 2박 3일간을
그의 집에 유숙하며 근처에 있는 로만가도 뷔르츠부르크와 뉘른베르
크를 돌아볼 예정이다. 볼프강이 사랑하는 여자 친구를 위해 자기
집을 자청해서 우리에게 내어주고 관광 안내까지 맡아 주었다.

박윤정 씨는 유학 와서 독일에 정착했지만 재독 간호사들과 친밀
하게 지내고 있다. 재독한인여성합창단에 입단하여 노래를 부르고,
이번 세미나에 참석한 후 자진하여 자기네들이 사는 고장으로 우리
일행을 초대한 것이다. 훼이크베르크에는 박물관과 미술관이 많고

음악회가 잦은 문화의 도시로, 예술을 감상하면서 서로를 배려하고 의지하며 살아가는 그들의 노후가 보기 좋았다.

독일의 주(住)생활이 한국과 극히 대조적이라는 점에 관심이 간다. 국토 면적과 인구밀도에 따른 정책으로 한국보다 개인 주택의 면적이 크고, 뾰족한 다락방이 있으며, 창가에 인형이나 꽃들을 지나가는 사람들이 보고 즐거워할 수 있도록 밖을 향해 내놓는다. 독일 가정에 대한 호기심이 더해진다. 독일 가정이 가장 돈을 들이는 것은 주(住)라고 한다. 주택, 특히 인테리어―가구, 조리품, 집기류에 신경을 쓴다. 바이에른 주의 중·고교 교과서 저자이기도 한 신학자 볼프강의 취미도 가구 만드는 일로, 주방은 그가 만든 고가구와 현대식 가구로 깔끔히 단장되어 있다. 특히 동으로 만든 주방기구(프라이팬, 주전자, 냄비 등)를 벽걸이 형식으로 장식해 놓은 것은 동양적 분위기로 인상적이었다. 그림 수집에도 취미가 있어 고전적인 것과 현대적인 것을 대조, 비교, 연구한다고….

박윤정 씨의 통역으로 볼프강과 종교와 미술에 대해 많은 이야기를 나누었다. 우리와 좀더 많은 이야기를 나누고 싶지만 언어불통으로 안타까워하는 볼프강. 내년에는 한국어를 배워 더 많은 이야기를 나누자며 아쉬움을 표했다. 그는 친절하고 유연하며 많은 지식을 갖춘 멋있는 독일 신사다.

(2009. 11. 1.)

뷔르츠부르크

레지덴츠(Residenz) 궁

아침부터 가랑비가 내린다. 우산을 쓰고 박윤정씨와 볼프강의 안내를 받으며 독일의 로만가도의 하나인 뷔르츠부르크 거리를 걷는다.

중세가 끝나고 기사 계급이 몰락함과 동시에 기사 계급에서 서민 계급으로, 문화는 성(城)에서 도시로 옮겨갔지만 아직도 뷔르츠부르크의 여기저기에는 중세의 자취가 즐비하다.

먼저 들른 곳은 '레지덴츠 궁'이다. 베르사이유 궁전을 그대로 모방한 건축물이어서 '베르사이유 카피'라고도 부른다. 17세기 중세에 지은 바로크풍의 이 건물은 주교(공작, 백작)들이 정치를 하며 행정을 보던 곳인데, 지금은 박물관으로 사용하고 있고 지하실은 방대한 포도주 저장고라고 한다.

독일은 국교가 가톨릭으로, 중세에는 주교의 위세가 왕권 못지않게 강했다. 유럽은 왕권과 종교전쟁이 끊이지 않았다는 것을 이곳에서도 느낄 수 있다. 독일의 명 건축가 발타자르 노이만이 설계한 바로크풍 최고의 걸작중의 하나라고 한다. 베네치아 건축가이자 미술가인 '지오바니 바티스타 디에폴로'의 상상으로 그린 그림이 많다. 춤추는 신들과 4대륙을 상징하는 여성들을 내용으로 한 프레스코화가 화려하고 아름답다. 희랍 신화에 나오는 조각품과 황제 칼피어테 4세 부인의 벽화도 있다. 침실의 더블 침대는 나폴레옹이 부인 마리

루이세와 잠을 잔 것을
상징한 것이라고 한다.

박물관을 나와 옆에
있는 예배당으로 발걸음
을 옮겼다. 이 예배당은
로코코 양식으로 장식되
어 있으며, 왕실예배당
이어서 그 내부가 궁전
못지않게 화려하다. 해
마다 이곳에서 모차르트

음악회가 열린다. 궁전을 둘러보며 그 당시 주교들의 생활이 화려하
고 스케일이 컸다는 것을 느낄 수 있었다.

궁전 뒤쪽의 정원은 꼭 한 번 가볼만하다. 수천 평의 영국식 정원
은 사람의 손길로 정성껏 다듬어 놓은 푸른 잔디와 반쯤 접은 우산
모양의 나무들로 깔끔하고 우아하다. 이 아름다운 정원도 레지덴츠
궁전과 함께 유네스코 세계문화 유산으로 지정되었다.

정원 초입의 낙엽지는 가로수 길과 주황색으로 무리지어 도열해
있는 나무들은 늦가을의 정취에 흠뻑 빠져들게 한다. 우수와 찬란함
이 한데 어우러진 산책길에서 찍은 한 컷의 사진은 영화의 한 장면을
연상케 한다. 어깨를 감싸 안고 앞서 걷는 볼프강과 박윤정 씨의 모
습이 한 쌍의 비둘기처럼 다정하다.

(2009. 11. 2.)

221

노이무스타 성당

뷔르츠부르크에서 제일 큰 성당 '노이무스타'의 육중한 문을 밀고 들어섰다. 돔 형식의 건물로, 1,000명 정도 들어가는 예배처가 마련되어 있다. 내부의 웅장함에 압도당해 잠시 그 자리에 서 있다가 발길을 옮겼다. 내부에는 성인(聖人)들의 상(象)이 새겨진 조각품들로 채워져 있다. 이곳도 중세 건물로 독일의 조각가 '리맨슈나이다'의 조각품들이 성당의 기둥에 새겨져 눈길을 끈다.

성당 뒤에는 유명한 주교들이 묻힌 공동묘지가 있다. 성당 안의 분위기는 건물의 위세와 종교적인 분위기 때문인지 무겁고 어두워 가라앉은 느낌이다. 같은 거리에 노동자 성당도 있고, 날마다 정오에 맞춰 시계의 인형이 움직이는 성모교회도 있다. 중세 건물이 아닌 현대식 성당과 교회도 있는데, 현대식 성당 안에 주교의 돌무덤과 제단이 있는 게 특이하다. 한나절을 중세의 성당과 현대의 성당을 순례하니 마치 성벽에 둘러싸이듯 사람과 도시가 성당에 갇혀 있는 것만 같았다.

독일의 중북부에는 루터의 종교개혁으로 개신교가 많지만, 남쪽으로 갈수록 보수적인 가톨릭을 많이 믿고 있다. 특히 뷔르츠부르크는 남부 중세 도시의 영향을 받아 성당이 많다. 중세의 사람들이나 현세의 사람들이나 기도처를 찾아 마음속의 갈등과 소망, 사랑과 용서를 구하며, 인간의 의지로 해결 못할 일들을 신에 의지하여 위안을 삼는 것은 마찬가지인 것 같다.

(2009. 11. 2.)

마리엔 페스통 성당(마리엔 베르크 요새)

'마리엔 페스통' 성당은 900년 전 뷔르츠부르크 시가지가 훤히 내려다보이는 언덕 위에 세워진 요새(要塞)다. 우리가 이곳에 도착한 시각은 흐린 날의 어두워질 무렵으로, 인적 없는 성안은 우중충한 날씨처럼 스산한 분위기였다. 성벽에 둘러싸인 건물의 길이와 높이가 만만치 않다. 둥근 원형의 성당 꼭대기에는 전망대가 있어서 마인 강을 지나는 배들을 관찰할 수 있다. 망루에서 적의 동태를 살피기도 하고, 보물이나 곡물 등 값진 물건을 싣고 지나가는 배들을 마인 강과 연결된 성당의 지하통로로 유인하여 강탈했다고 하니, 그 당시 주교들의 횡포가 어느 정도였는지 짐작이 간다.

중세 가톨릭에서는 하나님과의 교류는 사제를 통해서만 할 수 있고, 고해성사를 통해 죄를 용서받을 수 있어서 사제의 권한이 절대적이었다. 14세기에 시작되어 한때 유럽 인구의 반을 없애버린 흑사병과 같은 전염병도 신의 심판이라 하여 기도에 매달렸다. 유럽 전체가 수도원으로 바뀐 이 시기를 중세 암흑기라고 한다.

교회는 부패하여 면죄부가 성행하고, 많은 사람들이 믿음의 갈등으로 정신적 공황에 놓여 갈 길을 몰라 방황하고 있었다. 고대로부터 알려져 온 지동설은 이단으로 취급받고, 과학의 발전도 중단되었다. 과학도 성경과 종교적인 율법에 의해 배척당했고, 문학도 종교적인 내용이 아니면 배척을 당했던 시기였다.

중세 암흑기에서 벗어나기 시작한 것은 13세기 마지막으로, 십자군으로 빠져나간 영주들의 자리에 왕들과 교육 받은 관료들이 들어

와 중앙집권이 강화됨과 동시에 십자군 원정에서 실패한 교황의 세력이 약화되면서부터였다.

14세기에 선출된 프랑스 출신 교황 클레멘스 5세(Clement V)가 아비뇽으로 거처를 옮겨 거의 1세기 동안 아비뇽 유수가 발생하여 교황권이 기울고, 계속하여 교회의 경제적 능력이 약화되면서 면죄부의 판매 등으로 극심한 종교의 부패로 인한 교회의 신성한 권위가 떨어진 것이다.

15세기에 이르러 독일의 구텐베르크가 발명한 금속활자로 인하여 구텐베르크 성경을 인쇄해 보급하게 되었고, 이후 많은 사람들이 성경을 읽게 되었다. 이로 인해 성경에 대한 새로운 해석과 비판이 일어난다. 이것이 당시 교회의 부패와 맞물려 15세기 초, 후스(Jan Hus)와 같은 개혁파의 목소리가 나오기 시작했고, 16세기의 종교개혁으로 이어지게 되었다. 우리나라가 세계 최초로 금속활자를 발명했지만 우리는 금속활자로 불경을 만드는 데 그쳤고, 유럽은 지식을 사회 저변으로 확대시키는 데 기여했다.

유럽의 왕과 주교들이 살던 성(城)과 박물관, 성당, 시청이나 은행 등 모든 건물들이 돌로 건축된 데 비해 동양의 건축 문화는 나무다. 독일의 궁과 성을 관광하면서 서양은 돌의 문화라는 것을 다시금 확인했다. 검은 돌로 건축된 돌의 문화에 영원성과 견고함이 담겨 있다는 것을 알 수 있었다. 독일의 건축 미술은 주로 11~12세기에 프랑스와 독일을 중심으로 발달한 '로마네스크' 양식인데 주로 교회 건축에 사용되었고, 반원 기둥의 아치나 삼랑식 이중 내전으로 중후한 인상을 풍기고 있었다.

어느새 거리에는 어둠이 내리고 여전히 실비가 오락가락한다. 고성의 언덕에서 내려다본 시가지는 중세의 건물들로 위엄을 내비치고, 고성 아래 폭이 좁은 다리 사이로 '페그니치강'이 흐르고 있다.

잠시 볼프강의 집에 와서 휴식을 취한 후 저녁 초대를 받은 박윤정 씨 집으로 갔다. 볼프강의 집에서 차로 20분정도의 거리에 있는 박윤정 씨가 홀로 사는 아담한 이층집에 들어서니, 어느 사이 '칼스루에'서 기차를 타고 뒤따라온 박명금 씨도 합세해 저녁상을 준비하고 있었다.

오늘의 저녁메뉴는 와인을 곁들인 스테이크와 나물, 두부 된장국이다. 어젯밤부터 세 끼를 꼬박 독일식으로 때운 나는 육질 좋은 스테이크와 한식 메뉴에 빠져 포식을 했다. (2009. 11. 2.)

뢴트겐 거리

오늘 오후에는 '아우구스부르크'에 사는 이점순 씨 집으로 가기로 되어 있어 전날보다 이르게 시내 관광에 나섰다.

볼프강이 방사선의 선구자 '뢴트겐' 연구실의 기념관 앞에 차를 세우고 일행에게 얼른 기념사진을 찍으라고 한다. 기념관은 자동차가 다니고 사람의 통행이 빈번한 큰길가에 있어서 오래 지체할 수가 없다(이 거리를 '뢴트겐의 거리'라고 한다).

기념관 벽에 물리학자 빌헬름 뢴트겐에 관한 간단한 비문이 새겨져 있어서 카메라 셔터를 들이대고 한 방 찰칵. 뢴트겐은 이미 1895년에 X선을 발견하여 의학계에 혁신적인 역할을 했다. 과학 분야와 산업분야에서 중요한 분석도구가 된 X선 발견의 공로로 1901년 노벨물리학상을 수상했다. 뢴트겐은 X선의 발견에 이어 저명한 전기기술자 베르너 지멘스와의 합작으로 양질의 X레이 기기를 만들어냈고, CT와 MRI를 개발하여 두 품목 모두 노벨의학상으로 이어졌다. 실험실의 연구와 응용기술의 조합으로 이뤄낸 의료산업의 쾌거였다. 우리나라도 공동연구보다 혼자만의 연구를 더 인정하는 실정에서 벗어나 이학·공학·의학이 의기투합하여 의료산업의 꽃을 피웠으면 좋겠다. 그가 방사선 연구에 골몰했던 연구실 앞에 그의 거리를 만들어 후세에까지 뢴트겐의 앞선 연구정신을 이어가도록 하는 현장을 보며 독일인의 투철한 역사의식을 피부로 느꼈다. (2009. 11. 3.)

뉘른베르크(NURNBERG)

볼프강의 자동차로 2시간여를 달려 뉘른베르크에 당도했다. 승용차를 뉘른베르크 철도역 지하주차장에 주차를 하고 우선 아우구스부르크 행 기차표 2장을 예매했다. 역사를 빠져나오니 비와 눈이 섞여 내리고 있었다. 쌀쌀한 날씨에 어깨를 움츠리며 일행은 시내 관광에 나섰다.

프랑켄 지방에 위치한 뉘른베르크의 구시가는 성벽으로 에워싸여 있다. 제2차 세계대전 때 큰 피해를 입었지만 지금은 원래의 모습으로 복원되어 중세의 모습이 짙게 남아 있어 관광객들이 많다. 히틀러가 이 도시를 좋아했다고 한다. 독일에서 크리스마스 마켓은 이곳이 가장 유명하여 장난감의 도시로도 유명하다. 볼프강은 얼마 남지 않은 크리스마스를 위해 우리를 거리에 세워두고 가게에 들어가서 트리 장식용품을 구입하였다.

뉘른베르크는 중세에 가장 큰 도시 중의 하나로 도시를 둘러싼 성벽이나 128개의 탑 자리로 그 규모를 알 수 있고, 황금시대는 작스나 화가 알프레드 뒤러 시대였다. 또한 학문과 예술이 발달한 도시로, 중세의 연가(戀歌)의 전통을 계승한 직인의 노래가 키워져 그것을 작사, 작곡, 영상화하는 직인가가 성행했던 곳이다. 세계 최초의 지구의나 회중시계도 그 당시의 뉘른베르크에서 만들어졌다. 제2차 세계대전 전범 재판이 열렸던 도시로서, 바그너의 가극 <뉘른베르크의 명가수>란 작품으로도 널리 알려졌다.

뉘른베르크의 성당 부근의 중앙 광장에는 높이 19m의 아름다운 분수가 있다. 추운 날씨 때문인지 분수는 멈춰 있었다. 사람들은 분수대를 둘러싸고 있는 쇠창살에 박힌 황금바퀴를 세 번 돌리며 소원을 빌고, 그 소원을 다른 사람에게 말하지 않으면 이루어진다 하여 나도 매달려 소원을 빌었다. 그러나 안타깝게도 황금바퀴를 한 번밖에 돌리지 못했다. 쇠창살을 밟고 곧추서도 황금바퀴에 손이 닿기가 어려웠다. 종교가 있는 내가 소원을 이루기 위해 발돋움하는 자신의 나약한 모습에 실소하며 발걸음을 옮겼다. (2009. 11. 3.)

뒤러의 집

　14세기 목판화가 '알프레히트 뒤러(Albrechlt Durer 1471-1528)의 집'으로 향했다. 그의 집은 '카이저부르크 성'에서 도보로 10여 분 거리 언덕에 위치해 있으며, 흰색 벽의 아름다운 목조주택이다. 그는 금 세공인의 아들로 태어나 그 자신도 직인의 길을 갔지만 그림에 대한 열정을 버리지 못하고 화가로 변신하여 독일이 낳은 최대의 화가 중 한 사람이 된다. 그는 당시 시민들의 생활상을 주로 그렸으며, 그의 작품은 독일 지폐의 모델이 되기도 했다. 그는 잠시 '베네치아'에 유학 다녀온 것 이외에는 죽을 때까지 뉘른베르크를 벗어나지 않았다. 그의 집에는 그의 그림 복제품, 천연색소 등과 함께 주방과 거실, 제자들과 함께 그림을 그리던 작업실을 당시 그대로 재현해 놓아 르네상스 시대의 생활상을 엿볼 수 있었다.

　뒤러는 19세에서 57세까지 38년간 이 집에서 작품 활동을 했다. 그는 짧은 생애를 살다갔지만 시민문화의 황금시대를 이루었다. 지금은 박물관이 되어 작가의 숨결을 느끼기 위해 많은 사람들의 발길이 끊이지 않고 있으니, '인생은 짧고 예술은 길다'는 말을 떠올리게 한다. 　(2009. 11. 3.)

마음으로 느낀 맛의 진미

뒤러의 집에서 나와 점심은 간단한 독일식으로 했다. 박윤정 씨가 빵을 곁들인 손가락만한 구운 소시지와, 양배추 채 썬 것을 소금에 절여서 발효시킨 '자우워크라우트'를 맛보라며 주문했다. 소시지는 독일이 제일이고, 뉘른베르크의 소시지 맛이 일품이라니 한 번 맛봐야겠다. 구운 소시지에서 약간의 향료 냄새가 나고, 양배추 발효시킨 것도 찝찔한 맛이다. 향료 내음이 역겨워 음료로 콜라를 시켜 마시고, 옆 사람이 시킨 독일 흑맥주를 한 모금 맛보았다. 시원한 맥주가 목젖을 타고 흐른다. 여행지에서는 그 나라의 음식문화에 적응하는 것이 기본수칙이지만 오늘의 점심 메뉴는 적응이 잘 안 된다. 그래도 음식의 절반 이상을 비워 주문해준 사람의 마음은 흡족했을 것 같다.

볼프강 집에서 지낸 2박 3일 간, 그가 베풀어 준 마음 씀씀이를 잊을 수 없다. 아침마다 볼프강이 마련해 준 독일식 식단은 그의 정성이 잔뜩 들어 있었다. 바구니 가득한 여러 종류의 빵과 소시지, 버터와 꿀과 잼, 삶은 계란, 후식으로 나오는 부드러운 차와 과일 등. 독일에 와서 처음으로 마주하는 새로운 식단에 흥미를 갖고 혀가 아닌 마음으로 맛의 진미를 느꼈다.

1895년, 조선에 온 27세 선교사 유진 벨이 미국의 어머니에게 보낸 편지글이 생각난다.

'밥은 맛이 없습니다. 그러나 한국 음식을 먹기로 했습니다. 친구가 되려면 그러지 않을 수 없습니다.'

유진 벨이 지금의 내 심정과 같았나보다. 나도 그와 같은 마음으로 딱딱하고 질긴 독일 빵 브로젠(Broetchen)을 자근자근 씹어 먹었다. 박윤정 씨와 볼프강의 친구가 되려면 그러지 않을 수 없다. 그런 중에도 아침 일찍, 집 주인이 오기 전에 얼른 컵라면을 먹던 일은 재미있는 추억의 한 토막이다.

(2009. 11. 3.)

작별을 아쉬워하며

볼프강의 안내를 받으며 보낸 2박 3일간의 뷔르츠부르크와 뉘른베르크 관광을 끝내고, 아우구스부르크 행 기차를 타기 위해 기차역으로 갔다. 기차역에서 처음으로 공중화장실을 갔는데 1인당 0.5유로(한화로 1,250원정도)를 받았다. 유럽에서는 화장실이 유료라는 것을 알았고, 비교적 화장실 출입이 잦은 나는 걱정이 된다. 우리나라의 공동화장실은 어디든 무료이고, 유료인 독일 화장실보다 훨씬 더 깨끗하다는 것에 자부심이 든다. 화장실을 지키고 있는 독일 아줌마에게 두 사람 값으로 세 사람이 들어가자고 깎아 보다가 거절당했다. 독일 사람들이 잘사는 이유는 근검, 절약, 인내라는데 거기에 원리원칙을 추가해야겠다. 화장실 사용료도 원리원칙대로 다 받는 독일 뚱보 아줌마. 그렇지만 화장실 바닥에 휴지가 흐트러져 있지 않아 청결하다는 인상을 받았다.

이제 이곳에서 일정이 다른 J선생과는 헤어져야 한다. 말이 통하지 않는 이국 땅에서 이제부터는 독일어를 전혀 모르는 두 여자만

달랑 남아서 낯선 곳을 찾아가야 한다는 불안감도 있고, 그동안 정든 사람들과 헤어져야 한다는 것도 아쉬웠다.

나와 이선우 수필가는 열차에 올라 자리를 잡고 창 밖을 내다본다. 창 밖에서는 이별을 아쉬워하는 박윤정 씨가 애교어린 몸짓을 쉬지 않고 보내온다. 작별의 키스를 손바닥에 얹어 불어 보내주고, 방방 뛰며 두 손을 흔들기도 한다. 근엄하게만 보이던 박윤정 씨 어디에서 그런 애교의 샘물이 솟아나는지, 사랑을 하면 엔도르핀이 돌아 명랑해지는가 보다. 여자는 만나는 남자에 따라 얼굴 표정이 달라진다. 박윤정 씨를 행복하게 해주는 이국 남자 볼프강에게 한없는 감사를 보냈다.

인자한 볼프강도, 말수 적은 J선생도 진정 서운한 표정으로 손을 들어 작별인사를 나누었다. 만남 뒤에는 이별이라는 유행가 가사처럼, 그들을 뒤로 하고 기차는 플랫폼을 빠져나왔다.　　　(2009. 11. 3.)

아우구스부르크(AUGSBURG)

아우구스부르크는 기원전 15년에 로마황제인 아우구스투스 일족에 의하여 세워진 도시다. 고대 로마제국의 아우구스투스 황제 이름을 본 따 도시 이름으로 붙였고, 고대부터 교통의 요충지였다. 로마제국(이탈리아)에서 독일로 통하는 도로를 낭만가도라고 하는데, 이곳은 로맨틱 가도의 도시 중 가장 큰 도시다. 13세기에는 제국자유도시로 승격되었고, 15세기 이후는 대부호 '푸거' 등의 대두로 르네상스 문화의 중심지가 되었다. 당시 푸거가는 막강한 금융의 힘으로 황제보다 우위에 있었고, 지금도 푸거 도시궁전(Fugger Stadtpalast) 등이 당시의 영광을 보여주고 있다.

이 도시는 루터의 종교개혁의 무대가 되었던 곳으로, 거리의 남쪽 끝에는 종교 화의의 상징인 성 울리히&아프라 교회(St. Ulrich & Afra)가 있다. 이곳은 신, 구 양교가 공존하는 진기한 교회다. 아우구스부르크는 지금은 바이에른 주 제3의 도시로 번영하고 있다.

아우구스부르크 역에 도착하니 작달막한 키에 야무지게 생긴 동양 여인 이점순(58세) 씨가 우리를 기다리고 있다. 그도 간호사로 독일에 와 재독 가정을 이루고, 슬하에 딸 한 명을 두고 있다. 그녀는 이번 세미나에 참석은 못했지만 고국에서 온 우리를 동포애로 자기 집에 초대해 준 것이다.

우리는 기차역에서 승용차를 타고 12km 떨어진 이점순 씨 집 케너스브룬(Koenigsbrunn)으로 향했다. 집에는 마침 독일인 남편이 있어 함께 저녁식사를 한식으로 했는데, 한국 사람보다도 더 맛있게 식기를 비운다. 한국인 부인에게 자기를 맞추려고 애쓰는 모습이 고맙고 든든하다. 지금은 이점순 씨보다 한국 음식을 더 좋아한다고 했다. 왠지 낯설지 않은 검은 눈썹의 이 남자는 볼프강과 또 다른 느낌이 든다. 아마 이제는 독일에도 순수 게르만족은 드물지 않을까 싶다.

이점순 씨 집은 여느 한국인 집과 다름이 없다. 한국에서 들여온 고가구로 거실을 장식했고, 서예도 한 점 걸려 있다. 이곳저곳 꽃과 작은 장식품으로 집안을 오밀조밀하게 꾸며 놨다. 독일에 온 한국여

성들 누구나 그렇겠지만, 이점순 씨는 남편은 바깥일에만 신경 쓰게
하고 은행부터 각종 관공서 일까지 집안일은 도맡아 한다. 시부모
공경도 한국식으로 순종하고 친절하게 섬기니 독일인 시부모들도 이
점순 씨를 많이 사랑할 수밖에 없겠다. 김치 냉장고는 세일할 때 샀
다고 한다. 한눈에 봐도 야무지고 상냥하고 알뜰한 한국여인이 독일
에 와서 더 차지게 다져진 것 같다. 마치 친정 동생이 남편의 사랑을
듬뿍 받는 것 같아 안심 되고 고마웠다.

(2009. 11. 3.)

뮌헨을 향해서

　뮌헨 관광의 날이다. 아침 식사 후, 뮌헨 지리를 잘 알고 있는 백재
숙(54세) 집에 가서 그녀를 태우고 카우휠링 역으로 갔다. 백재숙 씨
는 이점순 씨 집에서 차로 15분 거리에 살고 있다. 백재숙 씨는 독일
인과 결혼하여 7남매(5남 2녀)를 두었다. 타국에 와서 그렇게 아이를
많이 낳았으니 얼마나 힘들었을까, 연민이 들었지만 시간이 지날수
록 그건 기우에 불과하다는 것을 느끼게 된다.
　이점순 씨의 승용차를 기차역 주차장에 세워놓고 뮌헨으로 가는
기차표를 끊었다. 오늘 하루 종일 뮌헨 어디든 다닐 수 있는 차표라
고 한다. 옆에 든든한 보호자가 있으니 하차 역을 걱정하지 않아도
되기에 마음 편히 창밖에 시선을 보냈다. 카우휠링은 작은 산업도시
로, 기차가 지나가는 들판에는 보리, 메밀, 감자, 양배추, 사탕무,

233

옥수수, 유채 밭들이 번갈아 보이는데 모두 기계 농사라고 한다. 귀농현상으로 젊은이들이 오고 있다니 다행이다. 독일이 통일되었을 때 동독 사람들에게 비타민이 풍부한 바나나를 많이 먹였다며, 웃음을 잃은 사람이 바나나를 먹으면 정신적으로 안정감을 얻어 웃음을 되찾을 수 있으니 바나나는 수험생에게도 좋다는 이야기로부터 시작하여 서독으로 넘어온 동독인을 먹여 살리려니 세금을 많이 내야하고 물가도 올랐다는 고충과 이 고장에는 나치에 희생된 사람도 많고, 히틀러가 들어간 감옥도 있다고 일러준다.

어느 사이 기차는 뮌헨에 도착했다.

뮌헨은 '예술과 맥주의 도시'다. 10월에는 독일에서 가장 큰 '옥토버페스트(Oktoberfest)' 맥주 축제가 열리고, 해마다 수백만 명이 세계에서 몰려와 뮌헨의 명성을 높여준다. 이 맥주 축제는 브라질의 '리우 삼바축제', 일본의 '삿보로 눈 축제'와 함께 세계 3대 축제로 꼽힌다. 독일인이 축제에 모여 맥주를 마시고 떠들썩할 때는 게르만계라기보다는 정열적인 라틴계가 아닌가 착각할 정도라고 한다. 뮌헨에 와서 맥주를 마셔보지 않고는 뮌헨을 다녀왔다는 말을 하지 말라는데, 유감스럽게도 한가롭게 앉아 맥주를 마셔보지 못했다.

독일인은 우리나라의 10배 이상의 맥주를 마시며, 부녀자와 어린이도 맥주를 즐겨 마신다. 독일인은 아침부터 맥주를 마시는데, '명랑하고 절도 있게'라는 원칙이 있다. 독일에는 '맥주는 빵, 그것은 식품'이라는 속설이 있는데, 이는 무엇이든 과학적으로 생각하는 독일인의 성격을 나타내는 말이다.

뮌헨에는 도이치 박물관을 비롯한 수많은 박물관과 미술관, 극장, 음악회가 자주 열리는 님펜부르크 성 등이 있어 독일에서 제일가는 문화도시로 꼽히고 있다. 뮌헨에만 30개의 박물관이 있다. 베를린, 함부르크 다음으로 큰 도시로서 또한 남쪽 바이에른 주의 수도로서 뮌헨은 남부 독일의 문화와 교통 및 상공업의 중심지다.

(2009. 11. 4.)

님펜부르크 성

뮌헨에 와서 첫 번째 방문한 '님펜부르크 성(Schloss Nymphenburg)'은 바이에른 국왕의 여름철 궁전으로 바로크 풍으로 지어졌다. 입구에 있는 천장화의 모티브인 님프(요정)에서 성의 이름을 땄다. 지금은 박물관으로 사용하고 있으며, 여름철에는 화려한 로코코풍의 홀에서 음악회가 열린다.

성 밖에는 드넓은 프랑스풍 정원이 펼쳐져 있고 앞에는 호수가 있다. 정원에는 운하를 중심으로 사냥용 별채였던 아말리엔부르크, 차 마실 때 이용한 바덴부르크, 명상의 기도실 마구달레넨크라우저, 동

235

양적인 정서가 물씬 풍기는 파고덴부르크가 있다.

성 앞 호수에는 날씨가 싸늘하지만 물오리들이 노닐고, 겨울에는 시민들을 위해 스케이트장으로 개방한다. 성내에는 미인화갤러리와 도자기박물관, 마차박물관이 유명하다.

먼저 미인화 갤러리를 관람하기로 한다. 본관 왼쪽의 미인화 갤러리는 루트비히 1세가 궁정화가에게 명하여 그린 뮌헨에서 최고의 미인 30명의 초상화로 장식되어 있는데, 미녀 롤라의 그림으로 유명하다. 성내에는 21개의 바로크 양식의 방이 있는데, 또 다른 전시실에는 그 시대의 왕과 왕족들의 초상화가 있고 특히 왕비나 공주들의 초상화가 많다. 한 방 가득히 전시되어 있는 왕족들의 당당한 풍채와 화려한 색조의 인물화에서 중세 왕조의 위용을 한눈에 느낄 수 있었다.

미인화 갤러리에서 우리 말소리가 들렸다. 돌아보니 한국인 중년 남자 서너 명이 관람하고 있었다. 서로 반가워 인사를 나누었는데 대구의 공무원들이었다.

로마 신화 속의 비너스와 마르스의 로맨스 벽화가 눈에 띈다. 발길을 돌리면 중세 궁중의 생활상을 볼 수 있는데, 그림의 특징은 푸른색과 빨간색을 많이 썼다. 황제의 방도 벽이나 커튼이 푸른색으로, 왕족들의 피도 푸르다고 생각했다는 설이 있다.

미인화 갤러리를 나와 도자기 박물관으로 갔다. 도자기로 왕비와 공주, 귀족들의 상을 만들고, 왕실에서 썼던 식기류와 장식품, 왕관과 여러 가지 새들의 모양 등 다양한 종류의 도자기들로 그 당시의 화려한 궁중 생활상과 귀족사회의 이모저모를 보여주고 있다. 우아하고 정교한 모양과 색채는 그 당시의 발전된 도자기 문화를 말해주고 있다. 그러나 자기(磁器)는 서양보다 동양이 먼저 세상에 선보였다.

중세의 서양사람들은 도자기에 관심이 많았다. 그들에게 동양의 자기는 보물이었다. 아우구스토우스 2세는 호기심 많은 걸물이었는데, 동양의 얇고 반투명한 흰 자기(磁器)의 제조 기법은 그에게는 오랫동안 수수께끼였다. 그는 이런 동양자기를 만들어내는 것에 골몰했다. 아우구스토우스 왕은 1701년 연금술사 요한 프리드리히 베치아와 몇몇 과학자들에게 엄명하여 그 비호 아래 비밀 작업장에서 가마를 쌓는 법에서부터 원료의 배합에 이르기까지 고난도의 연구를 계속하게 했다. 높은 열을 견디며 실패와 고난의 연구를 거듭한 끝에 1709년, 드디어 갇혀 지낸 지 8년 만에 도자기 연구에 성공한다. 왕의 기쁨은 하늘을 찌를 듯했고, 다음해인 1710년에 서양 최초의 도자기 제법 발명을 세상에 공포한다. 국왕은 알프레히츠부르크의 황폐한 고성 내 마이센 마을에 가마를 축조하여 도자기 제작소를 설치했다. 이 마을에서 제작된 자기가 서양 자기의 시작이다.

하지만 아우구스토우스 왕의 많은 유산 중에 가장 화제가 되고 있는 것은 동양의 자기다. 16세기부터 중국에서 네덜란드 상선을 통해 수입된 하얗고 반투명한 도자기는 금보다 더 비싸게 팔리면서 사치스런 귀족들의 과시 수단이 되었고, 동양자기에 뜨거운 차를 담아 우아하게 마셨다고 한다. 지금도 서양 사람들은 자기를 선호하는 경향이 있어, 박물관에 전시된 작품의 번호와 똑같은 자기를 주문하여 사들인다고 한다.

도자기 박물관을 나와 곁에 있는 마차박물관으로 이동했다. 이곳에는 중세 왕이나 왕실에서 사용했던 마차와 말의 안장, 기사들이 말을 탈 때 입었던 가죽 제복들이 전시되고 있었다. 왕이나 왕족들이 탔던 마차는 그 용도에 따라 모양과 색상이 다르기는 했으나, 모두가 철제에 도금을 하거나 무늬를 넣어 조각한 예술품 같았다. 사냥할 때와 외출할 때, 장례마차 등 각기 다른 용도에 따른 특색의 문양과 색조의 화려함이 극치를 이루었고, 왕비나 공주들이 탔던 가마는 한국의 사대부집 마님들이 타고 다녔던 것과 모양이 흡사해 친근감이 들었다. 그 당시에는 말의 꼬리를 잘랐다는데, 그것은 말이 꼬리를 휘두를 때 지저분한 것들이 튀지 않도록 하기 위해서였다고 한다.

(2009. 11. 4.)

알테 피나코테크 미술관(Alte Pinacothek)

고전파 그림이 전시되고 있는 '알테 피나코테크 미술관'에 갔다. 이 미술관은 14세기부터 18세기 유럽의 고전회화 중에서 16세기 이래, 대공이나 왕가가 정력적으로 모은 회화와 명령해 의해 창작된 명작 7천 점을 소장하고 있는 독일 최고의 미술관이다. 그중에서 가장 귀한 것은 독일 르네상스 최대의 화가 '뒤러'의 작품들이다. '르크레치아의 자살', 그의 28세 때의 '자화상', '네 명의 사도' 등이 있는데 4명의 사도는 루터를 지지한 뒤러가 프로테스탄트의 정진을 그린 것으로 걸작 중의 하나이다.

루드비히 1세의 명으로 1826~1836년까지 10년에 걸쳐 완공한 르네상스풍의 이 박물관은 건축가 '레오 푼 그레째'가 설계했다. 파리의 루브르박물관, 런던의 국립미술관, 마드리드의 프라도미술관 등과 함께 세계 7대 미술관 안에 드는 규모를 가지고 있다.

이곳에 있는 그림을 모두 감상하려면 하루가 걸린다는데, 마감 시간이 임박해 입장한 우리의 발걸음은 지체할 시간이 없다. 관람객 중에는 미술에 관심을 가진 한 무리의 노신사들이 해설가의 설명을 열심히 경청하며 그림을 감상하고 있었는데, 유럽에는 노년에 그룹으로 테마 여행을 하는 사람들이 많다.

우리가 방문한 날은 스웨덴 화가 피터폴 루벤스(PETER PAUL RUBENS 1577~1640)의 특별전이 열리고 있었다. 루벤스는 바로크 미술의 거장으로 종교화, 초상화, 동판화 등 다양한 양식과 주제의 그림을 섬세하고 화려하게 그리는 특징이 있다. 빛처럼 타오르는 색

채와 약동하는 인체 근육이 웅대한 구도를 이루어 생생한 생명력을 느끼게 한다.

그는 23세 때 이탈리아로 건너가 고대미술과 르네상스 거장들의 작품을 연구하고, 당시 이탈리아의 바로크 화가인 카라바조와 카라치의 영향을 받으며 실력을 쌓아갔다. 루벤스는 유럽 각국을 다스리는 왕들에게도 신임을 얻어 외교관으로 활동했으며, 그에게 왕들이 그림을 주문했다. 루벤스는 표절작가로도 널리 알려져 있는데, 전시 작품 중에는 이태리 화가 '티치안'의 그림을 카피한 것과 나란히 전시되고 있었다. 티치안이 죽으면서 루벤스가 태어났고, 이후 두 사람의 그림은 쌍벽을 이루었다.

루벤스와 티치안의 인물화와 성서 이야기를 카피한 그림으로 비교 전시되고 있는데, 루벤스 작품뿐 아니라 전시된 대부분의 작품은 창세기에서부터 신, 구약의 성경에 있는 내용들이다. 프랑스, 이태리, 독일, 스페인, 네덜란드 등의 화가들 작품으로, 성모의 무릎에 앉은 예수님을 그린 레오날드 다빈치(1452~1519)의 그림과 네덜란드 화가 렘브란트(1606~1660)의 작품도 눈에 띈다. 아브라함이 100세에 낳은 아들 이삭을 헌제하니, 천사가 내려와 아브라함에게 양 한 마리를 주는 장면이 사실적으로 그려졌다. 이브가 뱀의 유혹을 뿌리치지 못하고 선악과 열매를 따 먹는 인간 원죄의 장면과 아기 예수의 탄생과 십자가에 매달린 모습, 부활에 이르기까지 성경 속의 기록을 생생한 그림으로 증언한 화가들의 뜨거운 예술혼과 성령이 박물관 안에 가득 배어 있는 것 같았다.

중세 5~15세기까지가 가톨릭의 교세가 가장 강력했던 시기로 모든 예술과 문화가 가톨릭화 되었다. 종교적 영향력이 강해 왕권을 유지하기 위해서는 가톨릭교회로부터 인정을 받아야 했기 때문에 성서 속의 이야기는 그 시대의 문화적 중심을 이룰 수밖에 없었다. 전시된 그림의 소재는 성당의 제단을 장식하는 성화들과 성경의 내용들이 주를 이루었다. 중세 유명화가의 원작을 만난다는 설레임과 성령 속에서 보낸 값진 시간이었다. (2009. 11. 4.)

노이슈반슈타인 성(백조의 성)

이점순 씨 집에서 2박 후, 승용차로 바이에른 주 알고이 지방의 퓌센에 있는 노이슈반슈타인 성(1869~1886년 축성)을 향해 간다. 백조의 성이라고도 불리는 이 성은 루드비히 2세가 세웠으며, 그는 바그너의 오페라 <백조의 기사, 로엔그린>과 <탄호이저>에 심취하여 그 무대였던 중세 기사의 성을 현실로 재현하였다.

옛 도시 란스벨르크의 로만틱 가도를 달리는 기분이 상쾌하다. 로만틱 가도는 오랜 기간 자연과 문화, 역사가 어우러져 생긴 도로로, 이탈리아와 로마를 연결한다는 '로마로 가는 길'이라는 뜻이다. 로덴부르크(Rothenburg)와 딩겔스벨(Dinkelsbodu)을 지나서 바이에른 알프스 퓌센(Fussen)까지 장장 360km에 이르는 길이다. 넓은 초원에 소나 말들이 풀을 뜯는 목가적인 풍경이 스쳐 지나고, 언덕 위의 예쁜 집들이 그림처럼 아름답다. 정면으로 보이는 먼 곳의 눈 덮인 알프스 산맥이 안개 속을 빠져나오듯 선명히 그 형체를 드러내며 다가오고 있고, 고른 형체로 쭉쭉 뻗어나간 나무들의 행렬은 마치 이 지방의 내방을 환영이라도 하듯 의장대의 사열처럼 도열해 우리를 맞는다. 어찌 이 길을 로맨틱하다 하지 않을 수 있으랴. 얼마나 많은 사람들이 이 길을 지나며 말로 표현할 수 없는 마음속의 동요를 느낌표로 응대했겠는가.

백조의 성으로 들어가는 초입의 넓은 들판에는 하얀 벽면에 빨간 지붕의 작은 교회가 지나가는 사람의 발걸음을 붙잡는다. 그냥 지나치기에는 아쉬워 차에서 내려 카메라에 한 컷 담는다. 다시 차에 올라 백조의 성을 향해 달리니, 잠시 후 왼쪽 산 속에서 어린 시절 동화의 나라에서 본 듯한 하얀 성이 튀어 나온다. 마치 마법에 걸린 공주처럼 백조의 성을 동경하며 산자락에 이른다.

성은 가파른 바위 위에 있다. 주변 경치를 보며 걸어서 올라가자던 이점순 씨와 이선우 수필가도 힘들어하는 나를 생각해서인지 마차에 올라탄다. 마차를 타는 오른쪽 언덕에는 루드비히 2세의 아버지 막

굽어보고 있다. 루드비히 2세는 어린 시절을 이 성안에서 자랐다. 노이슈반슈타인 성을 향해 올라가는 길 양편에는 황갈색으로 물든 쭉쭉 뻗어있는 삼나무 사이로 참나무와 도토리나무, 상수리나무가 울창한 숲을 이루고, 숲속에 난 길로 관광객을 태운 마차가 오가며 서로의 모습을 카메라에 담기도 한다. 가을의 끝자락에 한가롭게 숲속을 마차로 오르는 시간은 약 20분 정도. 일인당 6유로(한화 12,000원)라는 적지 않은 요금이지만, 추운 날 마차를 끄는 두 마리의 말과 마부가 안쓰럽다는 생각이 들기도 한다.

백조의 성 가까이 와 마차에서 내려 성을 향해 걷는다. 성 밖의 이곳저곳을 살피며 무엇에 홀린 듯 수없이 카메라 셔터를 누른다. 성이 좁은 언덕 위에 세워져 있어서 넓은 공간은 없고, 연회색 화강암 벽면에 창문만 가득한 성이 눈앞에 바짝 다가와 잠시 멀리서 보던

243

환상적 느낌이 줄어든다. 왼쪽으로 돌아 성 앞에 다달아서야 그림에서 보았던 동화 같은 성의 정면이 나온다.

성 안을 관람하려는 행렬이 만만치 않다. 이들은 이미 성 입구에서 입장권을 사가지고 올라와 번호표로 바꾸려는 행렬이라고 한다. 입장권은 시간에 맞춰 사야 하며 언어권 별로 줄을 섰다가 단체로 들어가야 한다니, 다시 내려가 입장권을 구입하기도 힘들겠기에 성 안에 마음만 보내고 만다.

저 성 안의 왕자 방에는 무게 900kg의 샹들리에가 눈부시게 빛나고 있겠지. 조각가 14명이 4년 6개월에 걸쳐 떡갈나무 조각으로 장식한 침실도 있다는데…. 바르트부르크 성을 본떠서 중세 기사 전설 '탄호이저'의 모티프에 나오는 미네장(연가) 경연의 무대를 재현해 놓은 가인의 방은 볼만하다는데…. 금색 모자이크로 장식된 비잔틴 양식의 옥좌의 방은 얼마나 화려할까?

바르트부르크 성의 연회홀을 본떠서 만든 '가창홀'과 '옥좌의 방'은 바그너의 오페라 소재가 된 파르지팔 벽화로 장식된 호화로운 방이다. 그러나 이 화려한 방은 루트비히 왕이 살아 있는 동안 한 번도 사용하지 못했고, 미완성으로 남아 있어 중요한 옥좌도 없다.

나는 마법에서 풀려난 초라한 공주가 되어 백조의 성 안을 그리워했다. 성 밖을 맴돌다 다다른 곳은 '마이엔브릭(Marienbrueke)'이다. 나무로 잇대어 놓은 다리 위에는 관광객들의 물결로 다리가 흔들리고, 다리 아래로는 수천 길 낭떠러지를 향해 쏟아져 내려가는 폭포의 물줄기 소리가 위협적이다. 이곳에서 백조의 성이 온전히 보이므로 관광객들의 사진 촬영지이기도 하다. 다리 중간쯤에서 협곡을 내려다

보니 온몸이 오싹하여 사진 한 장 찍고 재빨리 오던 길로 되돌아왔다.

백조의 성 옆면이 보이는 언덕에서 알프스 산맥을 바라보면 만년설이 녹은 물이 그 지류를 타고 내려와 이뤄놓은 '알프호수'가 시원하게 펼쳐져 있다. 사방이 수려한 경관으로 둘러싸여 있는 백조의 성은 그 전설만큼이나 환상적이다.

내려갈 때는 세 사람 모두 아무 말 없이 성 뒤편의 페라트 협곡을 따라 길의 방향을 잡았다. 협곡을 따라 내려오는 길은 통나무계단으로 경사면을 이어주었고, 마리엔 다리 밑에서 절벽을 타고 쏟아져 내려오는 물줄기로부터 안전하도록 철제 빔으로 보호 장치를 해놓았다. 오랜 세월을 풍파에 시달린 계곡답게 쓰러져 있는 나무둥치 더미 위에는 검푸른 이끼가 더께를 이루었고, 나무들은 하늘을 향해 두 팔을 벌려 온몸으로 경배하고 있다.

유럽 전쟁이 끊이지 않던 시기에 전쟁을 피해 개인 사비로 백조의 성을 지어 주민들에게 일자리를 만들어 준 루드비히 2세. 평민들은 그를 '우리의 왕'이라 부르며 따랐다고 한다. 그러나 정치에 무관심한 틈을 타 모반이 일어났고 미치광이로 취급받아 1886년, 원인 불명으로 연못에 빠져 죽었다. 당시 최고의 건축기술로 17년간 축성한 호화판 궁전에서 6개월 정도 거주하고 불귀의 객이 된 루드비히 2세는 한낮의 꿈과 같은 생을 마쳤다.

사람들은 페라트 협곡의 절경을 아는지 모르는지 우리를 뒤따르는 사람은 없고, 독일인 부부가 아이들과 함께 개 두 마리를 끌고 거슬러 올라간다. 개들은 철재 다리 밑으로 흐르는 물살에 겁을 먹고 주춤거리다가 주인을 따라 힘든 산행을 한다. 정치보다는 알프스 산자락에 있는 성에 묻혀 절대왕조를 꿈꾸고 환상속의 세상을 추구하며 백조의 성을 건축한 루드비히 2세에게 "차~암 좋다!"는 찬사를 봉정하고 협곡을 내려왔다. 어쨌거나 환상 속 세계는 아름다운 것이기에….

(2009. 11. 5.)

란스베르크(Landsberg)

백재숙 씨(54세) 남편이 음악학교 교사로 있는 '란스베르크'라는 작은 도시에 왔다. 물의 도시라고나 할까. 시내로 들어가는 초입에 레시강 줄기에서 흘러내려오는 계단식 폭포가 있고, 그 강폭이 십여 미터쯤 되는 것 같다. 흘러내리는 물소리도 웅장하다. 도심에 이런 웅장한 폭포가 있다는 것에 찬탄하며 시선은 폭포에 꽂혀 움직일 줄 몰랐다.

강물이 흘러 도심 건물의 아래층 벽면을 타고 흘러간다. 마치 물위에 건물을 짓고 그 흐름을 즐기는 것 같다. 작은 '베네치아'라고나

할까. 강 주변에는 카페들이 있고, 여름에는 강변의 노천카페에서 맥주를 마시며 담소하는 사람들로 북적인다고 한다. 우리도 그중의 한곳에 들러 로이부시티(Rotbusch) 아프리카 차를 마셨다.

강변의 유럽풍 건물들이 저녁노을을 받아 이 도시를 더욱 아름답게 빛내주고 있다. "차~암 예쁘다!"는 찬사가 절로 나온다.

내가 아끼는 순모 숄이 흘러내리는 것도 모르고 이 낭만의 강변을 거닐었다. 소매치기를 만날까 봐 긴장하면서도 내 것 잃어버리는 것을 모르다니…. 마치 분신을 떼어놓고 오는 것 같아 서운했지만 누군가 아시아의 순모 숄로 유럽의 씨늘한 겨울을 따뜻하게 지내기를 바란다.

저녁은 백재숙 씨 집에서 먹기로 했다. 시내의 상점을 둘러보고 있는데 백재숙 씨에게서 전화가 왔다. 그녀의 집에 도착한 시간은 오후 7시경, 그곳에는 자동차로 한두 시간 거리의 근방에 사는 교민들이 모여 우리를 기다리고 있었다. 모인 인원은 7명으로, 간호사로

왔거나 현재 간호사로 일하고 있는 비교적 젊은 층의 여인들이다. 그들은 모두 재독 가정을 이루고 있다. 그들은 같은 성당에 다니며 한 달에 한두 번 모여 합창 연습을 한다는데, 한 집에서 농사를 지은 시금치와 근대를 커다란 비닐봉투에 담아 와 서로 나눠 먹는 모습이 정겨웠다.

저녁은 비빔밥을 뷔페식으로 푸짐히 장만했다. 백재숙 씨는 독일인 남편과의 사이에서 5남 2녀를 두었고, 남편과 두 딸이 우리들과 어울려 비빔밥을 맛있게 먹었다. 큰딸은 22살의 멋쟁이 대학생이고, 아빠는 7세의 막내딸을 '우리 집 재롱둥이'라고 장난스러운 표정으로 소개한다.

저녁식사 후, 식탁에 둘러앉아 대담식으로 수필 강의를 했다. 이들은 '칼스루에'의 세미나에 참석은 못했지만 우리가 백재숙 씨 집에 온다는 소식에 갑자기 모인 것이다. 예상치 못했던 이들과의 만남도 감격스러웠다. 이국에서 만나는 동포애는 가슴을 저리게 한다. 나와 동성동본인 한정순씨는 언니를 만난 듯 반갑다며 기쁨을 감추지 못했다. 그중에는 한인 소식지에 이따금 글을 싣는 사람도 있고, 글을 쓰고 싶은 열의는 있지만 엄두를 못내는 사람도 있다. 소설과 시와 수필의 다른 점과 수필 문장의 기본적인 요소를 메모하며 관심을 보였고, 내년 세미나에 꼭 참석하겠다며 오늘의 만남을 기뻐했다.

밤늦게 다시 이점순 씨 집으로 돌아와 세 번째 밤을 보냈다. 여행 중 제대로 잠을 이룰 수 없어서 뒤척이는 날이 많았다. 이 날도 잠이 달아나 머리 위의 뾰족지붕에 달린 창문으로 들어오는 둥근 보름달을 바라보며 가족들 생각을 한다. 이렇게 편안히 누워 한적하게 정면으로 달을 바라보기는 처음인 것 같다. 달빛이 너무 눈부시고 고요해 어느 산중에 와 있는 느낌이다. 한국에서도 수없이 달을 보았건만, 이곳에서 바라보는 달은 수억 광년을 지나 둘만이 만난 전생의 인연처럼 그 느낌이 오관을 파고들어 알 수 없는 외로움과 그리움에 빠져들게 한다. 잠은 영 달아나 정신은 맑아지고 이대로 날을 밝힐 것만 같다. 달과 벗하며 밤을 지새우고 싶지만 내일의 일정을 위해 준비해 간 수면제 한 알을 입에 넣는다. (2009. 11. 5.)

훗가 마을

아우구스부르크에서 전설처럼 전해져 내려오는 '훗가의 집'을 방문했다. 훗가는 무역업을 하여 벌어들인 막강한 금융의 힘으로 황제보다 우위에 있던 인물로 르네상스 시대의 주역이기도 했다. 1500년에 훗가 마을을 세웠는데 처음에는 직원들에게 아파트를 지어 숙소로 제공했지만, 차츰 아우구스부르크의 가난한 가톨릭 신자들에게 집을 제공한다. 수세기에 거쳐 자손들에 의해 그의 선한 뜻이 전해 내려오고, 지금도 일 년에 한화 2천 원 정도의 세를 받고 집을 빌려주는 대신 하루에 두 번 주기도문과 성모송을 부르게 한다.

훗가의 집은 16세기에 지은 근대에 가까운 건물 형식이다. 흙갈색의 벽에 삼각형 지붕의 아담한 2층 아파트로 여러 개 동이 있다. 제2차 세계대전 때 80%가 망가져 1945~1955년까지 보수하여, 훗가의 후손들이 그의 정신을 이어받아 운영하고 있다. 훗가 마을의 어느 집 창가에는 작은 인형을 지나가는 행인들이 볼 수 있도록 밖을 향해 놓아두었는데, 가난 속에서도 남을 즐겁게 해주는 따뜻한 마음을 느낄 수 있었다. 마을사람들이 작은 예배처에서 성가를 부르며 축도하는 모습도 평화로워 보인다. 한 사람의 배려와 사랑의 나눔 정신이 자자손손 전해져 내려오는 훗가 마을은 그 어느 누구도 침해할 수 없는 성스러움이 배어 있었다. 사랑은 나눌수록 풍성해진다는 말이 실감나는 곳이다.

독일에 와서 여러 곳의 황실과 고성, 박물관과 미술관을 돌아보며 중세 문화의 역사를 감상했다. 호화로움과 권력의 극치를 이루었던 왕권과 주교들의 생활이 후세에 남겨주는 교훈도 크지만, 그에 못지않게 도시를 건설하고 경제부흥에 앞장섰던 대부호 '훗가'는 소시민들로부터 추앙받는 역사적인 인물로 길이 남아 그 전통을 이어가고 있어서 또 다른 감명을 받았다.

홋가 마을을 돌아보며 '돈을 버는 것은 기술이고 돈을 쓰는 것은 예술'이라는 말이 떠올랐다. 중세의 많은 화가들이 그들의 영혼이 담긴 그림을 남기고 갔지만, 홋가는 수세기를 거쳐 가난한 이들의 어버이가 되어 그들이 거처할 수 있는 집을 남기고 갔다. 그는 흙으로 돌아갔지만 그의 영혼은 살아있는 성모요, 그가 남긴 사랑의 보금자리는 칭송받는 예술작품이 아닐 수 없다.

우리나라에도 홋가와 같은 인물이 한 사람이라도 있다면 얼마나 좋으랴 싶다. 정부의 정책적 지원과 특혜를 받은 대기업은 사치성 업종과 편법 대물림을 벗어나, 사회적 책임과 함께 공장에서 피땀 흘려 기업을 일군 선친들의 뜻을 이어받아 국민들에게 존경받는 홋가의 자손과 같은 영광이 이어지기를 기대해 본다.

(2009. 11. 6.)

Chapter 7

한동희 작품 속으로

여성으로 살기와 깨달음의 꽃

· 鄭木日

(한국문인협회 부이사장·한국수필가협회 이사장)

한동희 수필가의 세 번째 수필집 《소금꽃》을 읽는다. 9년 만에 낸 수필집이다. 데뷔 20년의 경력이니만큼 연륜이나 글쓰기에 있어서 무게가 실려 있다. 데뷔 당시부터 알고 지내는 수필가이므로 관례성 치사나 주례사적인 말을 늘어놓는다는 것은 예의가 아닐 것으로 생각한다. 이쯤에서 한동희 수필가가 거둔 수필의 경지와 성취를 살펴보는 것이 좋을 듯하다.

기다림은 달콤한 것이지만 얼마나 가혹한 형벌이라는 것을 나는 안다. 기다림을 통해 얻은 지혜가 있다면, 어서 빨리 마음을 비워야 한다는 평범한 진리뿐이다. 이 세상 모든 것이 잠시 내 곁을 스쳐갈 뿐인데, 사람의 마음 또한 잡아둘 수 없다는 걸 알면서도 버릴 것 버리지 못해 오늘도 나는 몸살한다.

마음속 갈등은 인간에 대한 그리움과 기다림, 사랑을 확인하고 눈에 보이는 것에서 위안을 얻으려는 미련함에서 비롯되는 경우가 많다. 모든 인간관계에서 떠날 사람은 떠나고, 남아 있을 사람은 더 있고, 올 사람은 오도록 그 흐름을 막지 않는다면 마음속에 진정한 평화를 누리며 살 수 있을 것이다. 그러나 나는 아직 그 순리의 길에 들어서지 못하고 있다. 모든 사람이 내 곁을 떠난다 해도 남편은 나의 마지막 보루라는 믿음 때문에 기다림의 끈을 놔버리지 못하는 것인지도 모른다.

– 〈여자로 산다는 것은〉의 일부

한동희 수필가의 수필 중에서 우선 눈에 띄는 것을 골라본다. 수필집 ≪소금꽃≫을 일별하고 보면, 주도적인 인상으로 다가오는 것이 '여자로 산다는 것'이다. 전반적인 삶의 모습과 화두가 '여자로 살기'에 치중돼 있다. '여자로 살기'란 무엇을 뜻하는 것인가. '여자' '여성'은 '남자' '남성'의 반의어로만 볼 수 없는 복잡 미묘한 심리. 문화적인 요소가 내재돼 있다.

'여자' '여성'은 독립된 집 혹은 세계이면서, 바깥과 많은 관계를 맺고 있는 열린 세계이기도 하다. 이 관계맺음의 연결고리는 '만남' '인연'이며 '그리움' '기다림' 등으로 소통되는 구조를 가진다. 여기에 애증이란 감정이 깊숙이 개입된다.

'여성'이란 집은 간단한 형태나 구조가 아니다. 어머니, 아내, 며느리, 딸, 시누이, 올케 등 실로 많은 역할이 있으며, 이런 관계맺음과 유지는 그대로 삶의 모습과 과정으로 연결된다. 그러기에 '여성'이란 관념과 의식의 집을 벗어날 수가 없다. 한동희 수필가의 경우도 마찬

255

가지여서 9년 만에 상재한 수필집 ≪소금꽃≫에 수록된 50편의 작품들은 대부분 여성으로서의 삶과 결부되어 있다. 어찌 보면 당연한 일이 아니냐고 할지 모르지만, 성을 초월하여 인간과 삶에 대한 문제를 얼마든지 볼 수 있다는 점에서, '여성적인 삶으로서의 발견과 깨달음'에 이르고자 하는 측면이 있음이 관찰된다. 일을 처리하는 뚝심과 열정, 시원하고 관대한 성격 등 평상시의 모습만으로는 남성다운 면을 느끼게 하지만, ≪소금꽃≫을 보면서 '여성이라는 집'을 강하게 느끼게 한다. ≪소금꽃≫엔 여성의 특성이랄 수 있는 사랑, 그리움, 기다림이 삶의 주된 정서로 자리잡고 있다. 여인에게 있어선 보편성이라 할지라도 이런 여성적인 정조의 일관성은 특성과 한계성을 아울러 지닐 수밖에 없다.

한동희 수필가의 문장은 친근하고 안정이 돼있다. 문장의 안정성은 마음의 단련과 인생 성숙이 뒷받침된 것을 입증한다. 오랜 기다림을 견뎌서 비로소 피어난 연꽃을 보듯이 마음이 가라앉아 평온을 얻어야 맑고 안온해진다. 시름을 풀어줄 것 같은 누이의 눈빛 같고, 용서와 관용의 품으로 안아줄 듯한 어머니의 미소 같은 편안한 문체는 쉽게 이뤄진 것이 아니다. 수필쓰기 20년의 내공과 그리움과 기다림 속에 마음속에 들국화를 피워내는 초연과 달관이 자리 잡고 있음을 보여준다.

젊은 여인이라면 누구나 한 번쯤 세련된 모습으로 담배 연기를 뿜어내는 자신의 모습을 그려보았을 것이다. 담배 연기에 우수와 고뇌를 실어 허공에 내뱉는 자신을 한심스럽다고 생각하진 않을 것이다. 나는 여고

교복을 벗자마자, 때는 이 때다 싶어 식구들 몰래 이층 방에 올라가 문을 걸어 잠그고 연거푸 담배 세 대를 피워 보았다. 그런데 어찌나 골이 아팠던지, 그 후로는 아예 담배 태울 생각은 하지 않았다. 담배도 절도 있게 피워야 하는데, 무지막지하게 굴뚝에 불을 땐 격이었으니 그야말로 무모한 짓이었다. 담배 피우는 모습이 멋지다거나 아름답다는 경지에 오르려면, 그것도 다분히 오랜 실전의 경험을 쌓아야 한다. 담배를 끼운 손가락의 모양이나 원을 그리며 구름처럼 피어오르는 담배 연기를 만들자면 한두 번의 경험으로는 안 될 것이다. 거기에 빼놓을 수 없는 것은 담배 피우는 사람의 얼굴표정이다. 이렇게 몇 가지의 모양이 조합되어 한 편의 그림으로 만들어낼 때 멋있다, 아름답다고 할 것이다. 이처럼 멋을 부려보고 싶은 욕구로 인해 많은 여성들이 담배를 가까이 하는 것은 아닐까. 담배의 참맛이 무엇인지도 모르면서, 그저 멋으로 담배 피우는 여성이 늘어나기 때문에, 여성들의 담배 피우는 모습이 남자들의 눈에 한심스럽게 보이는 건 아닐까. 아직도 우리 사회는 여성들의 음주보다 흡연을 못마땅하게 보는 경향이 있다.

-〈나도 때로 담배를 피우고 싶다〉의 일부

한동희 수필가는 '여성의 집'에서 일상의 탈출을 꿈꾼다. '여성'이라는 고정 관념의 벽을 부숴버리고 자유를 만끽하고 싶어 한다. 당연한 생존 욕구이며 발현인데도 사회엔 엄연히 성적인 편견과 의식이 존재하고 있음을 토로한다. 〈나도 담배를 피우고 싶다〉에서는 '여성의 집'에서 외부와의 세계로의 자유로운 소통 의식을 보여준다. 남성들이 할 수 있는 모든 세계를 경험하고 싶어 한다. 속으로만 애를

257

태우는 게 아니라, 충동과 유혹을 넘어 체험과 행동을 보여준다는 데서 역동적인 시원함이 있다.

이런 역동성은 안정과 평화를 깨면서 얻는 게 아니라, 이해와 조율 속에 이뤄내는 지혜여서 평온과 미소를 준다. '담배를 피우고 싶다'는 충동이 행동으로 옮겨지는 것은 '여성의 집'을 의식하지 않고 자연스러운 존재로서의 삶을 추구하고 싶은 욕망을 드러낸 것이다. 그렇게 해야만 삶의 시각과 관점이 넓어지고 깊어질 것이다.

지중해 여행을 계획한 것은, 현대 속에 고대의 모습이 공존하고 있는 신화의 나라 그리스의 이름 없는 마을에 가 보고 싶은 까닭도 있었다. 그리고 신비라 일컫는 작열하는 태양을 느끼고 싶기도 했지만, 그보다는 은연중 마음속에 자리 잡혀 있는 노을 속의 평화로움 때문이었다.

나는 일몰 속에서 평화를 느끼고 있지만 남편은 사후 세계에서 평화를 찾는 것 같았다. 언젠가 남편은 관내에 거주하는 주민들에게 특별 분양하는 묏자리를 신청하고 왔다. 결과는 낙첨되었지만 재분양의 기회를 기다리는 눈치였다. 광릉 내에는 시댁 선산이 있고, 사후에는 우리 부부도 선산 한 귀퉁이에 누울 수 있겠지만, 우리 부부는 선산 쪽보다는 새로 분양하는 묘지에 묻히고 싶었다.

그러나 이제는 알 것 같다. 내가 왜 그토록 석양에 집착하고 노을을 찾아 헤매었던가를…. 그것은 나의 영원한 안식처를 찾아다닌 행위였다는 것을 이제야 알 것 같다.

이제 나는 말할 수 있다. 이 세상 생을 마감하는 날, 사후의 세계는 바다에 묻히고 싶다. 바닷물에 섞여 수평선에 닿으면, 나는 그의 넉넉한

품에 안기리라. 그리고 저녁노을의 그 찬란함을 만끽하리라.

-〈에게해의 노을〉 일부

한동희 수필가는 <에게해의 노을>에 이르러 '여성의 집'에서 벗어나 '영원의 집'이란 무한의 세계를 맞아들인다. 삶의 연장선상에서 '죽음'을 바라본다. 이승과 저승을 연결시키며, 노을 속에 찰나와 영원, 삶과 죽음을 보는 것이다. 고대 유적지를 찾는 여행이란 당시의 삶의 흔적을 확인하면서 죽음과 소멸도 받아들이는 과정이 아닐 수 없다. '노을'은 하루의 마지막을 장식하는 '아름다움'의 실체이면서 곧 눈앞에서 사라지는 현상이다. 한동희 수필가가 마지막 안식처로 노을 속의 바다에 묻히고 싶어 하는 것이야말로 아름다운 삶의 장식이라 할 수 있다. 동해의 수중릉(水中陵)에 잠든 신라 문무대왕처럼 바다에 묻히고 싶은 것은 그의 한(恨)과 사랑과 스케일을 보여주는 대목이기도 하다.

<에게해의 노을>에 이르러 비로소 '여성의 집'에서 벗어나 자유로운 삶과 생사관(生死觀)을 얻은 것으로 확인된다. 성장기부터 염전을 하는 부모의 영향으로 바다와 친화적 관계를 가진 데서 바다가 편안한 안식처가 될 수 있음을 알게 되었다. '에게해의 노을'을 찬미한 것은 고대의 신비를 안고 있는 그리스 에게해 바다의 노을을 통해 자신이 꿈꿔 오던 아름다움의 극치를 만끽해 보려는 심리적인 욕구에 의한 것이다. 노을 같은 평화로움, 아름다운 인생의 희구라 할 것이다.

작가는 여정 속 에게해의 노을이 순간적으로 어둠 속에 사라지는

259

현상임을 알고 있다. 그러나 일시적인 경험만으로가 아닌, 삶을 통한 '에게해의 노을'을 창조하려는 의식이 내재돼 있는 것이다. 지상의 유택을 꿈꾸는 것이 아니라, 해상의 유택을 생각하는 것이야말로 놀라운 발상이며 미의식이다. 이처럼 일상의 공간을 뛰어넘는 의식과 추구가 수필집 ≪소금꽃≫이 보여주는 인생 성숙의 나이테라 할 것이다.

해가 수평선에 닿으면, 바다로 나간 맛꾼들이 진종일 캐낸 맛살을 등에 메거나 머리에 이고, 밀려오는 물살이 뒤따라올세라 부지런히 뭍을 향해 나온다. 염전에는 낮 동안 뜨거운 햇볕에 졸아든 소금꽃을 긁어모으는 염부들의 거무레 소리와 바다 위를 날으는 갈매기 떼의 지저귐이 밀려오는 바닷물 소리와 함께 어우러져 온다. 하루가 저물어 가는 지평선에 이글거리는 태양이 찬란한 빛을 발하며 스며들어가는데, 그 아름다운 광경에 빠져들곤 했다. 수평선에 점점이 박힌 작은 섬들은 동화 속의 신비를 안고 손짓하는 듯해, 멀리 있는 그곳에 대한 동경으로 가슴이 설렌다. 하루가 무사히 지난 것을 감사하는 축제인 양 동구 밖 너머 어디선가 두레소리도 정겹게 들려온다. 쟁반 속 그림에서처럼 멀리 보이는 산 밑, 외따로 있는 초가 납작한 굴뚝에서는 저녁밥 짓는 연기가 모락모락 피어올라 산 속의 정취가 물씬 풍긴다.

아버지가 돌아가신 후, 그곳은 타관처럼 되었지만 서해 바닷가의 정경들이 잊혀지지 않는다. 앉아서 산해진미를 즐길 수 있고, 걸어서 단 오분도 안 되는 거리를 차를 타고 다니는 편안한 도회지 생활이지만, 조금만 비가 와도 질퍽거리는 붉은 흙을 치대가며 다니던 시골길이 그리워지는 까닭이 무엇일까. 신발에 들러붙은 무거운 흙만큼이나 힘든 시골살림이 정겹게 느껴진다.

–〈쟁반 속 그림〉의 일부

　〈쟁반 속 그림〉은 서해안 저물녘의 염전 풍경을 사실적이고 서정적으로 묘사했다. 수필집 ≪소금꽃≫에서 단연 묘사가 뛰어난 작품에 속한다. 염전의 작업 광경과 정서는 차츰 사라지는 것이어서, 사실적인 묘사를 통한 정서의 계승과 형상화가 필요하다고 생각된다. 염전에서의 경험과 정서가 녹아 있는 〈쟁반 속 그림〉은 서해안의 노을빛 정서를 담아낸 작품이다. 이와 같이 독특한 소재가 주는 맛과 풍경은 수필을 읽는 재미를 제공하게 하는 요소가 아닐 수 없다.

　퀼트를 보면서 인생은 별다른 정답이 없다는 것을 느끼게 된다. 삼각의 날카로움, 네모의 반듯함, 곡선의 부드러움, 그 중 어느 것이 좋고 어느 것이 나쁘다 말할 수 없듯이 퀼트와 인생은 일치한다는 생각이 든다. 우리는 살아가는 동안 삼각의 날카로움으로 끊어야 할 일이 있고, 사각의 반듯함을 주장하다가 따돌림을 받을 때도 있다. 그저 둥글고 모나지 않게 산다는 것이 이것도 저것도 아닌 회색분자로 오해받을 수도 있고, 원만함을 내세워 이 쪽 저 쪽 비위를 맞추다 한 마리의 토끼도 못 잡는 경우가 있을 것이다. 이처럼 세상은 직선과 곡선이 어우러져 사는 것인데, 이 같은 평범한 이치를 모르고 산다.
　퀼트에서의 원칙은 꼭지점과 모서리의 이음새가 맞닿아야 한다는 점이다. 이 원칙을 지키지 않으면 이음매의 모서리가 옆 칸을 침해하여 모

261

양의 균형이 깨어진다. 이와 같이 사람이 사는 일도 원칙이 필요한 것은 말할 것도 없다.

−〈퀼트와 인생〉의 일부

〈퀼트와 인생〉은 '퀼트'와 '인생'의 결부와 비유를 통한 깨달음을 보여준다. 직선과 곡선이 어울려 존재하고 있음을 본다. 하나로써 완벽함이란 존재하기 어렵다. 상보적(相補的)인 관계 속에서 조화와 하모니를 획득한다. 상반되는 모든 개념들이란 한쪽만의 것으로선 존재할 수 없다. 행복이란 개념은 불행이란 개념을 전제로 존재하는 것이 아닌가. 그럼에도 한 쪽만을 옳고 정당하다고 하는 것은 모순이 있다. 상대적인 개념이 있기에 한 쪽의 개념이 성립되는 것이다.

'퀼트'를 통해 인생의 균형과 조율, 원만과 평화를 발견하고 터득하는 것이야말로 깨달음이 아닐 수 없다.

한동희 수필가는 어떤 인생길을 가고 있는가. 9년 만에 낸 수필집 ≪소금꽃≫을 보면, 그 길을 알 수 있다. 그는 이제 삶에서 깨달음의 길을 가고 있음을 선명하게 보여주고 있다.

(한국수필 2005년 9·10월호)

삶의 소금밭에서 피워낸 조화로운 꽃

· **엄현옥**
(문학평론가·수필가)

1. '소금꽃' 만나기

수필작가 한동희는 1986년 〈한국수필〉로 등단하여 ≪사람, 그 한 사람≫, ≪느낌표처럼 사랑했다≫에 이어 세 번째 수필집 ≪소금꽃≫을 발간하였다. 그간의 작품성을 인정받아 한국수필문학상, 고양시 문화상(문학부문)을 수상한 바 있다.

본고의 텍스트로 삼은 ≪소금꽃≫에는 50여 편의 수필이 수록되어 있다. 작가는 수필에 전념했던 20년의 시간이 '수필이라는 거울 하나 닦아 놓고 그 앞에 선 내 모습을 그려온 세월'이었음을 밝히고 있다. 이렇듯 작가의 삶의 궤적을 오롯이 담은 ≪소금꽃≫은 '문학이란 평범한 일들의 관현악 편곡이다.(T.N. 와일더)'라는 말을 떠올리게 한다. 한동희의 관현악에서 연주되는 음악은, 어느 한 악기에 편중되지 않고 조화를 이루며 고른 음색을 내고 있기 때문이다.

　서해바다의 염전은 한동희 문학의 발원지이다. 염전은 자수성가한 아버지가 고향에 마련한 터전이자, 자식들을 지키는 버팀목이었다. 노동과 생명의 상징인 소금은 그것의 뿌리를 지탱해 주는 토양이다. 아버지는 신랑감과 첫인사 하던 날, '장차 사위될 사람이 타고 온 지프차에 소금 한 가마니를 얹어' 주었다. '염전(鹽田)에서 아버지가 사윗감의 차에 실어준 소금은 단순한 소금이었을까. 그것은 자신의 삶의 증거물이자, 나아가 딸의 반려자에 대한 무언의 바람을 담고 있다. 이 대목은 종교적 의미로서의 신과 인간의 불변의 약속이었던 소금의 효용을 떠올리게 한다.

　그런 추억을 가진 작가에게 소금이 단순한 조미료일 수 있겠는가. 공업용 수입 소금을 천일염에 섞어 팔았다는 보도는 남다른 충격이었다. 한때 작가 삶의 일부였던 '염전'과의 인연을 떠올리면 '그들의 양심에 소금을 듬뿍 뿌려주고픈' 심정이다. 수지타산을 맞출 수 없어 나날이 늘어나는 폐염(廢鹽)을 바라보는 심정은 더욱 안타깝기만 하다.

　한여름, 뜨거운 뙤약볕에 온종일 졸아든 바닷물이 소금꽃이 되어 순백의 보석으로 피어오르는 모습은 글자 그대로 신비스럽다. 그것은 '순수' 그 자체인 것이다. 개펄 흙을 다져 만든 염밭에, 저장해 두었던 바닷물을 부어 하얀 소금을 걷어내는 일, 그것은 검은 것에서 흰 것을 건져 올리는 숭고한 작업이다. 거기에는 이물질이 있을 수 없다. 오직 짭조름한 맛과 향, 눈부시게 빛나는 하얀 결정체, 그것이 천일염인 것이다.

작가에게 소금의 이미지는 '부정(不淨)과 살(煞)을 씻어내는' 민간 무기이자, '마음의 평온을 가져다주는 정신문화의 상징'이다. 빛과 소금의 역할이 절실해지는 이 시기에 사라지는 염전에 대한 아쉬움은 독자의 공감을 끌어내기에 충분하다.

〈퀼트와 인생〉에서도 작가의 시선은 깨어있다. 무료함과 시름을 달래기 위해 시작했던 퀼트(quilt)와 삶을 대비시킨다. 우리 옛 여인들의 '누비땀질'과 다르지 않은 공정을 통해 또 다른 인식을 확장시킬 뿐 아니라, 곡선과 직선으로 이어지는 조각에서 조화로운 세상 이치를 읽는다. 심한 곡선으로 인해 붙이기 힘든 과정에서는 절망의 늪을 헤쳐 나온 자신의 발자국을 본다.

퀼트를 보면서 인생은 별다른 정답이 없다는 것을 느끼게 된다. 삼각의 날카로움, 네모의 반듯함, 곡선의 부드러움, 그 중 어느 것이 좋고 어느 것이 나쁘다고 말할 수 없듯이 퀼트와 인생은 일치한다는 생각이 든다. 우리는 살아가는 동안 삼각의 날카로움으로 끊어야 할 일이 있고, 사각의 반듯함을 주장하다가 따돌림을 받을 때도 있다.

이렇듯 퀼트에서 찾은 삶의 이치는 직선과 곡선의 어우러짐이다. 모서리의 이음새와 꼭지점이 맞닿아야 하는 퀼트의 원칙이야말로 평범한 삶의 이치가 아닌가. 실 꾸릿대에 '세상의 경이와 고뇌'를 감는 작가의 삶의 성찰이 자못 진지하다. 실존하는 무의미한 대상에서 참된 의미를 찾아내는 인식의 즐거움은 계속된다.

〈늙은 오이〉에서도 대상을 객관적으로 바라보는 시선이 드러난다. 작가가 늙은 오이 앞에서 살까말까 망설이는 이유는 덜 익었기 때문이다. 노각은 애오이와는 비교할 수 없는, '늦도록 직분을 다하는 삶'이며 '애오이·젊은이, 늙은 오이·늙은이'의 의미로 대치된다. 이어지는 제철이 되어서야 핀 꽃의 아름다움, 오래된 인삼, 늙은 호박 등의 예시는, 연륜과 노년의 의미로 자연스럽게 전환된다. 나아가 자연의 섭리를 무시한 속도 지향의 성급한 세태와 비교한다.

> 젊은이와의 사귐은 어딘가 위태로움이 따라 붙는 것 같다. 그래서 나는 늙음의 소중함과 그 여유 있는 넓은 세계와 가볍지 않은 무게에 이끌려 노인과 가까이 지내는 것을 꺼리지 않는다. 내가 늙은 오이를 좋아하는 것도 그런 까닭에서라고나 할까.　　　　　 －〈늙은 오이〉 중에서

늙은 오이는 표면이 누렇게 균열되어 겉모양이 그다지 매력적인 채소는 아니다. 단련된 근육처럼 감칠맛 나는 특유한 맛은 오이가 받아들인 시간과 노력의 결과이다. 이는 작가의 인간관계에서도 적용되어 가시적 사실에서 그 이상의 상상을 끌어낸다.

사이버 공간에 열광하는 세태에 대한 견해를 담은 〈떠도는 섬에 살며〉는 편리함의 이면에 숨은 비인간화, 상품화로 치닫는 사회문제를 우려하고 있다. 시대적인 기류에 편승하기보다는 한가로움을 선택한 작가의 시선은, 속도지향의 반대편에서 인쇄활자에 대한 간절한

믿음을 피력한다. 인터넷 시대에도 편지 쓰는 낭만이 사라지지 않기를 바람을 담은 '움직이는 우체통'에서도 일관된 정서를 드러낸다.

〈억새꽃〉에서도 성찰은 이어진다. 삶의 고단함에 지쳐있던 작가는 자연과 인간이 이루어낸 하늘공원에서 '아픔 속에서 성숙해질' 자신의 인생을 본다. 난지도의 쓰레기더미가 이루어낸 하늘공원은 쓰레기더미가 이룬 기적의 휴식처다. 그곳에서 거센 바람에도 꺾이지 않는 억새를 보며 인생도 그와 다르지 않음을 느낀다.

> 이러한 고지대에서, 쓰러질 듯 가냘픈 몸매로 서로 부둥켜안고 빽빽이 들어 차있는 억새의 의지를 보며 생명의 존귀함을 느낀다. 억새는 바람에 꺾이지 않는다. 이름과는 달리 부드러운 억새의 은빛물결에서 빛나는 노후를 보는 듯하다. 제 키보다도 큰 억새밭 사잇길을 걸으며 즐거워하는 사람들에게 억새가 바람에 서걱이며 넌지시 귀띔하는 것 같다. 쓰레기는 썩고 썩어야 밑거름이 된다고, 인생도 그런 거라고.
>
> 　　　　　　　　　　　　　　　　　　　　　　　-〈억새꽃〉 중에서

기행 수필인 〈바람의 발자국〉에서 나타난 인생은 '거센 바람으로 찢기고 상처 난 가슴을 세월의 풍화작용으로 저마다 마무리해 가는 것이다. 서안(西安)에서 돈황(敦煌) 가는 길에서 만난 사막에서는, 삶이야말로 한 모금의 물과 시원한 바람을 갈구하며 사막을 걷는 일임을 자각한다.

≪소금꽃≫의 전편에서는 졸아든 소금꽃을 긁어모으는 염부들의 고무래 소리가 들린다. 누구도 대신할 수 없는 자신만의 삶의 문학인 수필에서, 한동희는 소재에 대한 새로운 인식을 통해 수필적 체험을 확장하고 있다. 그녀가 피워낸 소금꽃은 거창한 수식어나 과장이 없다. 불필요한 미문을 경계하며 스스로 서정에 빠지지 않으려는 각성도 빛난다.

작가로서의 성실함은, 12단계 이상을 거쳐 바닷물에서 환생하는 소금의 여정과 닮아 있다. 서두르거나 과정을 생략하지 않은 진중함으로 주변과의 조화를 이루어낸다. 또한 지면상 거론하지 못한 작품들 속에서 볼 수 있듯이 문명의 속도에 편승한 편의주의적, 일회성 사고와는 일정한 거리를 유지한다.

한동희 수필의 장점은 사실적 경험을 함축적 차원의 경험으로 전환한다는 점이다. 무의미한 실존의 대상에서 숨겨진 의미를 발견하고, 평범한 예화에 의미의 옷을 입혀 인식의 확장을 이루고 있다. 다만 주제의 차별화는 차후로도 새롭게 모색되어야 할 것이다.

소금은 염전 배미에 날아드는 소나무의 꽃가루만을 단 하나의 첨가물로 받아들인다. 한동희 수필 역시 작가의 삶에서 없어서는 안 될 천일염이자, 절실한 의미의 첨가물이다.

(에세이 포레 2009년 하반기호)

숙제 그리고 축제

2012년 10월 15일 1판 1쇄 발행

지은이·한동희 | 발행인·이선우
펴낸곳·도서출판 선우미디어
등록 | 1997. 8. 7   제300-1997-148호
110-070 서울시 종로구 내수동 75 용비어천가 1435호
☎ 2272-3351, 3352 팩스: 2272-5540 sunwoome@hanmail.net
Printed in Korea ⓒ 2012 한동희

값 10,000원

※ 잘못된 책은 바꿔 드립니다.
※ 저자와 협의하여 인지 생략합니다.

ISBN 978-89-5658-324-2 03810